Benito Pérez Galdós

Episodios nacionales III
Los Ayacuchos

Barcelona **2024**
Linkgua-ediciones.com

Créditos

Título original: Episodios nacionales III. Los Ayacuchos

© 2024, Red ediciones S.L.

e-mail: info@Linkgua-ediciones.com

Diseño de cubierta: Michel Mallard.

ISBN tapa dura: 978-84-1126-412-9.
ISBN rústica: 978-84-9007-299-8.
ISBN ebook: 978-84-9007-215-8.

Sumario

Créditos _____ **4**

Brevísima presentación _____ **9**
   La obra_____9

I _____ **11**

II _____ **16**

III _____ **21**

IV _____ **29**

V _____ **35**

VI _____ **38**

VII _____ **44**

VIII _____ **49**

IX _____ **53**

X _____ **57**

XI _____ **64**

XII _____ **69**

XIII _____ **74**

XIV _____ **79**

XV _____ 83

XVI _____ 89

XVII _____ 96

XVIII _____ 102

XIX _____ 106

XX _____ 112

XXI _____ 115

XXII _____ 120

XXIII _____ 125

XXIV _____ 127

XXV _____ 129

XXVI _____ 138

XXVII _____ 144

XXVIII _____ 149

XXIX _____ 152

XXX _____ 158

XXXI _____ 163

XXXII _____ 169

XXXIII _____ 174

XXXIV _____ 178

XXXV _____ 180

XXXVI _____ 184

XXXVII _____ 187

XXXVIII _____ 192

Libros a la carta _____ 195

Brevísima presentación

La obra

Los Ayacuchos es la novena novela de la tercera serie de los *Episodios Nacionales* de Benito Pérez Galdós.

En esta obra, Galdós vuelve de nuevo a la estructura epistolar que ya ha utilizado en otras novelas anteriores. Estamos en los años 1841-1843, y Fernando Calpena, protagonista de buena parte de las anteriores novelas de esta tercera serie, emprende la búsqueda desesperada de su amigo Santiago Ibero, a quien ya habíamos conocido en la anterior novela Montes de Oca, desde Madrid a Barcelona.

Los Ayacuchos fue el sobrenombre que recibieron algunos de los militares que participaron en la batalla de Ayacucho (Perú, 1824) y que a su vuelta a España tuvieron un papel importante en la política patria durante el reinado de Isabel II. Concretamente, el ayacucho por excelencia fue el general Baldomero Espartero, duque de la Victoria, pieza fundamental en la victoria frente a los carlistas y posterior regente, tras la breve renuncia de la madre de Isabel, la reina María Cristina.

El motivo de la búsqueda de Calpena es el encargo que Demetria, ya por fin su prometida, le hace como condición indispensable para poderse casar.

Y todo ello con el trasfondo de la revuelta de Barcelona contra la política librecambista del regente Espartero, revuelta que será ahogada con el bombardeo de la ciudad desde Montjuïc, ordenado por el capitán general Van Halen.

La novela acabará felizmente con la doble boda de Fernando y su amigo Santiago con Demetria y su hermana pequeña, Gracia, respectivamente.

I

In diebus illis (octubre de 1841) había en Madrid dos niñas muy monas, tiernas, vivarachas, amables y amadas, huérfanas de padre, de madre poco menos, porque ésta andaba como proscripta en tierras de *extranjis,* con marido nuevo y nueva prole, y aunque se desvivía por volver, empleando en ello las sutilezas de su despejado entendimiento, no acertaba con las llaves de la puerta de España. Vivía la parejita graciosa en una casa tan grande, que era como un mediano pueblo: no se podía ir de un extremo a otro de ella sin cansarse; y dar la *vuelta grande,* recorriendo salas por los cuatro costados del edificio, era una viajata en toda regla. Subiendo de los profundos sótanos a los altos desvanes, se podían admirar regiones y costumbres diferentes en capas sobrepuestas, distintos estados de sociedad que encajaban unos sobre otros como las bandejas de un baúl mundo. En la bandeja central, prisioneras en estuches, vivían las dos perlas, apenas visibles en la inmensidad de su albergue.

La magnitud de éste daba a las niñas idea vaga de la grandeza de su familia, que era, como puede suponerse, de las más linajudas, y así lo pensaban, pues si en el albor de sus inteligencias creían que todas las casas del pueblo eran como la suya, no tardaron en comprender que la de ellas era, con gran diferencia, mucho mayor que todas, y más bonita por dentro y por fuera. A falta de padres, rodeábalas muchedumbre de personajes vistosos, de damas bien emperifolladas, de hombres muy graves con toda la ropa bordada de oro, y no se podían contar las tropas lindísimas que fuera y dentro de la mole palatina se congregaban día y noche para custodiar a las nenas, por donde venían éstas en conocimiento del valor y mérito de sus personitas, y adquirían el sentido de la realeza. Los primeros destellos de la razón llevaron a sus entendimientos la idea de que en derredor suyo existía mucha, mucha gente que las amaba. Y por ellas se trabó años atrás una espantosa guerra: ¡como que había también regular porción de gente que no las quería nada! Su natural viveza y la intensidad de vida histórica que las rodeaba fueron parte a que se despabilaran pronto; todo lo entendían, y apoderada de sus cerebros la idea de Nación, participaron de las tristezas y alegrías de ésta. Con las primeras oraciones aprendieron los himnos que en loor de ellas cantaban los pueblos. «Me parece —dijo la hermanita menor a la mayor, después de oír cantata o recitación de poesías—, que eso de *soles de inocencia* lo dicen por nosotras.» Y la mayor: «Claro que con nosotras va todo eso. Lo de *augustos ángeles lo* dicen por las dos, y lo de *iris de paz* por mí sola... porque a ti no te llaman *iris*...»

La historia de España durmió con ellas en las doradas cunas, y tomaba, para penetrar mejor en el entendimiento y adherirse a la voluntad de las regias niñas, la forma y ademanes tiesos de las lindas muñecas con que jugaban. Aprendieron a leer más pronto que otras criaturas de su misma edad, y deletrearon los emblemas liberales, interpretándolos como el mimo que todo un pueblo les daba, o como el cariñoso arrullo para que se durmiesen. Tuvieron por *coco* al faccioso, uno a quien llamaban *Pretendiente,* y como a libertadores paladines de cuentos de hadas vieron a Córdova y Espartero, a León y O'Donnell, caballeros fantásticos que corrían por los aires montados en hipogrifos, y volvían trayendo sartas de cabezas facciosas. Nunca llegaron a creer que su causa se perdía, pues en las horas de desaliento oían coros populares en que se ensalzaba la virtud del nombre de Isabel, mágico emblema que levantaba las piedras contra la *Pretensión*, y abría los abismos en que se hundía el monstruo rebelde. Se criaban y crecían en medio de una atmósfera poética, compuesta de marciales cánticos, y en su infantil imaginación veían adornados de rosas y claveles los fusiles de la tropa. Lloraban de gozo cuando veían a las multitudes acercarse a la casa grande cantando al paso de la marcha, y si la muchedumbre era de chiquillos, cosa frecuente, no era menor su alegría. La Milicia Nacional no les agradaba menos que la tropa, pues si ésta sobresalía por su marcialidad, aquélla daba los vivas con un ardor que hacía mucha gracia. De los enredos políticos, subidas y bajadas de ministros, no se enteraban, porque de estas cosas no les decían una palabra los palaciegos. Conocían a Mendizábal por sus largas levitas, al duque de Frías por su peluca, a Toreno por su elegancia, a Montes de Oca por sus bonitos ojos, a Calatrava por sus blancas patillas, y no podían hacer mayores distinciones. Los motines y disturbios ruidosos, desde el de La Granja en 1836 hasta el de Barcelona en 1840, solo fueron para las niñas rumores ininteligibles, en que no fijaban su voluble atención. La historia viva no hizo impresión en ellas hasta los sucesos de Valencia, que hubieron de tomar en su mente color muy vivo por causa de la partida de la reina mamá.

Era la primera vez que la lección histórica les dolía, y con el dolor se les quedó presente. No entendían por qué se embarcaba su madre, dejándolas aquí, y al ver llorar a toda la gente de Palacio, eran un mar de lágrimas. La princesa no tenía consuelo. Isabelita, que ya cumplía diez años y era muy precoz, comprendió mejor que su hermana la grave mudanza, y charlando las dos sobre ello, le decía: «No seas tonta; no es para que llores tanto. Yo también lloro, ya lo ves. Pero me hago cargo de que cuando mamá nos deja es porque así debe ser. Ya volverá. Espartero también nos quiere mucho; ya lo sabemos. Mamá nos deja encargadas a Espartero y a la Milicia Nacional, que es muy buena, pero muy buena.»

Viéronse victoreadas con mayor estrépito que nunca en su viaje de Valencia a Madrid, y en la capital los milicianos hicieron locuras, igualando en sus demostraciones de entusiasmo a Espartero y a las niñas. Entraron de nuevo en la casona grande, y no pasó mucho tiempo sin que se manifestara un cambio de costumbres y renovaciones del personal. Muchas damas salieron, entraron otras, y hasta en la baja servidumbre vieron las pequeñuelas sustitución de unas caras por otras. De aquí sobrevino cierta relajación en los estudios, lo que a ellas no les causó gran enfado, porque estudiando poco tenían más tiempo para jugar. Pudieron enterarse entonces de lo que eran periódicos, que habían visto más de una vez en manos de damas y gentileshombres, sin lograr que se les permitiese leerlos. Algunos llegaron al fin a poder de las niñas, y los leían, sin encontrar en lo más sustancial de ellos nada que las divirtiera, pues aquel continuo tratar de si venían o no venían las Cortes, maldito lo que les interesaba. ¿Qué eran las Cortes y por qué se hablaba tanto de ellas? Isabelita empezó a comprender que no eran cosa de juego, y que había dado y aún darían mucha guerra. En la historia de España que su maestro les iba enseñando a sorbitos, no se decía claramente lo que las Cortes significaban: de las antiguas se hacía mención; pero a la vista saltaba que aquellas Cortes eran de otro costal. La institución moderna que con aquel nombre designaban los periódicos, escribiendo acerca de ello interminables parrafadas, continuaba nebulosa para las regias alumnas, porque el librito de Historia no decía nada de elecciones, ni de diputados que pedían la palabra, ni de la razón y objeto de aquel diluvio de retórica; no traía más que hazañas de caballeros, los hechos gloriosos de los reyes, guerras sin fin por pedazos gordos y a veces por piltrafas de reinos, y los casamientos de estos príncipes con aquellas princesas, de donde venían paces, cuando no guerras más encarnizadas.

Llegaron por fin días en que Isabelita, bastante inteligente para saber medir los vacíos de su instrucción, y ansiando acortar el inmenso campo de lo que ignoraba, dirigía preguntas mil a las personas de su elevada servidumbre: «Y estas Cortes, ¿qué harán ahora? ¿Van a poner otra Regencia? ¿Qué es eso de la una y la trina? Y de Espartero, ¿qué? ¿Gobernará *trinando,* como gobernaba mamá, hasta que yo sea grande y pueda gobernar sola?

Rodaron los días hasta que en uno de ellos vieron las niñas que era aclamado el duque de la Victoria, y que andaban por Madrid milicianos y pueblos con músicas, cantando los himnos de costumbre. Menos mal si siempre se destacaba entre la gritería el mágico nombre de Isabel. Luego se presentó Espartero en Palacio, de gran uniforme; rodeábanle sin fin de personajes de la milicia y de lo civil, relucientes de bordados y cruces, y entre ellos, muchos de casaca negra, que debían de ser los de las Cortes. Vestidas las nenas de ceremonia, Espartero les besó la mano, y sonaron vivas. ¡Cómo las querían todos! Había venido Isabel al mundo con buena estrella: benéficas hadas rodearon su cuna y después su dorada camita de niña mayor. ¡Feliz ella, destinada a ser reina de tal pueblo, y feliz el pueblo que se encontraba con aquel *iris de paz* después de tantas cerrazones y tempestades!

Pasado algún tiempo, que las regias señoritas no podían precisar, se personó en Palacio un señor viejo, alto, amarillo, con unas patillucas cortas, el mirar tierno y bondadoso, el vestir sencillísimo y casi desaliñado, sin ninguna cruz ni cintajo ni galón. Era don Agustín Argüelles, elegido por las Cortes tutor de las hijitas de Fernando VII. ¡Y que no había visto poco mundo aquel buen señor! condenado a muerte por el padre, al cabo de los años mil las Cortes le nombraban padre legal de las huérfanas. ¡Qué vueltas daba el mundo! En pocos años celebró cuartas nupcias el déspota; le nacían dos hijas; reñía con su hermano; reventaba después, aligerando de su opresor peso el territorio nacional; renacían las Cortes odiadas por el Rey; surgía una espantosa guerra por los derechos de las dos ramas; vencía el fuero de las hembras; muerto el oscurantismo, lucía el iris con los claros nombres de *Libertad e Isabel,* y el que mejor había personificado la resistencia del pueblo

14

a las maldades y perfidias del monstruo, entraba en Palacio investido de la más alta autoridad sobre las criaturas que representaban el principio monárquico. Sorprendió a éstas la extremada sencillez de su tutor, que más que personaje de campanillas parecía un maestro de escuela; pero éste no tardó en cautivarlas con su habla persuasiva, dulce, algo parecida al sonsonete de los buenos predicadores. Decía cosas muy bonitas, enalteciendo la virtud, el respeto a la ley, el amor de la patria y la unión feliz del Trono y la Libertad. Su palabra, educada en la tribuna y más diestra en la argumentación de sentimiento que en la dialéctica, iba tomando, con el decaer de los años, un tonillo plañidero; su voz temblaba, y a poquito que extremase la intención oratoria se le humedecían los ojos. Naturalmente, las Reales criaturas, cuya sensibilidad se excitaba grandemente con el ejemplo de aquel santo varón, concluían por echarse a llorar siempre que Don Agustín a la virtud las exhortaba con su tono patético y la bien medida cadencia de su fraseo parlamentario, hábilmente construido para producir la emoción. Y no podían dudar que le querían: él se hacía querer por su bondad simplísima y por el aire un tanto sacerdotal que le daban sus años, sus austeras costumbres, su dulzura y modestia, signos evidentes de su falta de ambición. Caracteres hay refractarios al disimulo, y que en sus fisonomías llevan el verídico retrato del alma; a esta clase de personas pertenecía don Agustín Argüelles, del cual sus enemigos pudieron decir cuanto se les antojó, pero a una le señalaron todos como ejemplo de un desinterés ascético, que ni antes ni después tuvo imitadores, y que fue su culminante virtud en la época de la tutoría y en el breve tiempo transcurrido entre ésta y su muerte. Baste decir, para pintarle de un rasgo solo, que habiéndole señalado las Cortes sueldo decoroso para el cargo de tutor de la reina y princesa de Asturias, él lo redujo a la cantidad precisa para vivir como había vivido siempre, con limitadas necesidades y ausencia de todo lujo. Se asustó cuando le dijeron que el estipendio anual que disfrutaría no podía ser inferior al del intendente de Palacio, y todo turbado se señaló la mitad, y aún le parecía mucho. Cobraría, pues, la babilónica cifra de 90.000 reales.

Pero si no le seducían las riquezas, su ánimo no podía librarse de la vanagloria tribunicia, ni su orgullo podía satisfacerse con otros lauros que los ganados en las Cortes. No en balde había visto nacer el Sistema, figurando en nuestras asambleas deliberantes desde la gloriosa aurora del 12, pasando por los torneos admirables del Trienio, renaciendo en el Estatuto después de la emigración, y en las tumultuosas Cortes de la Regencia. Había llegado a ser el patriarca parlamentario, y no sabía vivir fuera del templo y sacristía de aquella religión. En las postrimerías de su laboriosa existencia, su apego a la vida del Parlamento era tal, que se consideraba hombre perdido si le obligaban a cambiar por la tutoría la grata rutina de oír y pronunciar discursos. Aceptó el honroso cargo con la condición precisa de seguir presidiendo las Cortes. No quería sueldos, honores ni cruces: no quería más que hablar. Por su elocuencia, que en los albores del Régimen arrebataba, le llamaron *Divino.* La posteridad ha dejado prescribir aquel mote, fundado en vanas retóricas, y le ha puesto marca mejor: la de su honradez, que ciertamente en tales tiempos y lugares no parecía humana.

II

Estaba de Dios que las pobres niñas vieran cada día nuevas caras en su mansión regia, pues a poco de ser declaradas pupilas del orador asturiano, hicieron conocimiento con Doña Juana de Vega, condesa de Mina, señora gallega, notoria por sus virtudes y grande ilustración. Designada para el cargo de aya de la reina y princesa, resistió con protestas vehementes la aceptación, temerosa de ahogarse en la atmósfera palatina. Pero al fin, los primates del partido lograron convencerla, y con su entrada en Palacio se alborotó el gallinero, como suele decirse; que en lo grande como en lo chico, las mismas causas traen iguales efectos. Marquesas y condesas de la antigua servidumbre se conjuraron para presentar sus dimisiones *in solidum,* con lo que creían poner al Gobierno en un grave conflicto. Bien se vio en ello una intriga de los retrógrados, que se tenían por irremplazables en el mangoneo de Palacio, y por depositarios exclusivos de la influencia en la voluntad, no formada todavía, de la reina niña. No les salió el juego tan terrorífico como esperaban: aceptadas fueron las dimisiones, y todo se redujo a buscar por Madrid damas que sustituyesen a las antiguas. Saludable política era ésta, y el despejo de la atmósfera debía facilitar la educación nacional de las niñas; pero a éstas no les hizo gracia el cambio de personal, porque tenían muy arraigadas sus afecciones, y el paso de las viejas a las nuevas les costaba no pocas lágrimas. Con palabra grotesca decía un grave personaje coetáneo, buena cabeza, lengua detestable, que ya se irían *jaciendo*. En efecto, se *jacían* a las nuevas amistades y cariños con la fácil adaptación de la infancia; y para que no extrañaran demasiado el cambio de escena, Argüelles repuso a no pocas personas de la servidumbre moderada, alejando de Palacio a las que se conceptuaban más peligrosas.

Casi al mismo tiempo que la condesa de Mina entró en funciones la nueva camarera mayor, marquesa de Bélgida, y poco después, don Manuel José Quintana, nombrado ayo y director de estudios. La primera impresión de las niñas no fue la mejor, porque le encontraron muy feo; pero no tardaron en congraciarse con él y en hacerse sus amiguitas. El gran poeta se pasaba insensiblemente las horas departiendo con las regias chiquillas, atento al examen de sus caracteres y a las cualidades o defectos que en ellas apuntaban. En ambas halló bien manifiesta la sensibilidad: en Isabel particularmente, la nobleza del corazón y los arranques gallardos y generosos; en Luisa Fernanda, mayor reserva en la manifestación de los mismos sentimientos, como si les impusiera el freno de la razón; en Isabel, suma espontaneidad, franqueza grande, que llegaba hasta la fácil confesión de sus yerros cuando los cometía; en Luisita, mayor capacidad para asimilarse el convencionalismo social. Pensó que en la crianza de Isabel, nuestra reina constitucional, era forzoso desarrollar mayor reflexión a expensas de la espontaneidad generosa; infundirle el sentimiento claro de las funciones neutrales y del criterio sintético del Rey en el flamante Sistema; hacerle sentir vivamente la justicia, la equidad y la tolerancia de todas las opiniones, sin abrazarse con ninguna. Esto pensaba, y esto emprendería con paciencia y entusiasmo, si le dejaban. Necesitaba para ello tiempo y facultades amplísimas. Si contribuyó a la implantación del Régimen en la esfera representativa y popular, tendría la gloria de completar la maravillosa maquinaria, dotándola de su rueda más importante: el Rey. Materiales excelentes le deparaba Dios para su obra.

¿Era esto una ilusión de poeta? El que amaestrado había su espíritu, con supremo arte, en la fabricación de robustos versos pindáricos u horacianos, bien podía equivocarse soñando con el artificio de una organización política del más puro abolengo inglés. Mientras Quintana, en su ruda labor poética, forjaba el yunque y retorcía las voces y cláusulas del Romancero para componer odas, que eran el asombro de los académicos y que el pueblo no entendía ni gozaba, en otras manifestaciones literarias de la época, no menos lucidas, podía observarse que la lengua se rebelaba contra la esclavitud, rompía las cadenas pindáricas, y se volvía con gozosos brincos al Romancero, así como se escapaba del potro inquisitorial de la tragedia clásica para refugiarse en las amenas regiones del drama español y caballeresco. Pues si esto pasaba en literatura, bien podía la política reservarnos sorpresa igual en los desenvolvimientos futuros del Sistema; esto es, que la materia, o más bien los materiales, se rebelaban, se escabullían, no querían servir. Si era forzoso vivir a la moderna, ¿por qué los caballeros de 1812 y de 1820, en vez de estudiar la reforma en la emigración, no la estudiaban en el terruño patrio?

No le pasaban por las mientes estos recelos al bueno de don Manuel José Quintana, empapado, como padre de la criatura, en las ideas llamadas *doceañistas,* y entreveía un porvenir político venturoso. La Providencia nos había dado una cría de Rey en la cual resplandecían todas las cualidades de la raza española, y no era floja ventaja que la cría estuviera en poder de la Nación desde su edad temprana, coyuntura feliz para que la misma Nación a su gusto la moldeara, sin maléficos influjos de otros principillos ni de palaciegos del ominoso régimen.

Si algo había en la Reinita que le desagradaba, era ciertamente de un orden secundario: resabios, desenvolturas infantiles fáciles de corregir. En cambio, encantábale su escaso apego a las grandezas de pura vanidad, su gusto de la vida popular, la simpatía con que miraba a los humildes, a los pobres, a los que vivían de un honrado trabajo. Al propio tiempo, su amor al pueblo despertaba en ella el gusto de toda manifestación artística del genio español en las bajas esferas de la canción y del baile; y aunque estos pueriles entusiasmos debían corregirse o templarse, eran hermosos como síntoma y merecían un cultivo inteligente. Luego vendría la dignidad real a moderar el excesivo gusto de las cosas plebeyas, y la completa educación artística le enseñaría ideales más elevados que las malagueñas, el *vito* y la *cachucha*... En fin, que estábamos de enhorabuena: poseíamos una tierna plantita de soberana, y la Nación no tenía que hacer más que poner a su lado buenos jardineros para criarla lozana y dirigirla derecha.

No era tiempo aún de enseñar a la reina la teoría y práctica del mecanismo constitucional. Su inteligencia no estaba preparada para conocimientos tan sutiles; antes había que perfeccionarla en los estudios elementales, y aleccionarla en la historia general, pues la española no bastaba ciertamente para el caso, como escuela de la arbitrariedad y del absolutismo. En tanto que esta grave enseñanza se disponía, era forzoso atender a la instrucción primaria, que don Manuel José encontró en las niñas muy débil, por el abandono y mala dirección de los años pasados. Lo primero que hizo fue organizar, de acuerdo con la condesa de Mina, un plan de lecciones y un método de trabajos que permitieran ganar el tiempo perdido por las regias educandas. Verdad que éstas no eran un modelo de subordinación; a lo mejor se *pronunciaban* no solo contra el nuevo plan de estudios, sino contra los maestros fastidiosos y prolijos que les puso Quintana, y no había en Palacio quien osara someterlas a rigurosa disciplina. La etiqueta y la enseñanza no andaban muy acordes, y tanto la autoridad del tutor como la del ayo se detenían balbucientes en los límites del respeto que las nietas de cien reyes les imponía. La condesa de Mina era la mejor domadora; pero en casos de rebelión declarada no tenía más remedio que doblegarse y dejar a las chiquillas que hicieran lo que les daba la gana. Valíase Quintana de los arbitrios más ingeniosos para hacer estudiar a unas criaturas contra cuya desaplicación no cabían castigos ni severidades; las entretenía con amenos discursos, con ejemplos, apólogos y parábolas que sacaba de su cabeza, y hacía que se enfadaba, y se ponía muy afligido, como si le ocurriese una desgracia. Algo conseguía con esto, porque las chicuelas eran de buena índole; pero no se las podía llevar más allá de su propio gusto, y cuando estallaba el *pronunciamiento* con todos los caracteres de brutalidad y de insolencia de esta enfermedad nacional, ¿quién era el guapo que intentaba restablecer el orden?

Y mientras el cantor de la imprenta pasaba estas fatigas, el divino Argüelles padecía crueles tormentos por la endiablada cuestión del personal palatino, que resultaba la más grave que a un estadista pudiera ofrecerse. Loco le traían los empleados salientes y los entrantes, y en un solo día recibió el buen señor cartas, peticiones, memoriales y anónimos con que se podría cargar un carro. Los servidores despedidos ponían el grito en el cielo, declarándose víctimas de una clasificación injusta, pues no eran moderados ni cosa tal. Aseguraban que los de la cáscara amarga, los más afectos a Cristina y al oscurantismo, habían conseguido, con hipócritas manejos, quedarse dentro, y a los buenos y leales se les había quitado el garbanzo. A este rebullicio se unían los clamores de la gente nueva, que solicitaba puestos en Palacio, alegando lo conveniente que sería para las instituciones una servidumbre *exclusivamente reclutada entre las filas del Progreso.* Decía don Agustín que manejar todos los Ministerios y conducir bajo una sola rienda todo el personal administrativo de España era tarea más fácil que gobernar la casa del Rey.

Siempre que visitaba a las nenas exhortábalas al estudio, pidiéndoles, casi con lágrimas en los ojos, que fuesen aplicaditas. España esperaba de ellas días gloriosos, y para corresponder a la idolatría de la Nación era preciso que se esmeraran en la escritura y tuvieran mucho cuidado con la ortografía... ¿Qué cosa más fea que una reina ignorante de dónde se ponen las haches y dónde no? Pues la Aritmética también les era necesaria, pues aunque las *testas coronadas* no tienen que andar en enredos de cuentas, deben saber cómo las hacen los intendentes, para no dejarse engañar. De la Gramática, ¿qué había de decirles, sino que en ella verían la imagen hablada de la Nación? Sin una buena sintaxis no puede un soberano ordenar los discursos que tiene que echar a los embajadores de otros monarcas, ni poner bien una carta sobre negocios de Estado. ¿Qué dirán los reyes y emperadores de Europa si reciben carta de la reina de España con una mala construcción y un giro defectuoso? En cuanto a la Historia, estudiándola entablaban las niñas mental conocimiento con personas de su propia familia: sus abuelos y tatarabuelos. ¿Qué trabajo les costaba aprenderse de memoria todo el catálogo de reyes, y los nombres de las principales batallas, de los hechos culminantes y gloriosos descubrimientos? Nada más bonito, nada más ameno podían encontrar en letras de molde. Para los chicuelos de Juan Particular se escribían los cuentos comunes, inocente literatura de la infancia. Para *las niñas de la Nación* se había escrito el más bonito de los cuentos: la historia de España.

Lo mismo Quintana que don Agustín concluían sus cariñosos sermones diciéndole a Isabel que su nombre glorioso la obligaba a emular las virtudes y el talento de la otra Isabel, a quien apellidaron *Católica*. Todos, hasta los criados, le decían lo mismo. Con ello estaba conforme la hija de Fernando y Cristina, y por su parte procuraría dejar bien puesto el nombre. Preguntaba qué tendría que hacer para dar a su reinado los esplendores del de Isabel I, y nadie le daba respuesta clara... ¡Toma! Pues si los grandes no lo sabían, ella, *tan chiquita*, ¿cómo había de saberlo?... El cuento era que tenía que hacer algo, algo que llevase la fama de su reinado a los siglos venideros, para que todas las gentes dijesen: «¡Isabel II, ah!...» Pero si no se le presentaban ocasiones de descubrir otras Américas y de conquistar otras Granadas, ¿qué haría? Pues dar muchas limosnas para que no hubiera pobres en el Reino... Dinero no había de faltarle, corazón le sobraba... Pues ¡viva Isabel II!

III

Día tras día, llegaron los de octubre del 41. Respondiendo a voces internas (que en un corazón de once años no faltan cositas que vocear), Isabel se decía: «Tengo que fijarme en todo lo que sucede, para ir viendo, para ir conociendo... Porque a lo mejor, aquí andan a tiros y se revoluciona toda la gente sin que una se entere de nada. ¿Qué es lo que quieren? ¿Por qué andan a la greña unos y otros? Es preciso que yo lo sepa y que tenga mucho cuidado con lo que ocurre. No se me pasará nada, y estaré con mucho ojo para que no puedan engañarme. A los malos habrá que castigarlos, y premiar a los buenos.» Esto lo pensaba en la tarde del 7 de octubre, paseando con su hermanita por lo reservado del Retiro. De regreso a Palacio les dieron de cenar, y luego emplearon un rato en la lección de música, bajo la dirección de la profesora doña Rosario Weiss, que aún no desempeñaba la plaza en propiedad. El maldito solfeo era un aburrimiento para las niñas, y la maestra tenía que desplegar toda su bondad y dulzura para contener la insubordinación que a menudo se manifestaba con síntomas alarmantes. Al fin transigían, compensando la aridez del solfeo con las canciones fáciles, aprendidas de memoria, al piano, música de Iradier, de Basili, de Cuyás o de la misma Weiss, quien empleaba esta enseñanza como prolegómenos del pomposo canto italiano.

Bueno, Señor. Acabáronse las lecciones, y las niñas se acostaron y como ángeles se durmieron, sin advertir que bajo sus almohaditas sonaban mugidos de volcán. Quizás el historiador esté en lo cierto indicando el hecho de que la viva imaginación de Isabel no permitió a ésta un sueño sosegado. Por la tarde había pensado en la necesidad de observar los acontecimientos, en averiguar el porqué de las revoluciones, calentándose los cascos más de la cuenta con este discurrir cosas impropias de su edad. Fue, pues, muy lógico que turbaran su sueño sin interrumpirlo sonidos lejanos o próximos de tiros y zambombazos; como también pudo suceder que en sueños oyese rumor de batalla real, no soñada, no lejos de su dormitorio. Lo que no tiene duda es que al despertar de nada se acordaba. Sorprendidas y aterradas quedáronse las dos niñas cuando la condesa de Mina entró en el dormitorio y les dijo que aquella noche había ocurrido en Palacio un suceso muy grave: nada menos que una batalla en la escalera, entre *unos locos* que querían entrar y subir, y los alabarderos que supieron cumplir y cortarles el paso. No podía Doña Juana de Vega empequeñecer y desvirtuar la página histórica reduciéndola a las proporciones de un cuento de niños, y a las curiosas preguntas de la reina y la princesa contestó que los tales locos eran generales... ¿Quiénes? Precisamente los más nombrados, los héroes de la última guerra, los Conchas, León, Pezuela... y tras ellos, coroneles, oficiales, alguna tropa... Pero no creyeran las niñas que el intento de éstos era matarlas o hacerles daño material, no: el ciego designio que les había impulsado a tan grande atropello no era otro que coger a la reina y a su hermanita y llevárselas *con muchísimo respeto* a donde pudieran proclamar caducada la ley que *felizmente nos regía,* y establecer nueva Regencia. ¡Locos, locos rematados! Pero en el pecado llevaban la penitencia, porque el plan se les deshizo desde que quisieron ponerlo en ejecución, y antes de amanecer ya habían huido todos, escondiéndose cada cual donde pudo. No acababan las niñas de creer que era historia y no cuento lo que oían. La historia nace casi siempre así, adoptando formas de locura o de pueril conseja. Una de las dos hizo observaciones acerca del suceso, mostrando incredulidad, y la otra (no se sabe cuál) quitaba importancia al asunto: «Vaya, que no se enojará poco mamá cuando lo sepa. Se pondrá furiosa.»

Isabel, que aprendiendo iba ya la asimilación de las ideas y las sentía pasar con murmullo grave en torno de su cabecita coronada, expresó con toda formalidad esta opinión: «¿No será todo eso intriga de la Inglaterra?»

Sonrió la condesa ante la ingenuidad y candor de sus discípulas, y añadió que no era la Inglaterra la que andaba en aquel fregado. «Más bien la Francia...» Dio luego explicaciones de lo sucedido. Mientras la tropa y los alabarderos andaban a tiros en la escalera, toda la baja y alta servidumbre se puso en pie, previniéndose para cualquier eventualidad, y los monteros de Espinosa permanecían en la antecámara, decididos a perecer antes que consentir el paso de los sublevados hacia las regias habitaciones. Hubo un momento de desconfianza, de ansiedad, de pánico, pero fue de corta duración; y cuando vieron que la Milicia Nacional rodeaba el Palacio y que no venían nuevas tropas sediciosas a reforzar a las que peleaban en la escalera, ya no dudaron de que la locura sería castigada. Quiso Isabel que la llevasen a la escalera para ver los estragos de la batalla, los cristales rotos, los agujeros que en la pared habían hecho los balazos, las manchas de sangre... pero la condesa no lo permitió. Pronto advirtieron las hermanitas que todo estaba trastornado en Palacio, y que las caras no eran aquel día muy risueñas. En algunas se veía el estupor, en otras el miedo, en muy pocas la confianza. Lo único bueno para las *nenas de la Nación* en aquel día triste fue que no había clase. Naturalmente, con tan desusados trastornos políticos, ¿quién pensaba en dar lecciones? Lo peor era que no habría tampoco paseo. Se entretendrían con las muñecas, o mirando desde los balcones la tropa que pasaba, la gente que a Palacio acudía, militares que entraban y salían a cada instante; atisbando también el ir y venir de palaciegos por la galería interior, o al través de los luengos pasillos y de la interminable serie de salas, saletas y salones.

A los diferentes conocimientos de las niñas habíase anticipado con singular precocidad el de la etiqueta, y cuando no conocían la Gramática ni la Geografía, y apenas sabían leer y escribir, érales familiar la ciencia de los uniformes, y distinguían admirablemente el carácter oficial de cada sujeto por los galones del casacón que vestía. Del personal de Palacio ningún individuo se les despintaba, en la vastísima escala que desde los servidores mercenarios más humildes asciende hasta los próceres más empingorotados. Muchos nombres sabían, y a falta de ellos aplicaban motes, fundados en las observaciones que de fachas y rostros hacían continuamente, así como de la delgadez o gordura de pantorrillas revestidas de medias rojas, negras o *de color de carne*. El cambio político que arrojó de Palacio a una gran parte de la servidumbre rancia, llenó los huecos con gente nueva, recomendada por liberales, con lo que se quería renovar la atmósfera y meter en la morada de los Reyes el *espíritu del siglo*. A muchos de los *nuevos* tardaron las niñas en conocerles por sus nombres, y más cómodo que aprenderlos era para ellas sustituirlos con remoquetes de su propia inventiva y de significación pintoresca, los cuales se adaptaban fácilmente al tipo a quien eran aplicados. Había un sumiller que para las niñas era *el bonito,* y un gentilhombre a quien conocían por *el patizambo.* Con algunos personajes que por razón de su proximidad a las reales personitas las trataban con relativa confianza, subsistió la travesura de los apodos después de conocidos los hombres, y en este caso se hallaba el gentilhombre don Mariano Díaz de Centurión, a quien pusieron el mote de *Don Chepe,* que habían aprendido en unos versos andaluces de Rubí o de Andueza. Hallábase entonces muy en boga el género andaluz, escenas de mujerío, guapezas de contrabandistas, amores y navajazos, con ceceo y habla macarena. Las niñas sabían de memoria trozos de esta literatura, y en ella encontraron *el Chepe,* que aplicaron a una persona ceceosa, dicharachera y un poquito cargada de espaldas. El día de que se viene hablando, 8 de octubre, jugaban Isabel y Luisa con sus amiguitas en la estancia interior que da a la galería, cuando vieron pasar por ésta al señor de Centurión. Isabel, que estaba pegando en la vidriera unos muñecos de papel recortado, obra de la niña de Álava, vio al cortesano y le llamó repiqueteando con los deditos en el cristal. Al propio tiempo, Luisa, antes que las dos azafatas de servicio pudieran impedirlo, abrió la otra ventana y gritó: «Chepe, Chepe...»

Aproximose el gentilhombre a la reja, y la primera que le habló fue Isabelita, agraciándole con estas cariñosas palabras: «No te incomodarás si te llamamos *Don Chepe*. Es una broma.»

—Vuestra Majestad —replicó Centurión doblándose por el espinazo— puede llamarme como guste, y con cualquier nombre que me aplique me tendré por muy honrado.

—¡Qué fino eres, y qué lengua tan graciosa la tuya! Bien sabes que te estimamos. Oye una cosa: la condesa no quiere que salgamos de paseo. ¿Por qué no influyes para que nos deje ir siquiera a la Casa de Campo?

—*Don Chepe* —dijo Luisa Fernanda sacando sus dos manecitas por la reja—, no seas malo y haz que nos lleven de paseo. Estamos muy aburridas.

—Permítame Vuestra Majestad, permítame Vuestra Alteza que llame su atención sobre la inconveniencia de pasear esta tarde —declaró el cortesano, cuyo ceceo se omite por *no molé*—. En todo Madrid es grande la inquietud por los gravísimos sucesos de anoche. A la penetración, al buen sentido de Vuestra Majestad y de Vuestra Alteza, no se ocultará que la prudencia nos aconseja no proponer la salida de las reales personas... y menos hacia la Casa de Campo, donde, según la voz pública, se han ocultado *más de cuatro pillos*, de los que anoche quisieron dar a la patria un día de luto. Tomadas por retenes de tropa están todas las entradas y salidas de la real posesión, y como los *ilussos*, por no darles otro nombre, que se esconden en aquellos matorrales han de hacer alguna barbaridad en el último rapto de su locura y desesperación, no es prudente andar por allí. Hace un ratito creímos oír tiros hacia aquella parte.

—¡Qué miedo! Tienes razón. Mejor será que nos vayamos al Retiro.

—La más vulgar prudencia nos aconseja que tampoco vayan Su Majestad y Alteza del lado del Retiro, no porque se estime peligroso, pues Madrid no anhela más que aclamar a su querida reina, sino por otras razones. La primera es que el tiempo no es bueno: el cariz del cielo nos anuncia que nos mojaremos pronto. La segunda es que el serenísimo Regente vendrá esta tarde a visitar a Su Majestad y Alteza.

—¿Viene Espartero? Pues nos alegramos mucho.

—Ello será, según oí, después de las cinco, cuando termine el Consejo de los señores ministros. En tanto, si las señoras se aburren, yo les traeré otro romance andaluz, muy bonito...

—Ya hemos leído el de los guapos de Triana. Es precioso. ¡Cómo se parecen a ti en el modo de hablar!

—Los que se parecen —dijo Luisa Fernanda—, son el *Curriyo* y *Media-Oreja*, cuando se van al *Perché* y tiran de las navajas...

—Traeré a las señoras la *Feria de Mayrena*, descripción en el gusto clásico y castizo, sin perjuicio de la gracia andaluza. Voy por ella.

—Aguárdate un poco, y cuéntanos más cosas de lo de anoche.

—Si Vuestra Majestad me lo permite, le diré que no soy yo el llamado a referir a la reina de las Españas los vergonzosos, los criminales sucesos de que fue teatro anoche el Alcázar de nuestros Reyes. No hay en todita la Historia ejemplo de un atentado semejante. Repito que a mí no me incumbe relatarlo a Vuestra Majestad... Y con la licencia de mi reina, me retiraré, pues no es bien que estemos *pelando la pava* en esta reja...

—No, no, *Don Chepe;* no te vayas —dijo Luisita agarrándose con fuerza a los hierros para columpiarse.

—Tenga cuidado Vuestra Alteza... Adiós. Si me dan permiso...

—¡No hay permiso!

> *¿Qué ez ezto, Zeñó, qué ez ezto?*
> *exclama saliendo Chepe.*

Y después dice:

> *... Zus mersees*
> *han mojao la palabra...*
> *Ez que onde yo la mojo*
> *ni er Papa mezmo ze mete.*

—¡Qué feliz retentiva la de Vuestra Majestad y Alteza!... Voy a traerles el otro romance. Y no se descuiden las señoras, que el Regente viene... Pronto las llamarán para vestirlas.

—¿Y tú no nos acompañas, querido *Chepe?*

—No estoy de servicio... Aprovecho la tarde en escribir a mi familia y amigos.

—¿Y qué les cuentas? Dínoslo...

—¿Les hablas de nosotras?

—Naturalmente. Hablo de la felicidad que Dios ha concedido a España y del glorioso reinado que se aproxima...

—Dios te oiga, *Don Chepe* —dijo Isabel—. ¡Y no te has acordado de traerme el retrato que me prometiste de Isabel la Católica! El de mi libro de Historia es muy feo, y no da idea de aquella gran reina.

—Pues el mío es muy guapo, y ahora mismo lo traeré... Ea, no más.

—Adiós. ¡Viva *Don Chepe!*

Fuese el gentilhombre por la galería adelante hasta la escalera de Cáceres, por donde debía subir a su habitación, y en todo el largo trayecto no enderezó la curva de su cuerpecillo ni deshizo la sonrisa que plegaba sus finos labios. Representaba don Mariano Centurión cincuenta años, excediendo la edad aparente a la verdadera, que apenas de los cuarenta pasaba, diferencia que atribuían los chismosos a la disoluta vida del caballero. Segundón de una casa noble de Andalucía, criado desde su más tierna edad en la holganza, sin serios estudios, sin disciplina que le contuviera ni buenos ejemplos que le llevaran a mejores fines, acabó por perder la salud y el escaso caudal que heredó de su padre. Con estos segundones pobres reza el adagio: *Iglesia, Mar o Casa Real*; mas no habiendo puesto Marianito sus miras oportunamente en el estado eclesiástico ni en el militar de mar o tierra, ya no tenía edad ni espíritu para procurarse otro refugio que el de un triste empleo; y repugnándole, por la dignidad de su noble alcurnia, las plazas de oficina, se dio a solicitar un puesto en Palacio, conforme le aconsejaba el sabio refrán. Era Centurión hombre de escasos conocimientos en los diversos ramos del saber, pero de mucho despejo natural y de memoria felicísima; narrador ameno de cuentos y sucedidos, y con instintos de escritor que habrían sido verdaderas dotes si los cultivara. Se había pasado la juventud, sin sentirlo, en los ocios corruptores de las vinas andaluzas: *zambras* y jaleos, *peladuras de pava,* cañas y toros, meriendas y timbas. Cuando empezó a comprender la vanidad de semejante vida, ya era tarde para emprender otros rumbos: encontrábase viejo a los cuarenta años, el cuerpo lleno de dolores y flaquezas que le obligaban a doblarse como una caña, el espíritu sin ilusiones, la bolsa enteramente vacía. Su hermano, con quien andaba continuamente a la greña por cuestiones metálicas, le negaba todo auxilio; y la demás parentela le hacía la cruz como a un pródigo que deshonraba la clase y nombre ilustrísimo de los Centuriones. Rechazado el hombre en su patria, y no bien visto de sus compañeros de libertinaje, emigró a la Corte, dispuesto a coger una silla y un plato en el comedero social.

Lo infructuoso de las gestiones de Marianito en Madrid, y las miserias y desaires que aquí sufrió, le llevaron mansamente a un cambio radical de las ideas que trajo de Andalucía; y habiendo salido de allá con pelo moderado berrendo en absolutista, efectuó la muda tomando la pinta liberal, por ser liberales las únicas personas que le dieron socorro y le mataron el hambre. Su cruel destino empezó a marcar la mudanza favorable en los días del famoso pronunciamiento llamado de septiembre. Un individuo de la Junta le dio un destinillo para que viviera, y González Brabo, a quien había caído muy en gracia, le presentó a personas que le tomaron bajo su protección. Una ilustre dama, cuyo nombre no hace al caso, le recomendó con eficaz empeño a cierto personaje, muy ligado con el duque de la Victoria; y cuando este volvió de Valencia presidiendo el Gobierno-Regencia, fue don Mariano sorprendido con el nombramiento de Gentilhombre del Interior en la Casa Real, con servicio en la Cámara, cerca de las reales personas. Vio el cielo abierto Centurión y se tuvo por el más feliz de los mortales, dando por bien empleados sus anteriores desdichas y humillaciones. Diósele aposento en los altos de Palacio; su trabajo era fácil y de pura ceremonia; veíase entre personas de alta categoría, y soñaba con mayores grandezas y honores, llegando hasta el atrevido ensueño de procurarse un bodorrio con viuda rica, aunque no fuese noble. La nobleza, fuera del aparato externo, representativo de un papel en el mundo, le importaba un comino. Buscaría, pues, con el cebo de su nombre y alcurnia, una consorte rica, a la cual no habría de hacer ascos porque perteneciese a la clase de carniceros o trajinantes enriquecidos. Los tiempos habían cambiado: la libertad y las ideas revolucionarias hacían mangas y capirotes de las antiguas jerarquías, y se estaba formando una sociedad nueva, una flamante aristocracia, cuyo blasón era una onza de oro sobre dos mundos de plata y el lema *in utroque invicta*.

Como se ha dicho, don Mariano Centurión, apenas llegado a su aposento, bajó sin tardanza para llevar a las niñas lo que les había prometido. Satisfecho del cumplimiento de su deber, libre de servicio aquella tarde, y no teniendo que dar solemnidad con su persona al acto de la visita del Regente, volviose arriba, y despojado de sus galas empezó a tirar de pluma, trazando una carta no breve con esmerado estilo y letra correctísima. No era la primera que a su buen amigo y favorecedor dirigía, ni había de ser la última.

IV

De don Mariano Centurión a don Fernando Calpena, residente en Barcelona
Madrid, 8 de octubre.

Ilustre señor: Cumplo la oferta que a usted hice de tenerle al corriente de todo suceso extraordinario que en estos alcázares ocurriese, y si persiste usted en su propósito de reunir estas y otras noticias para levantar con ella una torre histórico-social, a cuya altura pueda subirse el siglo venidero para ver y examinar las sinuosidades del nuestro, reciba con júbilo esta primera remesa de *cosas reales,* que ellas son carne pura, historia viva y vista, historia que duele, por ser nosotros miembros del grande cuerpo de España que la padece...

Nota. Amigo mío: Desde que estoy en este trajín palaciego, y consagro todas mis horas baldías a la lectura de antiguos y modernos escritores, noto que va disminuyendo como por milagro mi ignorancia. No puedo olvidar que usted, en los primeros días de nuestro feliz conocimiento, me calificó de *diamante en bruto.* Esta benévola opinión me ha estimulado a darme con la lectura, o sea con el roce continuo del saber ajeno en la tosca superficie de mi rudeza, un pulimento que empezó por desbastarme y acaba por tallarme facetas que arrojan alguna lucecilla. Me asimilo fácilmente lo que leo, y se me pegan las formas de escribir; pero de ello resulta que, a medida que voy sabiendo algo, aprecio mejor mi insuficiencia, y soy más escrupuloso y descontentadizo: ya no poseo aquella facilidad del disparate que en otros tiempos aceleraba mi pluma; y mi afán del acierto es tal, que veo en mis escritos más faltas de las que cometo y ningún rasgo ingenioso que pueda ser grato a quien me lea. Digo esto, señor ilustrísimo, porque el parrafillo con que encabezo la carta ha sido para mí un parto laborioso. Tres o cuatro veces he tenido que escribirlo, intentando sacarlo a luz, ya por la cabeza, ya por los pies, y aun así no ha salido robusto y bien formado, sino enteco y con jorobas. ¿Pero qué le importan a usted las angustias de mi aprendizaje? Se las cuento para que vea mi deseo de agradar a la persona que me sacó de la esclavitud y del desierto para traerme a esta vida de libertad y bienandanza. El Señor se lo pague, y a mí me dé larga vida para que se dilaten las expresiones de mi agradecimiento. Y para que no me tenga por maleante andaluz, ni crea que estoy contándole *el cuento de Charpa,* voy al asunto.

Ya sé que Ramón Nocedal le manda a usted hoy un relato prolijo de todo lo que hicieron esos tunantes para preparar la llamada *revolución del orden,* el plan que tramaron para cargar los unos con la reina mientras los otros se apoderaban de la persona del Regente. Nocedalito, que está bien enterado de todo (ése... paréceme a mí que es de los que nadan y a un tiempo guardan la ropa, y perdone usted el paréntesis), le contará cómo se les frustró el magno complot, por precipitación, por azoramiento, y más que nada por obra de esta Providencia particular de nuestra España que nos saca de todos los apuros; le dirá también cómo sacaron a la *Princesa* (regimiento de línea) o parte de él, por la complicidad de Ramón Nouvilas; cómo les faltó la Guardia Real, gracias a las precauciones que tomó el Gobierno; cómo León, que debía ser el primero en la peligrosa lid, vino a ser el último; cómo los Conchas, de quienes el Regente tenía seguridades de lealtad (pocos meses ha los egregios duques concedieron a Pepe la mano de Vicentita, hermana de Doña Jacinta, y perdone usted este otro paréntesis), han sido los más audaces en el atentado, seguidos de Juanito Pezuela. A mí me corresponde tan solo contar a usted lo que vi en Palacio; y a fuer de historiador puntual, no maleante, consigno que estaba yo comiendo en esta misma mesa las sopas de puchero, que son mi más gustoso alimento por las noches, cuando sentí el tumulto y los primeros tiros en la Puerta del príncipe. Salí despavorido, con la servilleta colgando, y al bajar por la escalera de Damas vi subir a dos ujieres y a un mozo de las cocinas, más que corriendo, volando con las alas que les ponía su miedo; y como dijeran que por la misma escalera subían los amotinados, tiramos todos hacia arriba, devorando escalones hasta dar con nuestros cuerpos en el tejado. Allí supimos que los raptores de la reina daban el asalto por la escalera principal, y hacia las claraboyas del salón de columnas nos corrimos. Arriésgueme yo a mirar por los ventanales de la escalera, y vi... No fue más que un momento, porque el instinto de conservación echome para atrás... vi a los insensatos de la princesa, mandados por un paisano, el cual no era otro que Manuel Concha... Los alabarderos le intimaron la retirada; adelantose un tenientillo, que, según después he sabido, se llama Boria, y empezaron a tiros. Los alabarderos se parapetaron en las ventanas que dan a la galería, y en tan buenas posiciones, dieciocho hombres (que no eran más; y juro a usted que ya no pondré más paréntesis) contuvieron a toda la chusma dirigida por un *gachó* tan valiente como Concha.

Ya comprenderá usted que, mientras esto pasaba, los altos del regio Alcázar se poblaban de personal palatino de ambos sexos, huyendo de la quema. También consigno que me aventuré a bajar al piso principal, para cerciorarme de que las niñas no corrían peligro. A las doce duraba todavía el fuego; pero no tan graneado y persistente como en los primeros instantes. Creo haber visto a León de gran uniforme atravesar el patio desde la Puerta del príncipe a la escalera grande, y volver luego con uno, que debía de ser Pezuela, al centro del patio; pero no lo aseguro, que en estos casos se confunden las cosas que uno ha visto con las que le cuentan. Contáronme, y de ello no dudo, que Fulgosio, viendo que venían mal dadas en la escalera, corría por las galerías bajas buscando otra entrada y subida más fácil por donde colarse al robo de la Majestad. Y mire usted si sería precavido el hombre: llevaba sobre los hombros una luenga capa para envolver y abrigar a la reina cuando, arrebatada de su camita, pudiera llevársela en la grupa del caballo, que debía de ser de la casta de *Clavileño*. ¡Si estarían locos!

Las doce o poco menos serían cuando por la Puerta del príncipe se retiraron con bastante bullicio, que me sonó a despecho y desesperación. El mismo demonio que los trajo se los llevaba, y la criminal intentona se desbarataba y deshacía como obra de insensatos o imbéciles. Al verlos partir, llorábamos de júbilo los leales; y cuando sentimos los tiros de la Milicia, posesionada de las calles del Viento y de Requena, dijimos: «Duro en ellos, y que la paguen. No haya misericordia para los que han querido robarnos el Trono y la Libertad.»

Ha de saber usted que los *caballeros del orden* han tenido auxiliares dentro de la propia morada de nuestros Reyes, y solo así se explica su audacia y el ardor y confianza con que se metieron aquí. Un caballerito oficial llamado Marchesi, que era el jefe de Parada, les franqueó la Puerta del príncipe, y dentro estaban en el ajo algunos gentileshombres, como el marqués de San Carlos y el conde de Requena, los cuales se pusieron a las órdenes de los sublevados, en traje de paisano el primero, el segundo luciendo su bordado casacón. ¡Y luego quieren que tengamos paz! ¡Paz cuando abrigamos en sus puestos a los que intentan derrocar la Regencia legítima votada por las Cortes, para restablecer a la *Desgobernadora* con su camarilla y sus Muñoces! Si nuestros gobernantes tuvieran sentido de la realidad, habrían hecho la limpia total de Palacio, contestando con hechos, no con floridas retóricas, al Manifiesto-protesta de Doña María Cristina, cuando fue nombrado tutor el señor Argüelles. El momento lógico de la limpia fue aquel en que presentaron en cuadrilla sus dimisiones la camarera mayor, marquesa de Santa Cruz, y las trece damas. En vez de concretarse el Gobierno a cubrir estas vacantes, debió hacer el general expurgo de personas, mandando a sus casas a todos los individuos de la servidumbre, nobles y villanos, altos y bajunos, de procedencia absolutista, o significados como sistemáticamente afectos a la madre de la reina. Se contentaron con echar a los más rabiosos, abriendo algunos claros, en los cuales tuvimos colocación los que hoy representamos aquí a la Voluntad Nacional; pero dejaron en sus puestos a los hipócritas, a los que se hacían los mortecinos para que no se les tocara... y órdenes de hacerse los tontos recibían de la Malmaison. Por estas condescendencias del Gobierno, tenemos hoy la Casa Real infestada de adictos a Cristina, que minuciosamente la informan de todo lo que aquí pasa y hasta de lo que hablamos en nuestras conversaciones reservadas. No quiero citar nombres; diré a usted tan solo por ahora, con toda discreción y sin escrúpulo de conciencia, que aún colean aquí gentileshombres de Interior y de Cámara, que son hechura del duque de Alagón, y en el ramo de azafatas y mozas de retrete no escasea el género que aún obedece a la camarera dimisionaria. Esta servidumbre baja demuestra un celo terrible en el espionaje, y en llevar y traer cuentos y chismes. Veo y oigo cosas que me sacan de quicio, y la obligación de callarlas me pone a punto de reventar...

¿No es un oprobio que todavía tengamos aquí, y que se codeen con nosotros, los representantes de la voluntad nacional, más de cuatro individuos de la cepa de los Muñoces de Tarancón? Y los tales están bien agarrados, pues haylos que se defienden quitándole motas a Don Martín de los Heros; haylos en la Capilla de Palacio, en forma de clérigos o capellanes más o menos brutos; haylos y haylas en el servicio inmediato de Su Majestad y Alteza, bien avenidos, a fuerza de adulaciones, con la señora marquesa de Bélgida, hoy *nuestra* camarera mayor, de quien nada tengo que decir, como no sea que despliega excesiva indulgencia y blandura con el personal desafecto a la Regencia votada por las Cortes. ¡Oh, señor mío!, haga usted entender a quien corresponda que Palacio es madriguera de mucha y diversa humanidad dañada del repugnante absolutismo y del pérfido moderantismo; que urge entrar en este magno edificio con escobas y zorros para limpiar de basuras y telarañas todos los rincones, donde se esconden ¡ay! alimañas venenosas, cuya picadura es mortal para las libertades públicas.

Sé de buena tinta, y puedo tapar la boca con pruebas al que ose poner en duda lo que voy a decir, que en esta sangrienta y al par ridícula tentativa de robarnos a la reina fue aplicado sin tasa el infalible unto para ganar voluntades de hombres reacios, o de leales sin grandes escrúpulos. ¿De dónde ha venido este numerario con que los *caballeros del orden* han seducido a tantos infelices para lanzarlos a la muerte? Pues no solo ha salido de las aracas de Muñoz, sino de las del Gobierno francés, enemigo declarado de la España desde *el grito* de septiembre, que restableció la prepotencia de la Voluntad Nacional... En Palacio, puedo dar fe de ello, se trató de corromper a muchos para que franquearan esta o la otra puerta, y aun hubo quien discurrió convidar, con pretexto de la Virgen del Rosario, a los monteros de Espinosa, para emborracharlos, imposibilitándoles así de prestar su servicio junto al dormitorio de las reales personas. ¿Hase visto mayor abominación? Y crea usted que si de este nefando cohecho tengo certidumbre por la verídica confidencia de un amigo, de otros puedo dar fe por propio testimonio. A mí, don Fernando, a mí, al gentilhombre del interior don Mariano Díaz de Centurión, colocado en esta casa, más que por sus méritos, que son bien escasos, por el lustre de su nombre y por el apoyo de usted y del serenísimo Regente; a mí, señor don Fernando, han querido corromperme también, y fue tercero del villano mensaje un clérigo insinuante y tierno de la real capilla, llamado Socobio, pariente del don Serafín de Socobio, a quien dejaron cesante en Palacio para colocarme a mí. El hombre está que trina, lo que no ha impedido que tratara de comprarme, imitando a los ladrones que arrojan pan al perro guardador de la casa que intentan asaltar... ¡Mendruguitos a mí para que no ladre! Lo que siento es que lo tomé a broma, y a nadie quise comunicar los halagos del clérigo; que si hubiera yo comprendido la malicia que el hecho entrañaba, mis ladridos se habrían oído en los antípodas.

No necesito dar a usted más noticias del intrigante y sutil Socobio, pues entiendo que conoce usted a esa familia, a quien más que por familia tengo por una dinastía de clérigos y seglares aclerigados, sanguijuelas del Reino y vampiros de la Administración. Entre todos ellos reúnen, según oí, diecinueve empleados muy pingües, ora en la Rota, ora en cabildos catedrales, éste en el Noveno y Excusado, aquél en Rentas Decimales, sin que falten chupadores del presupuesto en las secretarías del Despacho y en Tribunales y Consejos. Todos los individuos de esta tribu asoladora de los Socobios brillan por el frenesí rabioso de su absolutismo. El odio a la Libertad y a la ilustración se llama Socobio, y se personifica en una caterva de chupadores de la sangre nacional. Para mejor sostener su imperio y establecer una piña inexpugnable, se han dividido en dos secciones: la absolutista neta, con sus dos colores fernandista y carlista, que es el núcleo principal, y la moderada, que es el cuerpo avanzado por el cual se ponen en relación continua con el poder público. En el seno de este rebaño de clerizontes de sotana y levita, hoy magistrados y consejeros, todos con el sello de Calomarde; militares que sirvieron con el conde de España, se batieron por don Carlos, y luego, por gracia del famoso Convenio, han vuelto a los comederos de acá; monjas intrigantes y marisabidillas; empleados a la moderna, criados a los pechos de Cea Bermúdez, de Burgos, de Garelly y de Toreno; hay, por fin, el ejemplar de Socobio palatino que por milagro de Dios ha venido a quedar cesante en el último arreglo de la Casa Real.

Pues bien: el *seráfico* don Serafín, mi antecesor en este puesto, mi enemigo capital, a quien deseo mil años de cesantía, y a los demás de la familia igual daño hasta que de cesantes se pudran, intentó corromper mi lealtad...

¡Camaraíta, cómo se va el tiempo en la dulce tarea de comunicarle la palpitación vital para sus historias! Con adusta cara me dice el reloj que se aproxima la hora de volver al servicio.

Adiós, mi don Fernando. Quédense para otro día las muchas cosas que aún tiene que contarle su muy atento servidor y agradecido amigo —*Centurión*.

V

De don Serafín de Socobio a don Fernando Calpena

12 de octubre.

Señor mío de toda mi estimación: Dios no ha querido que sean alegres las nuevas con que me estreno en el honroso cargo de suministrar a usted provisiones para la historia; pero hemos de acomodarnos a la divina voluntad, aceptando con resignación las amarguras que se digna enviarnos, en espera de lo bueno y dulce que vendrá... Crea usted que vendrá, mi señor Don Fernando. Dios no abandona a los suyos.

Debo ante todo decirle, para su tranquilidad, que ninguna desazón ni estorbo me ocasiona esta faena de las cartas, pues bien sabe usted que estoy cesante, víctima de una ruin intriga, y en nada tan útil puedo emplear mis forzados ocios como en ir fijando en el papel la fugaz imagen de personas y sucesos para que no lo desfigure luego la infiel memoria. La delicadeza oblígame a prevenir una salvedad necesaria en estas informaciones, y es que por respeto a las buenas migas de usted con el Regente, callaré las verdades amarguísimas que acerca de este funesto personaje sugieren los hechos. Pero si contra Espartero nada digo, permitirá usted que despotrique a toda mi satisfacción contra la cuadrilla masónica que le rodea, criminal autora de estos desastres, y que entone el *tu nos ab hoste protege,* que son palabras de completas... Sí, sí, mi señor don Fernando; esta Regencia intrusa que nos han traído, dará al traste con España, si Dios misericordioso no pone mano en ello... que sí la pondrá... ya verá usted cómo la pone.

Voy a la carne, amigo mío. Por los papeles públicos y por cartas de otros amigos más diligentes, tendrá usted noticia del fracaso de los intrépidos caballeros que arriesgaron sus vidas para salvar a nuestra excelsa reina y a su serenísima hermana de la esclavitud en que la tiene el jacobinismo, que allá se va esta situación de las personas reales con la de sus egregios parientes Luis XVI y consorte, con la diferencia de ser dorados estos calabozos, y los de allá negros y vestidos de suciedad y telarañas. La generosa empresa de los leales salió torcida por impericias en la preparación, y bien lo dije yo dos días antes, receloso del éxito al ver con cuánta ligereza prevenían el golpe los que en ello andaban. Escapó cada cual como pudo, refugiándose algunos en los altos de Palacio, escabulléndose otros por las espesuras del Campo del Moro y de la Casa de Campo; no todos con igual suerte, pues si bien ambos Conchas y Pezuela, Lersundi y Nouvilas están ya salvos, y lo mismo creo de San Carlos y Marchesi, aunque no alcanza mi convicción tan largo como mi deseo, otros ¡ay! han caído en la garra del *Cromwell de Granátula* (perdone usted). Cayeron el bravo Quiroga y mi compañero en Palacio el señor conde de Requena, los heroicos tenientes Boria y Gobernado, el coronel Fulgosio; y por último, y esto es lo más sensible, víctima también de su sordera, fue sorprendido y hubo de entregarse en Colmenar Viejo el rayo de la guerra, el valiente entre los valientes, ante quien mudo se postró Marte; el héroe que hacía temblar el suelo de España con su pujanza, siendo temido hasta de la misma muerte; el que llevó siempre la victoria en la punta de su lanza, y con ella agujereaba los ejércitos enemigos como si fueran un pliego de papel. Permite Dios a veces cosas tan abominables, que necesitamos afianzarnos en nuestra fe y evocar toda nuestra sensibilidad religiosa para no protestar de ellas... Yo he llorado como un niño al saber que el moderno Cid era conducido a esta Corte y encerrado en Santo Tomás como el último vocinglero de los clubs, a quien el hambre y la ignorancia convierten en furibundo *maratista*. ¡Belascoain prisionero de la revolución, a la cual con pleno derecho, como español, como militar y caballero combatía! Contra tal absurdo deben levantarse hasta las piedras. ¡Ay! las piedras no se han levantado; yo tengo por seguro que se levantarán... pero mientras llega el caso, el horrible contrasentido prevalece, y tenemos al Cid sometido a un Consejo de guerra. Por las formalidades de la Ordenanza, que en ciertos casos no favorecen más que a los pillos, vemos hollada la ley moral, la eterna ley. Esperemos. ¿Permitirá el Cielo que perezca la lealtad, aplastada bajo el pie grosero de la usurpación?

En tanto que se desarrolla este drama, del cual solo hemos visto aún los primeros actos, repetiré una vez más que el principal resorte de la máquina esparterista no es otro que *el oro inglés*. Ya le veo a usted reírse de este concepto mío, que oye como la muletilla de un maniático; pero yo sigo en mis trece, y si antes a cada momento sacaba a relucir la *seducción aurífera* en nuestras disputas, ahora lo haré con mayor motivo y convicción más firme, porque ya no son runrunes, sino pruebas y hechos innegables los que llegan a mí. En el plan de grandioso alzamiento para libertar a nuestra reina hallábanse comprometidos generales, jefes, oficialidad y cuerpos en número harto mayor del que figuró en la desgraciada noche del 7. ¿Por qué faltaron en el momento preciso? Díganlo las conciencias poco fuertes, las voluntades flacas, fácilmente reductibles a los halagos del metal. Dentro de Palacio se contaba con la connivencia de más de cuatro caballeros de la alta y mediana servidumbre, que se brindaron a franquear las puertas interiores, y si no estoy equivocado, a producir una discreta somnolencia de los monteros de Espinosa. ¿Por qué solo San Carlos y Requena respondieron a su compromiso? *Averígüelo Vargas*.

Créame usted, señor don Fernando: la Inglaterra ha comprado a buen precio la ruina de nuestra industria algodonera, librándose, por el medio más sencillo, de un competidor formidable. El esparterismo, o sea la revolución, necesita, para sostenerse, del apoyo de los ingleses. ¿Quién gobierna en España? En apariencia, su ídolo de usted, elevado al poder supremo por las turbas indoctas; en realidad, el Embajador británico, asistido de la caterva de *ayacuchos,* que con nombre tan feo designamos a los que componen la camarilla del Regente. En cuanto al Gobierno, Ministerio responsable, o como usted llamarlo quiera, téngolo por un insignificante grupo de personajes decorativos, inmóviles y estupefactos como figuras de cera vestidas con prestados trajes, y expuestos al público para producir la ilusión de que tenemos mandarines españoles al frente de cada ramo. Pero estos remedos de ministros a nadie interesan, y se cambian de un puntapié. Los *ayacuchos* son los que todo lo mangonean, ayudados del unto maravilloso que reciben de las arcas londinenses, y si usted lo duda, pronto ha de verlo, si observa todo el mecanismo interior del retablo de *maese Baldomero*. Verá usted que lo mismo da un Ministerio que otro, y que cuando se habla de crisis, Su Alteza les interpela con serenísimo desdén en lenguaje *riojano* o *ayacucho,* que viene a ser lo mismo: «Ea, *chiquios,* si queréis *disus, disus,* y si no *estaisus,* como *vus* dé la gana.» Naturalmente, los ministros prefieren quedarse, y así lo hacen hasta que salta un *ayacucho* que necesita *entrar al pienso.*

Concluyo ésta con la noticia, que acaban de darme, del fusilamiento de Borso di Carminati en Zaragoza. Empieza la carnicería: será muy chusco, de una ridiculez espeluznante, que a estos figurones se les ocurra emplear el rigor contra los sublevados, a quienes movió la ley de honor, el respeto a las damas. Sublevarse por una reina ultrajada es de caballeros. He aquí un caso en que no es aplicable la pena de muerte como no sea pisoteando el almo código de la decencia. A pesar de esto, no estoy tranquilo, porque todo se puede temer de los ignorantes hinchados de soberbia. Dícenme que ayer, arengando Espartero a los pobrecitos milicianos, les soltó la bomba de que sería implacable en el castigo. *Optimé trompetasti,* digo yo, recordando los burlescos ejercicios oratorios de mis felices tiempos estudiantiles. Este señor siempre dice *mu* cuando habla. La indignación se desborda en mi alma. Pidiendo a Dios que envíe pronto un rayo para el aniquilamiento de todo el *progresismo,* a usted exclusivamente le pongo pararrayos, mi querido amigo, para que se salve solito entre tantos antipáticos o perversos. Por que no hay colectividad, por mala que sea, en la cual no haya algo bueno. Dios le guarde, y a mí me dé paciencia para ver lo que veo y oír lo que oigo. Siempre suyo —*Socobio.*

VI

De don Mariano de Centurión a don Fernando Calpena
Octubre 13.

Ilustre señor: A lo dicho anteriormente acerca del abortado crimen de lesa majestad y de lesa Patria, debo añadir que días antes del ataque a Palacio llegó a las narices del Gobierno el olorcillo de la conjuración, y la policía no cesaba de olfatear el rastro de los *caballeros del orden,* que escondidos unos en misteriosas casas, disfrazados otros en la calle, daban los pasos y ponían los puntos para coordinar su infamia. La policía, por cuya fidelidad no pongo mi mano en el fuego, no descubrió el lugar donde esos tunantes se reunían: cambiaban de escondrijo cada noche, amparados quizás de los mismos esbirros, a quienes no creo incapaces de dejarse deslumbrar por los *ojos de buey, vulgo* onzas, del tesoro cristino. Después del desastre se ha sabido que anduvieron en el ajo Andrés Borrego, hoy enemigo de la Libertad, y dos caballeros de mi tierra, Istúriz y Benavides, fanáticos por la llamada reina madre. A tientas, adivinando la conspiración antes que conociéndola, andaba en aquellos días el Gobierno, y en su perplejidad acertó en una de las medidas tomadas el 7 por la mañana. Separada toda la oficialidad del primero de la Guardia, y ascendidos a oficiales los sargentos, cuando los del *orden* se presentan en el cuartel para sacar a la tropa les reciben a tiros... He aquí el primer contratiempo de los *ternes* de Doña María, principio de su desconcierto y de las tonterías que hicieron en la noche que yo llamo de San Marcos. El jefe del movimiento debía ser León. Habían concertado que aquí se diese el *grito* y que secundasen en las provincias O'Donnell, Borso, Piquero y Urbistondo... Anticípanse los de allá; los de aquí dudan, no se determinan; les falta la Guardia; ciego se lanza Concha a Palacio; León tiene celos, creyendo que el otro *gachó* se le quiere poner por delante y oscurecerle; corriendo mil peligros, y cuando tropa y milicianos están ya sobre las armas, montan a caballo León y Pezuela y se plantan en Palacio, sabiendo que van a una muerte segura. Aquí de los *crúos*...

En Palacio arrecia el fuego. Don Domingo Dulce, a quien ni el plomo ni el oro rinden, les da toda la *canela* que piden, y los caballeros *desocupan* dejándose los dientes en la escalera. Lo demás es ya público y notorio. León se entregó en Colmenar a los Húsares de la princesa, mandados por Laviña, y aunque éste quiso facilitarle la fuga, el nuevo Cid rehusó aceptarla. Dijo que no había huido nunca, y es verdad. Por Madrid se corre que no le aplicarán la última pena. Los que el día de su captura pedíamos su cabeza, andamos ahora compadecidos, que esto es condición de españoles. Si bien se mira, no fue Diego León el más culpable; y si a mí me dejaran aplicar justicia en este caso, mandaría pasar por las armas a los paisanos que han venido de París con este fregado, y a las cabezas pensantes del *moderantismo*. Uno de mis compañeros en funciones palatinas, *jovellanista* rabioso, me ha dicho que se alegrará de que haya víctimas, porque el sentimiento popular las convertirá pronto en mártires, y en el terreno del martirio germinará fácilmente la idea cristina, bien abonada con el *parné,* que lo hay, vaya si lo hay; y la Señora no omite gastos, ni escatima sangre contraria y propia para reponer las cosas en el estado que tenían antes de lo de Valencia. Como el Gobierno sabe que en la Malmaison anhelan que aquí se castigue y que les hagamos víctimas y mártires, es seguro que a León y compañeros de locura no se les mandará *rezar el Credo.*

Y dejando este triste asunto, voy a llenar, ¡oh mi don Fernando!, lo que me queda de este pliego con noticias más gratas, que no pertenecen a la serie de los hechos llamados históricos; son menudencias de la vida y observaciones del orden privado, de las cuales podremos sacar útiles enseñanzas. Mis impresiones acerca del carácter y cualidades de la reina no pueden ser más excelentes: la veo todos los días, me honra departiendo conmigo familiarmente sobre diversos asuntos, y he formado el juicio de que tendremos en ella una gran Soberana. Buena falta nos hacía. Llevamos una temporadita de reyes malos, que ya, ya... Si tantas calamidades, léase Carlos IV, Fernando VII y María Cristina, vinieron sobre esta nación por los pecados de los españoles, ya debemos de estar limpios, porque la expiación ha sido tremenda.

Pues sí: hablo a menudo con nuestra gloriosa reina, y siempre acabo diciéndole que si la queremos tanto es porque esperamos que deje tamañita a la primera Isabel. Ella se ríe: advierto a usted que es donosísima y muy salada, y que se va desarrollando tan bien que ha de tener el cuerpo de una mujerona. Su inteligencia es de las más vivas: todo lo comprende; tenemos que atajarla en su anhelo investigador y en su preguntar continuo de todas las cosas. De su corazón no hablemos: es tan tierno y sensible, que por su gusto a nadie se castigaría, ni a los mayores criminales. Su generosidad ha de ser tal, si no se pone mano en contenerla, que no habrá tesoros bastantes para cansar su mano dadivosa. Hasta en sus travesuras demuestra la nobleza de su alma, y en sus juegos y recreaciones late el españolismo más puro. De tal modo se compendia en ella la raza, que para tenerlo todo, no le falta ni aun la insubordinación, que por la edad y el rango viene a ser en Isabel una gracia. Aunque no ignora la etiqueta, apuntan en Su Majestad tendencias a quebrantarla por cualquier motivo, y sin darse cuenta de ello ama la igualdad. Vea usted aquí, mi señor don Fernando, por qué tengo a nuestro ídolo por la representación más pura de los principios que profesamos.

La afabilidad de la reina fácilmente viene a parar en confianza, y sus etiquetas acaban en bromear con todos nosotros. No podemos resistir al encanto de sus donaires, y gozamos cuando nos demuestra con graciosas burlas su estimación. Yo digo: «¿No es esta confianza prenda segura de la feliz concordia entre la Monarquía y el Pueblo? Si la reina ama al pueblo, si ante él no se muestra jamás estirada ni orgullosa, ya tenemos realizado el fin supremo de ver reunidos, formando un solo ente, la Libertad y el Trono. Haya confianza mutua, y estamos salvados. Familiarícese la reina con sus súbditos, y éstos con su reina, y veremos el ideal de los estados florecientes.» Decíame Don Manuel José Quintana, con quien he hablado más de una vez de asunto tan capital, que él quisiera más formalidad en Isabel II, menos propensión a familiarizarse y dar bromitas. Confía en que la edad y la educación modificarán este aspecto del carácter de la excelsa Soberana, y en que el ejercicio de la potestad le dará el grave conocimiento de la dignidad regia. Opine lo que quiera don Manuel, los niños son niños, y cuanta más viveza y desenfado nos muestren, más claramente nos anuncian un fondo de lealtad. Por mi parte, cultivo la confianza de Isabel, y me congratulo de que me tome afecto, correspondiéndole yo con todo mi amor de súbdito fiel, para que la señora me perpetúe en su servicio. Tiemblo de pensar que los cambios políticos me priven de una posición en la que veo resuelto el problema de mi vida, permitiéndome disfrutar de un reposo muy honorífico al término de una juventud ignominiosa. ¡Qué buena es la regeneración del hombre, y qué saludable y útil!

Adelante, mi querido amigo. Voy a contarle a usted que don Manuel José Quintana, con ser el respeto mismo, no se ha librado de la graciosa, inocente malicia de Su Majestad y Alteza para poner motes. Me he permitido preguntar a las augustas niñas qué fundamento tiene y de dónde han sacado el remoquete de *Tío Pasahuevos* con que designan al gran poeta; pero ninguna de las dos ha sabido contestarme, y rompen en divinas carcajadas cuando les hablo de esto. Hayan sacado el tal nombre de algún entremés que han leído, háyanlo inventado ellas, no encierra significación ni malicia. Por Palacio se ha corrido la voz de que la reina y princesa habían dado al cantor del mar una pesada broma, y sobre ello debo hacer, después de referir a usted el bromazo, las rectificaciones oportunas. Es el caso que el señor Intendente entregó a las niñas, como regalo de la Fábrica de Moneda de Segovia, grande porción de ochavitos de plata, acuñados en aquel establecimiento. Lo que agradecieron Isabel II y su hermana este obsequio, fácilmente lo comprenderá usted. El juguete era de los más lindos; guardaban las niñas su tesoro en preciosos saquitos de seda, y se divertían contando cada una lo suyo, y haciendo distribuciones y partijos para reunirlo después y guardarlo: tan encariñadas estaban con los *chavitos* de plata, que no daban uno a sus meninas ni por un ojo de la cara; y al mismo Quintana, que les pidió media docena para obsequiar a su sobrinito, se la negaron. Esto sucedía no hace tres semanas, y no hará diez días que corrió por Palacio la especie de que la reina y la princesa habían mandado traer unas yemas, e introduciendo moneditas en algunas de ellas, diéronlas a comer a sus servidores, y que don Manuel fue uno de los que cayeron en el engaño y se tragaron con el dulce el pedacito de plata. Añadían que la travesura había sido ideada por la princesa de Asturias, y puesta en ejecución por la reina, que supo meter el matute con disimulo y arte en el sabroso corazón de la yema. Y como después de tragada la pieza insistiera el ayo en que sus excelsas alumnas le dieran las monedillas, empezaron ellas a batir palmas y a reír como locas, y Luisa Fernanda le dijo: «¡Pero, tonto, si la tienes ya dentro de tu barriga!»

Esto se dijo; y la malicia moderada, que no duerme, y de todo suceso, por insignificante que sea, saca partido para ensalzar a los suyos y vilipendiar a los de acá, trató de ridiculizar al respetabilísimo señor y maestro de la reina y Princesita, por permitir a sus alumnas chanzas de este jaez. Pues bien, señor don Fernando, el hecho es cierto; pero el tragador del ochavo no fue Quintana, sino un servidor de usted, con lo cual queda probado que no hubo falta de respeto, pues las Reales niñas distinguen con su confianza, y nada tenía de indecoroso que en mí, como en humilde criado, ejercieran sus travesuras. Lo que habría sido irrespetuoso en don Manuel José Quintana, figura magna del Reino, así en la literatura como en la política, varón digno de todo acatamiento por sus virtudes, por sus talentos y por sus años, no tiene gravedad alguna tratándose de mí, que nada soy ni nada valgo; si me quitan la casaca bordada, me quedo en clase de nulidad o de pelele para que conmigo se diviertan los chicos. Y si los de las calles podrían tomarme por juguete, ¡con cuánto mayor motivo podrán hacerlo los que a sus sienes ciñen la real diadema! Por lo demás, no llevaré mi condescendencia hasta sostener que me supo bien la *pega*, pues pasé veinticuatro horas con mediana ansiedad y en una expectativa dolorosa, si bien los retortijones no fueron tan acerbos como al principio temí. Puestas las cosas en su lugar, solo tengo que añadir que en ello demostraron mi Soberana y la inmediata sucesora al Trono su donosura, señal de inteligencia y de la confianza con que me distinguen. Que esta confianza dure, que con la edad se amplifique y extienda, trayéndonos la perfecta familiaridad entre el pueblo y la Corona, y seremos felices.

Creo en conciencia, y así lo digo a mis amigos, que todos nuestros esfuerzos deben dirigirse a modelar el carácter de Isabel II de modo que tengamos en ella una Soberana ferviente devota de nuestras ideas, un jefe del Estado que pertenezca en cuerpo y alma al *Progreso,* y que excluya para siempre de sus consejos al infame *moderantismo.* Lo que del regio carácter conozco y veo me permite creer que así será; pero no hay que descuidarse, porque el enemigo, encastillado aquí en buenas posiciones, aprovecha cuantas ocasiones se le presentan para infiltrarse en la voluntad de nuestra muy amada reina.

Y ya que de esto me ocupo, y he tenido la inmodestia de hablar de mí, apuntando los servicios que presto, y los mayores que puedo prestar aún a nuestro partido, acabo de quitarme la máscara de la vergüenza para decir a usted que me convendría muy mucho... A fin de realzar mi dignidad y darme en Palacio el lustre que no tengo... Me convendría, digo, que el Serenísimo Regente me designara al señor ministro de Gracia y Justicia como acreedor a ostentar junto a mi nombre un título de Castilla, cosa en verdad no difícil, dada la antigüedad y nobleza de mi alcurnia, pues con revalidar alguno de los que pertenecieron a la casa de Centurión y que por incuria están preteridos, basta para llenar este vacío que hoy siento y que usted en su buen juicio apreciará. No lo olvide, y aproveche para darme ese gusto la primera coyuntura que se le ofrezca, en lo que dará un nuevo motivo de agradecimiento a su invariable y ferviente amigo.

Mariano.

Del mismo al mismo

14 de octubre.

Apenas franqueada en el correo mi carta de ayer, llegó a mi noticia que don Diego León ha sido condenado a muerte, y que mañana, ¡ay dolor!, se ejecutará la terrible sentencia. Me apresuro a comunicárselo, y omito por falta de tiempo los comentarios que este grave suceso me sugiere. Aún tengo esperanza de que un acto de clemencia detenga la mano de la justicia. Corren voces de indulto, y si viene, no seré yo de los últimos en aplaudirlo. Soy de los que piensan, mi buen don Fernando, que sería torpeza insigne dar al bando contrario la ventaja que supone una víctima como León. Lo que han perdido por su criminal atentado, lo ganarían con la gran fuerza sentimental que ha de darles el martirio de un héroe. En fin, no soy yo quien ha de decidirlo, y el señor Regente sabrá lo que más conviene al país y a la libertad. Suyo devotísimo. —*Centurión*.

VII

De don Serafín de Socobio a don Fernando Calpena
16 de octubre.

Señor mío: Escribo a usted de tal modo traspasado por el dolor, que no acierto a concertar mis ideas con la buena estructura gramatical. El dolor desquicia mi entendimiento, y éste desconoce el arte de dirigir la pluma. Perdóneme usted; vaya leyendo hasta donde pueda, y lo que le resulte oscuro interprételo con buena voluntad.

Se confirmaron ¡ay! las corazonadas que a usted manifesté en mi carta de anteayer. No hubo clemencia. Ésta es virtud de las grandes almas, y la del Regente, con perdón de usted, de puro pequeña es totalmente invisible. Desearíamos creer que ese hombre no tiene alma. No obstante, como cristiano digo que quien no la tuvo para la clemencia la tendrá para el arrepentimiento. De nada valieron los esfuerzos de tantas personas sensibles y honradas para enternecer el corazón de piedra del señor duque-Regente. La marquesa de Zambrano, madre política del héroe condenado, se arroja a los pies de Su Alteza; la propia Doña Jacinta intercede con lágrimas. La reina quiere escribir una cartita al tirano, y no la dejan. ¿Qué más? La Milicia Nacional, en quien el hombre de corazón duro funda y apoya su prepotencia, le dice: «No mates a León»; y el hombre fiero responde: «Yo no mato a León: le mata la Ley.»

¡Buena está esa Ley, que todos han hollado! ¡La Ley! ¡Del felpudo que han puesto como un guiñapo a fuerza de pisotones, quiere hacer Espartero un inmaculado emblema de la Justicia!... El argumento empleado por Roncali en la defensa de León no tiene réplica, y fue como decir al Regente que no podía tirar la primera piedra. Y es de oro lo que dijo uno de los jueces, el general Grases: «Si por sublevarse condenan a un hombre, ahorquémonos todos con nuestras fajas.» No le relato a usted el juicio porque carece de interés: la carta que encontraron a León, y que éste no se cuidó de arrojar de sí, le comprometía seriamente. ¿Pero qué importa todo esto? No era posible negar su parte en la conjuración. No se trataba más que de saber si merecen la muerte los que faltan a la disciplina con móviles políticos. Era un hecho que obedecían a la Regente legítima congregando al Ejército para reponerla en su autoridad. No eran desleales, no eran traidores: cumplían un deber sagrado. Yo reconozco que Espartero, en su posición, siquiera ésta sea usurpada, no podía apreciar el caso del mismo modo. Pero sobre el criterio estricto de la Ley están el buen sentido y el principio cristiano que dice: «O todos o ninguno.» Espartero no ha mirado el porvenir, no ha visto las tremendas represalias. Lagos de sangre formará pronto el arroyo que sale de las venas de los primeros mártires: acusan los unos con razones; la defensa razona cumplidamente, y entre estos dos grupos de razones está Jesucristo con los brazos en cruz, que dice: «Sois unos grandes fariseos, esclavos de la letra. Callad y haced lo que en vuestro gárrulo lenguaje llamáis la vista gorda, perdonándoos la falta que unos contra otros y otros contra unos habéis cometido. Todos sois jueces, todos sois reos; los sillones del tribunal son banquillos de acusados, y las causas que escribís hacen víctimas de los verdugos y verdugos de las víctimas, según se las lea por el derecho o por el revés.»

Acongojado escribo que no hubo perdón, y a ratos me pasa por la mente la terrible idea de que para los grandes fines españoles y humanos el no haber perdón ha sido provechoso, pues la causa que con víctima de tal calidad se fortalece es causa ganada, y la que con tan torpe barbarie se envilece causa perdida es. A los sacros derechos de la reina gobernadora faltaba un holocausto: ya lo tiene... Mas por de pronto, el doloroso sacrificio hace brotar de nuestros ojos ríos de lágrimas. Lloremos, y nuestro llanto, mezclado con la sangre, fecundará la tierra.

Soy Hermano de la Paz y Caridad. ¿No lo sabía usted? He prestado auxilio a muchos reos de muerte, bandidos los unos, desgraciados aventureros políticos los otros, y aunque mi corazón está encallecido por las emociones de estos espectáculos y trances dolorosísimos, he sentido ahora la mayor angustia de mi vida. Era para volverse loco ver a tal hombre, en la plenitud de la vida, del vigor, todo nobleza y generosidad, separado de la muerte solo por un instante y por una palabra. El instante, al tiempo implacable pertenecía; la palabra pudo salir y no salió de la boca de un déspota, que quiso engrandecerse haciendo el papel de Fatalidad... No puedo expresar a usted mis sentimientos en aquellas horas del día 14 y de la mañana de ayer 15, día de la gloriosísima doctora Santa Teresa de Jesús. Llegué a creerme víctima de un sueño, de espantosa pesadilla, y que nada de lo que veían mis ojos era verdad. Hombre no me parecía ya el excelso León, sino más bien un ser sobrenatural y fabuloso. Le fusilaríamos, y las balas rebotarían en aquel pecho que ha sido el primer baluarte del honor patrio... Imposible que la muerte destruyera un ser tan grande, Aquiles que ni en el talón ni en parte alguna de su cuerpo podía ser vulnerable. ¡Qué llamear el de aquellos ojos negros, qué fiereza en la hermosura de su rostro, qué gallardía y robustez en su talle y apostura! Le vi por primera vez cuando acababa de confesar; le vi cuando mandó que rompieran en tres pedazos su lanza de combate; le vi cuando dijo con voz de trueno: «¡Y he de morir yo!...» le vi también resignado y tranquilo, platicando sosegadamente con Roncali; le vi y le hablé yo mismo, sin que pueda recordar ahora qué palabras comunes salieron de mis labios, ni descifrar las que él con tanta gravedad pronunció... y turbado de ver tanta desdicha en quien merecía todas las venturas, y de considerar tan cerca del sepulcro al hombre más arrogante del Ejército español, al primer caballero del siglo, me salí despavorido, como el que presencia una grave alteración del orden de Naturaleza. El mundo se desquiciaba; tales abominaciones no podían pasar sin algún grave desconcierto en la máquina universal. Ausente de la capilla, vi a León tan grande, que los hombres en derredor suyo parecían hormigas. ¿Cómo podían matarle las hormigas, ni el feo y negruzco hormigón llamado Regente por uno de estos artificios de lenguaje que usamos en nuestra república de insectos?

La curiosidad llevome de nuevo a las lúgubres salas de Santo Tomás, y si hubiera tardado un minuto no habría visto salir al mártir para el lugar del suplicio... Me agregué a mis compañeros de la Hermandad que iban en el último coche, y seguí la fúnebre comitiva. De gran uniforme, cubierto el pecho de cruces, iba el general en carretela descubierta, a su lado el sacerdote, enfrente Roncali... ¿Qué pensaría el hombre que llevaban a ajusticiar cuando, al pasar la vista por las tropas que cubrían la carrera, reconoció los cuerpos que se habían comprometido con él para el movimiento del 7? Eran los que debieron ser suyos, y tan no eran ya suyos, que le conducían al matadero. ¡A esto se llama justicia! Carnaval trágico debiera llamarse. Por momentos creí que León era conducido a una apoteosis, que aclamado sería por las tropas, y que éstas se volverían contra Espartero. ¡Y qué día espléndido, qué Sol de fiesta, qué ambiente de alegría! Madrid quería estar fúnebre, y el cielo quería reír. La gente se agolpaba en la carrera por toda la calle de Toledo, resplandeciente de luz y de color; y cuando veía pasar al reo, tan gallardo y hermoso en su serena resignación, figura militar incomparable, que simbolizaba en la mente del pueblo las hazañas más estupendas de la guerra y los prodigios más extraordinarios del valor español, no daba crédito a lo que miraban sus atónitos ojos. No era así la *Historia de España* que estábamos acostumbrados a ver, compuesta de alternados espectáculos de revoluciones y patíbulos. No iban a la muerte hombres como aquél, que todo lo podían, que con un poco de suerte habrían destruido en un santiamén el régimen imperante. No podía ser que los sublevados cometieran las torpezas de la noche del 7, ni que Espartero tomara tan cruel venganza. Personas hubo (y así me lo han dicho más de cuatro) que no se persuadieron de la verdad del fusilamiento hasta que sonaron los tiros. La Milicia Nacional, que formaba en la plaza de la Cebada, donde hoy está Novedades, le vio pasar con pena, y si la dejaran le habría tocado el himno de Riego, y cogídole en brazos para pasearle en triunfo. Y, sin embargo, *Don Fatalidad* manchego se salió con la suya. Había dicho muerte, y muerte fue.

No puedo pintarle a usted, señor de Calpena, mi impresión de piedad y espanto, cuando León, a quien vi en aquel instante como si tocara el cielo con su cabeza, se plantó en actitud majestuosa ante los granaderos, y les gritó: «¡No tembléis... Al corazón!» Oyéndole estoy todavía. ¡Qué voz!... Yo miré a todos lados. ¿No vendría en aquel instante algún emisario de Espartero trayendo el indulto? No, señor, no vino nadie... Huí despavorido... A no sé qué distancia oí la voz del general dando los gritos de mando... Todavía los oigo, ¡ay!... Después la descarga. Huí más rápidamente, aterrado, como si me persiguieran demonios, y me vi envuelto entre soldados. No quise ver al coloso muerto, ni me parecía que había suelo en que cupiera tan gran cadáver... No sé por dónde me vine a casa. Mi familia creyó que me había vuelto loco... Perdí el sombrero... y la cabeza con él.

Octubre 17.

Alea jacta est. A la bárbara provocación contestamos con un terrible «nos veremos.» Contados están los días de este hombre, a quien no califico por respeto a la cordial amistad que usted le profesa. Si España ha de vivir, si España ha de ser algo más que un charco de ranas, entiéndase *ayacuchos,* urge apartar del Gobierno a esta gente, que quiere conducirnos a la disolución y anarquía más espantosas. Y la salvadora empresa debe empezar por la desinfección del Alcázar de nuestros Reyes, donde más que ninguna otra parte es nociva la pestilencia del *Progreso.* Pone los pelos de punta el pensar que inculquen a nuestra Soberana doctrinas peligrosas, y que la educación en general sea deplorable, liberalesca, y un si es no es *enciclopedista.* ¡Abominación y escándalo! Los que vemos en la calle a las regias personas, cuando pasan hacia el Retiro, hemos notado que están desmejoradas y que van perdiendo carnes de día en día, señal por lo menos de que no viven alegres, y de que se las martiriza con estudios impropios de su edad. Claro que en mis juicios acerca del nuevo estado palatino no voy tan lejos como el vulgo, que ha pronunciado sentencia terrible contra Quintana y Argüelles, dando a éste el revolucionario mote de *Zapatero Simón.* No diré yo que las augustas niñas sufran malos tratos, hambres y golpes; pero debemos ver siempre en las exageraciones populares un fondo de verdad, y reconocer que ni el ayo ni el tutor son hombres cortados para la cría de reyes. Me consta que alguno de los preceptores ha hecho alarde de un descarado democratismo. No hay tiempo que perder: libremos pronto a nuestra Soberana de esa maligna influencia; y como al propio tiempo que se ha de barrer el suelo de la Nación hasta que no quede ni el menor rastro de *progresismo,* hemos de procurar que la reina se penetre bien de la sana doctrina *moderada,* para que ésta sea norma de su conducta en lo por venir, y tengamos un reinado próspero, pacífico y glorioso.

Convendrá usted conmigo en que si el *progresismo* no es exterminado de modo que no pueda volver a levantar la cabeza, nuestra patria parecerá víctima del desgobierno y la anarquía. Sobre que estos hombres no pecan de escrupulosos en la administración del procomún (con excepciones, amigo mío, con raras excepciones que reconozco), no hay manera de hacerles comprender que las teorías políticas extranjeras más dañan que benefician trasplantadas a nuestro país. Son además groseros, visten como espantajos, se pagan de la patriotería declamatoria, y todo lo arreglan con palabras huecas, sin sentido. No miran por los *intereses creados,* reforman sin criterio, persiguen a las *clases conservadoras,* aborrecen las camisas limpias, confunden la libertad con la licencia, y no saben poner sobre todas las cosas *el principio de autoridad.*

De los asuntos particulares que se ha dignado confiarme, nada nuevo puedo comunicar a usted. Estos días han sido inútiles para los negocios, y no he puesto los pies en ninguna oficina, seguro de no encontrar a nadie, o de hallar a mis señores funcionarios distraídos y atontados con los graves sucesos políticos. De añadidura, tenemos ahora el estero, que son tres días de holganza. Con todas estas demoras y la ignorancia del *progresismo,* bien puede decirse que no hay Administración. Vengan pronto Dios o el Diablo a traernos la vida, que no es otra cosa que el orden. Suyo, etc. —*Socobio.*

VIII

Del mismo al mismo
29 de octubre.

Mi señor don Fernando: Demos gracias a Dios y a nuestro amigo don Eduardo Oliván e Iznardi, uno de los pocos mortales que no comen el pan de la cesantía, por virtud especial que posee para salir a flote en todos los naufragios; démosles gracias, digo, porque sin ellos no podría yo mandarle noticias del expediente de Hacienda, ni de la favorable nota con que lo ha despachado la Asesoría general... Pero ha de saber usted que antes de llegar al señor ministro, forzoso es que pase por tres o cuatro de los llamados *centros,* donde emplearán las semanas de Daniel en leerlo y resobarlo, en escudriñar precedentes y compulsar las distintas jurisprudencias que atañen al caso, antes de que se aproxime a la superior resolución. Reúna usted, pues, mi buen amigo, toda la paciencia necesaria, y apriete los resortes para que tanto en Madrid como en Barcelona operen con rapidez y desembarazo, resolviendo de plano y a gusto de la parte interesada. Aproveche usted la situación presente, en la cual goza de toda la influencia, y de ninguna su infatigable enemigo el señor marqués de Sariñán y Villarroya, que si las tornas se vuelven pronto, como espero, y el moderantismo empuña el mango de la sartén, el señor marqués será poderoso y usted no.

Hablé del caso con don Manuel Cortina, uno de los pocos progresistas que merecen un trato afable y consecuente, y su opinión es que a los mayorazgos de Centellas y Valldeveu, de los estados de la casa de Loaysa, no pueden afectar las reclamaciones de la Real Hacienda contra la casa de Idiáquez. Esto es lo único que puede decir sin conocimiento de los orígenes de la cuestión. Secuestrado muy a su disgusto por la política, pronto reanudará los trabajos de bufete, y lo primero que detenidamente estudie será el asunto que a usted tanto inquieta. Así lo ha escrito a la señora condesa en reciente carta; y ya que la nombro, no dejo pasar yo tan buena ocasión sin tributarle, por conducto de usted, mis homenajes más respetuosos.

Amigo mío, despeje su ánimo de esas aprensiones, y tome el camino de La Guardia, donde lo menos que puede hacer es casarse, si han llegado ambas familias a una feliz inteligencia... Quiero que conozca usted las contradictorias especies que corren por aquí acerca de esa boda, que tan pronto se nos presenta por el lado claro, tan pronto por el oscuro. Mi primo don Vicente de Socobio, canónigo patrimonial de Vitoria, en cuya casa pasó su grave enfermedad el señor don Pedro Hillo, me escribe acerca del particular algo que no se compadece con las referencias del señor don Víctor Ibraim, capellán de honor en la Real Casa, el cual asegura que la boda es un hecho, mas con variantes que han de causar grande sorpresa. No se casa usted con Demetria, sino con Gracia, y aquella sin par señorita, cuyas virtudes trompetean cuantos la conocen, ha resuelto consagrar su preciosa vida a vestir imágenes, o encerrar su virtud en las Huelgas de Burgos. Áteme usted esa mosca. Y cuando no me había repuesto del estupor que esta noticia me causó, viene mi tío Frey don Higinio de Socobio y Zuazo, de la Orden de Calatrava, y me dice que Santiago Ibero ha dado un tremendo esquinazo a la niña menor de Castro-Amézaga, la cual, furiosa de verse plantada, no halla mejor consuelo de su desaire que aceptar las propuestas del férvido marqués de Sariñán. Bien podía usted enterarme de la verdad, si la sabe, en este juego de las dos niñas, que tan pronto se casan como se enclaustran, y de si triunfan los Idiáquez, pues desde aquí estoy viendo la cuarta de jeta que alarga Doña Juana Teresa, si, como se dice, logra incorporar a su estado los predios de Páganos y Samaniego.

Y para que mi confianza, señor don Fernando, sea estímulo de la suya, le contaré lo que por mí mismo he podido averiguar, valiéndome de una terrible encerrona que di a Santiago Ibero la semana pasada. Le cogí por mi cuenta en el casino de la Calle del príncipe, y solos en un apartado aposento traté de confesarle. Mas no valían con él *indirectas,* y a mis preguntas solo contestaba como el lego que reparte la sopa de San Francisco, echando cucharadas del caldo de arriba. «Hermano —le dije—, eche *de profundis»;* y, por fin, sacó de lo más hondo una parte de sus secretos, una parte no más, la que principalmente nos interesa. Pues el caso es que ha roto su compromiso con Gracia porque no se cree digno de ella. Añade nuestro buen amigo que se tiene por un miserable, que él mismo se desprecia y qué sé yo qué. Se ha pasado con armas y bagajes a la literatura de tumba y capuz de que tanto nos hemos reído, y sus melancolías entiendo que son una enfermedad ocasionada por desvaríos de amor. Me da mucha pena el pobre Santiago, que es un pedazo de pan, un niño cándido, de altas ideas y caballeresca voluntad, cuando no se deja embromar por los *mengues.* Le hacía falta un buen amigo que le sacara de estas oscuridades; su apagada razón necesita otra refulgente como la de usted para lucir como debe.

Bomba. Sepa usted que Su Alteza Serenísima (hablo del Regente) emprenderá un viaje a Zaragoza, en busca de popularidad según creo, pues la de aquí parece que se le va disipando. El pobre señor no se ha enterado todavía de que el movimiento era contra él, contra su desdichada administración, contra su ineptitud para el gobierno. En sus alocuciones disimula la escama diciendo que los sublevados iban contra la Voluntad Nacional, contra los sacros principios, etc... Me recuerda al baturro que habiendo recibido un par de coces en la oscuridad de una cuadra, gritó: *Alumbra, Magalena, que la borrica me ha tirao una coz, y no sé si me ha pegao a mío a la paré.* Yo le diría a Su Alteza: «A la pared, señor mío, que es usted, y a usted, que es la pared, pues pared y Regente se confunden en una sola persona dura.»

Supongo que irá usted a verle, y él le contará sus cuitas, que no son pocas, y algún proyecto descabellado para conjurar la tormenta que se le viene encima. ¿Querrá encomendarse a la Virgen del Pilar para que le saque del atolladero? No, no: la Pilarica no puede amparar al que se complace en conceder mercedes a los rufianes y en fusilar a los caballeros... Dispénseme usted que le hable con esta libertad. Mi indignación no conoce freno: ansío que venga de la parte de Francia nueva tanda de paladines, bien repuestos de armas y de todo el oro francés, inglés o turco que puedan allegar, para que salgamos de esta esclavitud degradante. La jugada de septiembre fue muy fea, y juro *por el Cirineo de Cascante* (como dicen los brutos de mi tierra) que nos la han de pagar.

Noviembre (no marca el día).

Vivimos en la más estúpida de las tragedias, y hechos a sus horrores, hablo a usted de fusilamientos, como hablaría de una moda flamante o de una función de teatro. Ayer le quitaron la vida al pobrecito Boria, un teniente, una criatura, un héroe barbilampiño que hizo prodigios de bravura en el ataque a la escalera de Palacio. No quise ir a verle en la capilla; pero los Hermanos que fueron me han contado que no se ha visto otro ejemplo de fortaleza y elevación de ánimo. ¡Pobre niño, excelso mártir de la más gloriosa de las causas! El subteniente Gobernado sufrió la misma pena. No sé si he dicho a usted que días pasados pereció también el brigadier Quiroga. Estas carnicerías se repiten con tal frecuencia, que ya se nos van de la memoria las víctimas, y cada día decimos: «¿a quién le toca hoy?...» Pero el que demuestra disposiciones más felices para la extirpación de españoles es el tal Zurbano, el Marat del *Progreso,* que en tierras de Vizcaya y Rioja se despacha a su gusto, repartiendo tiros sin ton ni son y llenando el suelo de cadáveres. Ahí tiene usted un esparterista que sabe su obligación. ¿Han llegado a conocimiento de usted las bárbaras proezas del hombre de la zamarra, personificación del fanatismo liberal en su más salvaje aspecto? Pues entérese y estudie el caso, que es interesante, pues estas violencias traen, en el ordenado vaivén del tiempo y de la historia, su propia reparación, y los que deseamos la ruina de esta Regencia, aplaudimos a los Zurbanos que se cuidan de desacreditarla y de hacerla odiosa. Vamos bien.

Ya tiene usted a su ídolo en Zaragoza, recibiendo el delirante aplauso de los nacionales. No le vale su escandaloso abuso de la oratoria militar, y caerá entre los mismos ruidos de su levantamiento. El trágala que en septiembre del 40 cantó el señor duque a la reina madre, se lo cantarán pronto a él, con la propia música, los caídos del año anterior. La historia se repite con acompasado amaneramiento, y los grupos o gavillas de hombres alternan en las mismas formas salvajes de darse y quitarse la tranca de gobernar. Ya oigo a los míos cantando bajito lo que mañana cantarán bien alto:

A la tira-*floja* perdí mi caudal;
a la tira-*floja* lo volví a ganar.

Sea usted indulgente, mi buen amigo, con la irrespetuosa sinceridad de su devotísimo servidor. —*Socobio.*

IX

De don Fernando Calpena a don Mariano Díaz de Centurión
Sitges, diciembre.

Señor mío y amigo: La delicada salud de mi madre, que en el presente invierno ha redoblado mi inquietud, es el único motivo de mi permanencia en Cataluña, motivo que basta y sobra para que aquí nos plantemos, ella porque se encuentra en la costa de Levante mejor que en parte alguna, yo porque no quiero ni debo separarme de su lado, y no estoy bien sino donde ella está. Buscando un retiro sosegado, ameno, de alegres horizontes por mar y por tierra, de ambiente puro, de vecindario sencillo y poco bullanguero, he creído encontrarlo en esta preciosa villa de Sitges, situada como a siete leguas al Sur de Barcelona, en la misma orillita del Mediterráneo. El mar es azul, la villa blanca, toda blanca; mirada de lejos, como un nido de palomas o de cualquier especie de aves cuya saliente cualidad sea la blancura; de cerca limpia, risueña, hospitalaria, amiga. Imposible ver este pueblo sin amarlo y querer ser suyo. No se ría usted: aquí es uno un poquillo poeta sin saberlo, sin intentarlo; solo que en la expresión flaqueamos los que no hemos recibido del Cielo el sagrado numen. De los habitantes poco puedo decir aún, porque apenas los conozco; pero a la primera observación me han parecido sencillotes y honrados, de trato dulce, de carácter tímido, respetuoso con el forastero. Los ignorantes no llegan a zafios, y los más pobres parecen contentos de su estado, de la hermosa tierra que pisan y de la compañía de aquel mar placentero. Denme un pueblo que sepa los rudimentos de la cortesía, sin perder su rudeza, y no lo cambio por el señorío de ninguna ciudad grande.

Aquí nos instalamos hace seis días, alquilando una de las mejores casas del pueblo, asentada en una peña donde rompen las olas; hemos traído de Barcelona todo el mueblaje necesario, de lo mejor que había, y ya falta poco para que nuestra vivienda sea el *non plus ultra* de la comodidad. He comprado una falúa magnífica, la mejor que se ha podido encontrar por aquí, sólida, grande, gallarda, provista de cuanto ordena el arte de la navegación a la vela y al remo. Los más hábiles carpinteros de ribera, los mejores calafates y los más entendidos artífices en obras de mar se ocupan en componerla y decorarla; será el asombro de Sitges y de los cercanos pueblecitos costeros; quiero que tenga la majestad, la hermosura y elegancia de un galeón de príncipes, o del maravilloso barquito en que salía de pesca la señora Cleopatra, según narra Suetonio, y si no es Suetonio, otro será el que lo cuente. Mi madre gusta mucho de los paseos marítimos, y yo he querido proporcionarle este recreo, que para mí también lo es. Siempre que haya buen tiempo nos lanzaremos al mar, llevando un patrón que, por las trazas, llama de *tú* a Neptuno, y ocho marineros que son la envidia de todo el personal de la costa, solo por estar a nuestro servicio. Si queremos pescar, pescamos, y si no queremos más que deslizarnos mansamente sobre los hombros del Mediterráneo, sin otra ocupación que admirar los grandiosos espectáculos de la costa, así lo haremos. Hemos bautizado a la barca con el lindo nombre de *Nuestra Señora del Pilar*.

Porque mi madre está contenta lo estoy yo, y porque su salud es aquí mejor que en otra parte, amo a este país. Claro que la felicidad completa, la íntegra satisfacción de los ideales y de los deseos no la tengo, no, y soberbia loca sería pedir al destino lo que rara vez es concedido a los mortales. Poseo muchos bienes, ¿quién lo duda? Pero alguno me falta, y en el vacío de esta falta suele hacer su nido la tristeza... Pero dejemos este asunto, cuya oportunidad es muy dudosa, y vamos al que principalmente motiva la presente.

Me hará usted un señalado favor, amigo Centurión, averiguando con la mayor prontitud posible qué es de Santiago Ibero, dónde está, qué le ocurre y por qué no ha contestado a las cinco cartas que desde octubre le llevo escritas. A mí han llegado noticias contradictorias acerca de ese para mí tan caro amigo, algunas tan absurdas que no me atrevo a darles crédito, otras bastante extrañas y oscuras para llenarme de inquietud. Ruego a usted encarecidamente que le busque por todo Madrid, que indague y escudriñe cuanto pueda, hasta dar con la extraviada persona del que familiarmente llamábamos *el ángel negro* por su morena tez y lo candoroso de su alma. Me permito incluir una carta cerrada para que tenga usted la bondad de entregársela en propia mano en cuanto pueda ponerle la suya encima. Yo he sabido, por conductos indirectos, que el sujeto a quien escribo la presente es visitante asiduo de una familia manchega, relacionada íntimamente con otra de Madrid. Alguien hay en ésta que puede dar razón de los laberintos en que se nos ha perdido Ibero. ¿Ve usted cómo todo se sabe, amigo Centurión? Por las damas manchegas introdúzcase en el sagrado de las madrileñas, que no son otras que las hijas de Milagro, mi compañero en la secretaría particular de Mendizábal, y hoy gobernador de no sé qué provincia. Fue muy amigo mío y me sirvió en juveniles amoríos de que no quiero acordarme; conocí también a las chicas. Y a propósito: ¿la hechicera de nuestro amigo es la que tocaba el arpa y traducía del francés, o la otra? Me acuerdo de sus caras como si las estuviera viendo; pero sus nombres han volado de mi memoria. Creo haber oído que una casó con un tenor y otra con un militarcillo. Ánimo y a ellas... Pero no: ahora caigo en que estoy actuando de diablillo tentador, y podría suceder que por buscar a un perdidizo se nos perdiera hombre tan sesudo como don Mariano Centurión. No me meto a señalarle a usted caminos que tal vez estén erizados de malezas y obstruidos por zanjas peligrosas. Búsqueme a Ibero, y cácemele como pueda, procurando guardarse de todo mal en las trochas por donde le persiga.

No concluiré sin decir a usted, mi noble amigo, que sus cartas me agradan en extremo y que mi mayor ventura sería que usted no se cansase de escribirlas. Pero si la relación de los hechos, tal como usted la hace, no merece más que alabanzas, me permitiré indicarle que en el juicio de las personas y en las apreciaciones políticas se va un poco del seguro, llevado de sus resentimientos personales, y del apego, muy natural por cierto, a su flamante posición. Reconozco que es difícil juzgar con frialdad los hechos recientes, en los cuales todos los vivos tenemos alguna parte más o menos activa; la imparcialidad, virtud del espectador lejano, rara vez se encuentra en los que ven la función sobre la misma escena. No pido ciertamente una rectitud de juicio que no podría tener el que se entretuviera en describir un incendio situándose en medio de las llamas; pero sí mayor serenidad para calificar los móviles humanos de los actos políticos, pues hombres son los que politiquean, los que en la prensa o en las Cortes, a plumadas o a tiros, conducen por estos o los otros caminos al rebaño que llamamos Nación. Paréceme que no revela conocimiento de la humanidad el atribuir cualidades tan contradictorias a los que en uno y otro bando luchan por sus ideas, ni el suponer que éstos son ángeles y aquéllos demonios, que los de acá proceden por estímulos honrados y todo lo que piensan y hacen es la misma perfección, mientras los de allá no imaginan ni ejecutan nada que no sea perverso, criminal y desatinado. Con semejante criterio no lograremos fundar aquí sólidas instituciones, ni con tal manera de combatir se puede ir más que a la continua guerra civil, al desorden y a la barbarie.

Seamos menos exclusivos en nuestras apreciaciones, y no abramos un foso tan profundo entre las dos familias. Diré a usted que conozco a no pocos moderados que son personas excelentes, y todos conocemos a más de cuatro liberales sin ningún escrúpulo. Cosas muy buenas han legislado y dispuesto nuestros amigos, y otras que son evidentes disparates. No todo es oro acá, ni allá todo escoria, que en uno y otro montón abundan el precioso metal y las materias viles. No debemos despreciar, tratándose de política, las formas, amigo mío, las socorridas formas, necesarias en este arte más quizás que en ningún otro; formas pido a los hombres en lo que escriben, en lo que decretan, en lo que hacen; formas en el trato político como en el social, y sin formas, las ideas más bellas y fecundas resultan enormes tonterías. No desconocerá usted que nuestros amigos tienen mucho que aprender en cuestiones de etiqueta del pensamiento, de la palabra y de la acción, así como también digo que los moderados están igualmente necesitados de disciplina en este y en otros puntos...

Perdóneme el sermón, amigo mío, y siga escribiéndome con libertad, juzgando cosas y personas como usted las vea. Ahora caigo en que la mejor historia debe de ser la guisada en su propio jugo, la que habla el lenguaje de su tiempo... No haga usted caso del sermón: no he dicho nada. Lo que sí digo y repito, más impertinente yo cuanto más servicial usted y cariñoso, es que me busque a Ibero y le dé mi carta, que me escriba lo que acerca de él indague, dirigiendo la carta a esta encantadora villa de Sitges. Mil años de vida le desea su buen amigo. —*Fernando*.

X

De la señora de Maltrana a Pilar de Loaysa
La Bastida, diciembre.
Aún estamos aquí, mi adorada Pilar: ni Juan Antonio ni yo nos decidimos a volver a nuestra casa de Villarcayo, mientras no se amortigüe este dolor inmenso. Cuatro meses ha que perdí a mi hija, y aún me parece que fue ayer, y que la casa está llena del terror, de las angustias de aquella muerte; la idea sola de entrar en ella me hace temblar. Tú no sabes lo que es esto. A Dios gracias, los niños se defienden bien del crudo invierno. Esta casa de La Bastida, aunque de pocas anchuras, nos ofrece la ventaja de su abrigo seguro y de su situación risueña en medio del campo poblado de vides, poco húmedo, con llanadas sin fin donde pasear. Los alimentos son superiores, las aguas purísimas, el clima mucho más dulce que en Villarcayo, lo que nos mueve a permanecer aquí todo el invierno, y no me pesa, no solo porque nos sentimos más distantes de nuestro dolor, sino porque veo a Juan Antonio muy entretenido en el cuidado y mejora de las tierras que poseemos en La Bastida y en San Vicente.

De mi padre solo puedo decirte que se mantiene acartonadito; come y duerme, y no pierde ocasión de asegurar que ha decidido no morirse todavía; pero ya no es aquel don Beltrán tan ameno y señoril, que fue el encanto de tres generaciones: su palabra tropieza cuando quiere usarla demasiado, y de su inteligencia, que rápidamente se amortigua, no brotan ya los destellos que nos causaban tanta admiración. Pásase largas horas sentadito en su poltrona, se hace leer alguno de los papeles públicos que llegan acá, dormita cuando los chicos le dejan solo, y en más de una ocasión le he sorprendido rezando quedamente, cosa nueva en él, pues nunca fue hombre de grandes ni pequeñas devociones; pero ello es hoy muy natural, y demuestra no solo que Dios le llama, sino que él le oye y quiere acabar santamente sus trabajados años.

No necesito deciros cuánto se acuerda de vosotros; no cesa de nombraros; en la mesa, o jugando con los chicos, o de paseo, le oímos a cada instante: «¿Qué diría Pilar de esto? ¿Qué haría Fernando si tal viese?» Os quiere con delirio. Bien le conozco que tiene rabiosas ganas de irse con vosotros; pero su vejez le ha hecho tímido y ya no manifiesta sus deseos. Yo le proporcionaría este gusto, que es sin duda el último aliento de una vida caprichosa, ávida de los placeres sociales; pero no me atrevo a mandárosle allá, ni aun con buena escolta de criados. El pobrecito no está ya para tales trotes. Podría quedársenos en el camino.

Y voy al asunto magno, Pilarica de mi alma. Novedades muchas y gratas tengo que contarte. La primera visita de las niñas de Castro fue de pura etiqueta de duelo, y nada pudimos hablar. Como estamos tan cerca, fuimos a La Guardia Juan Antonio y yo a pagarles la visita, y tampoco pude meter baza, por estar las damiselas en plena cautividad de Doña María Tirgo y de las de Álava, que de ellas no se apartaban un momento. Dios dispuso luego las cosas para nuestra satisfacción y gusto: lo primero que hizo fue agravar los achaquillos reumáticos de la Tirgo para que no pudiera moverse ni acompañar a las niñas en sus viajatas por estas tierras; y hecho esto, inspiró a Demetria y a su hermana la feliz idea de llegarse acá una tarde, con lo que vi el cielo abierto.

Llegaron las niñas el viernes de la semana pasada en un lindo coche que tienen ahora para pasear, y como yo les manifestara mi sorpresa, no inferior al gusto que me daban, Demetria me dijo: «Me moría de ganas de hablar con usted, Valvanera, y si no me engaña el corazón, también usted tiene ganitas de hablarme...» Ganitas rabiosas —le contesté—: «como que habíamos tramado ya Juan Antonio y yo tomaros por asalto el mejor día.»

Encargada Pepilla de entretenerme a Gracia todo el tiempo que yo necesitara para explicarme con la hermana mayor, cogí a ésta por mi cuenta, nos encerramos, y allí fue el derroche de confidencias y sinceridades que voy a referirte. Ya era tiempo, ¿verdad?

Déjame que tome respiro, que no puedo escribir muy largo; me sofoco; paréceme que hablo todo lo que escribo, y me falta el aliento. Para contarte lo que hablamos Demetria y yo, parte aquel día, parte el lunes en Samaniego, punto concertado para pagarles la visita, tengo que emborronar lo menos seis pliegos. Empiezo por decirte que con tantas penas la joven sin par no ha perdido nada de su belleza grave, que crece y brilla más cuanto más se la mira. En el tiempo transcurrido desde la muerte de su padre, la entereza, don primero de esta singular niña, se ha fortalecido con los sinsabores de la terrible lucha con su familia y los Idiáquez... En broma, en broma, tu presunta nuera anda ya en los veintiséis años, cifra que nos induce a no perder más tiempo, y que nos da la explicación de que haya roto el papel que viene sosteniendo, harto enojoso y duro de representar a estas alturas. La pobrecilla oye dentro de sí las voces que le dan sus veintiséis años, juntamente con el bullicio de la naturaleza y los clamores revolucionarios de la juventud que reclama su fuero. Ha llegado el momento crítico de su voluntad, que ya no quiere ser esclava, sino señora, cosa muy natural, y darse el gobierno de sus propias acciones.

Sábado.

Mira, Pilarica, lo que se me ha ocurrido: en ello verás la explicación de haber tardado ocho días en referirte todas estas cosas, que parecerían un buen trozo de novela sentimental si no fueran la verdad misma. Escribilo de primera intención todo seguido, poniendo en forma narrativa los conceptos que Demetria y yo nos decíamos, mezclados con las observaciones que se me iban ocurriendo. Pero leído por Juan Antonio mi cartapacio, encontrolo pesado y oscuro, y no fue preciso más para que mi lastimado amor propio de historiadora me inspirara la idea de darle forma distinta, en lo que se me fueron los días con sus primas noches. He pensado que resultará mayor claridad para la lectora presentándole la copia de estas largas conferencias en disposición semejante a la de un catecismo, con preguntas y respuestas, que hacen imposible toda confusión. Verás lo que digo, metiéndole a la niña los dedos en la boca, y lo que ella con sereno juicio y corazón henchido de nobles sentimientos me responde. A su tiempo sabré si me he lucido con mi catecismo, o si ello es una extravagancia de que tú y Fernando os reiréis a costa mía. No me importa, con tal que te enteres bien. Allá voy.

PREGUNTA MÍA. —Lo primero que tienes que explicarme, querida, es lo que pasó entre vosotros, tú y Fernando, cuando éste, después del Convenio de Vergara, te escribió por sugestión de su madre una carta muy afectuosa, diciéndote que se acordaba mucho de ti, y otras cosillas dulces y discretas. Era natural que fuese él quien primero se insinuase. Esperábamos que de esta correspondencia saliera lo que nosotros deseábamos, y tú también, por lo que ahora me dices. No podía Fernando espetarte una declaración a boca de jarro: necesitaba explorar antes tus sentimientos... Tres cartas de él cruzáronse con dos tuyas. ¿Qué razón hubo para que este correo se suspendiese bruscamente, y para que tu carta postrera fuese la misma frialdad y como un delicado aviso de ruptura?

RESPUESTA DE ELLA. —¡Ay! no fueron tres las cartas suyas, sino dos; si en efecto escribió esa tercera carta, y verdad debe de ser cuando usted lo afirma, yo no la recibí, puede creérmelo. No debe sorprendernos esta falta, porque precisamente en aquellos días los de Cintruénigo apretaban las clavijas, queriendo vencerme, ya con los halagos, ya con el miedo; mi tía, absolutamente a devoción de ellos, pretendía secuestrarme la voluntad, el pensamiento y hasta la respiración. No nos asombremos de que Doña María, en un arrebato de celo, retuviese en su poder la carta que para mí llegaba. La enfurecía mi correspondencia con don Fernando, y siempre que me encontraba con la pluma en la mano, teníamos un disgusto. En cuanto a la frialdad de mi segunda carta, la explicaré por una de esas tonterías que hacemos las mujeres, engañadas del falso arte de amor que hemos aprendido en los libros. Se me puso entre ceja y ceja que debía emplear el jueguecito del desdén con el desdén, y ya ve usted qué mal me salió el meterme en tales dibujos. Escribí la carta fría, creyendo que él la contestaría con otra muy fogosa; la carta de él no pareció... Creí que no quería más cuentas conmigo. Lo que padecí en largos meses, después de aquella fecha, solo Dios puede saberlo... Aprendí entonces que en los casos graves de la vida, los disimulos y las comedias no traen nada bueno, y que siempre debemos proceder con rectitud, expresando lo que pensamos, y no desfigurando con artificios de mujeres vanas la verdad que sale de nuestro corazón.

PREGUNTO YO. —¿Y cómo, hija mía, no se te ocurrió poner en práctica la sabia regla que acabas de exponer? ¿Por qué no expresaste en tu segunda carta la verdad de tus sentimientos?

RESPONDE ELLA. —Fíjese usted bien, Valvanera: era la situación mía muy distinta de la de don Fernando. Yo no había querido a hombre ninguno antes de conocerle y tratarle, en el terrible tránsito de Oñate a mi tierra por los altos de Aránzazu... Para mí fue don Fernando desde aquellos días, más que un hombre, un ángel, un caballero bajado de los cielos... Yo le quería... lo diré todo claro, pues usted así lo desea... yo le quería, y considerándome indigna de juntar para siempre mi existencia con la suya, me consolaba queriéndole a mi modo, sola conmigo y con las imágenes de él, que no me dejaban despierta ni en sueños... Pues bien: si yo no había tenido jamás ningún amor más que el de que estoy hablando, él amaba, bien lo sabe usted, a otra mujer... Y aunque es público y notorio que esta mujer le había dado unas grandes calabazas, él no renunció a ella, y el año 38, cuando fue a Miranda, revolvía la tierra por encontrarla, y ella por otro lado corría en busca suya, no sé si cuerda o loca... Después oí contar que el señor de Calpena anduvo por tierras de Vizcaya y Guipúzcoa disfrazado de trajinante, nego- ciando secretamente con Maroto las condiciones del Convenio. Dijéronme que Zoilo Arratia, el maridillo de Aura, se había dejado los huesos en Peñace- rrada... La noticia vino de Cintruénigo, con indicaciones de que los amantes de Madrid, los separados en Bilbao por inconstancia o traición, se encon- traban de nuevo, y libres ambos, hacían paces duraderas... Verdad que todo esto fue desmentido por ustedes; pero cuando don Fernando me escribió, después del abrazo de Vergara, no me constaba de una manera cierta que su pasión por la de Madrid fuese una hoguera totalmente apagada... Ha dicho usted que don Fernando no podía empezar su correspondencia con una declaración, ni menos con propuesta de matrimonio. Pues menos podía yo hacerlo. Su carta era muy afectuosa, revelaba una gran estimación de mí; pero esto no me satisfacía. Digan ustedes lo que quieran, en mi primera respuesta le abrí camino para que se declarara. Él, la verdad, estuvo a dos deditos de la declaración. Tuve yo la ridícula idea de coquetear, como antes he dicho, y todo lo eché a perder. Crea usted que la falta de libertad, la horrorosa imposición de mis tíos son la causa de que todo ello no se deci- diera en pocos días, pues si me dejan, yo habría traído a mis pies al caballero y le habría hecho confesar lo que ahora confiesa y reconoce, y es que si para

Demetria no hay más hombres que él, para Don Fernando no hay otra mujer que yo. Las cosas claras.

HABLO YO. —Bien, niña mía. Así se expresa una mujer de corazón y de virtud inmaculada. Cuéntame ahora las peripecias de esas terribles luchas que has tenido que sostener con tus tíos. Durante el año 40 no cesaban de llegar a nosotros noticias de concordia entre las castellanas de Castro-Amézaga y el castellano de Idiáquez, y la insistencia de estos rumores les daba tal verosimilitud, que perdimos toda esperanza. A principios del 41, hallándose Rodrigo en Madrid, como diputado en las Cortes que eligieron Regente a Espartero (y él fue de los que dieron voto contrario), anunció a sus conocimientos que antes de primavera se casaba contigo. Luego vino el notición de que te metías monja. Explícame todo esto en breves palabras.

HABLA ELLA. —No tiene usted ni idea de mis padecimientos en esos dos años: fueron tales, que pienso que ellos solos me bastarían para ganar la gloria eterna. Los de Cintruénigo, después de abrumarme con cartas de amor, alambicadas y fastidiosas, me abrumaban con regalos. Admitirlos no quería yo; pero mis tíos me cortaban la voluntad. Vino Doña María Tirgo con una corte de clérigos y hasta con el obispo de Calahorra... Por cierto que en aquellos días parecía mi casa el Vaticano: no se veían más que sacerdotes elegantes, que gastaban rapé oloroso y hablaban latín fino; Doña María echábame homilías semejantes a las de los misterios gozosos y dolorosos; me aseguraba en todas ellas que se moriría de pena si no le daba yo el gusto de ser su hija. Todo el clero que a la de Idiáquez acompañaba no tenía más que una voz para prometerme la bienaventuranza eterna si me casaba con don Rodrigo, y ella ponía el remate a la tentación diciéndome que era muy poco lustre para mí el título de marquesa, que Rodrigo se proponía obtenerlo de mayor resonancia, y que él y yo ceñiríamos corona ducal. Figúrese usted lo que me importan a mí títulos ni relumbrones. Dijo también que a Rodriguito le habían prometido los moderados hacerle ministro en cuanto los perros cambiaran de collar y echáramos al Regente, y qué sé yo qué más... ¡Dios mío, qué de cosas me han dicho, y qué valor y constancia he necesitado para mantenerme en mis trece!... Llegó después el Marquesito transformado de ropa, pues ya recordará usted que de sus primeros viajes a Madrid volvía siempre vestido con tres modas de atraso, revelando en su facha la miseria que no podía desechar de su alma. Alguien debió de advertirle que nada es tan necesario a un galán pretendiente como el revestirse de formas elegantes, según el estilo que viene de París. Traía muchos y variados levitones y levitines, y creía conquistarme mudándose de traje por la mañana, otra vez al mediodía, y luego por tarde y noche. Me daba fatiga ver a un hombre que no hace más que vestirse y desnudarse cuatro veces en la brevedad de un día... Bien comprende usted que con esto me convencieron menos que con las coronas ducales y marquesiles. Mi tía ponderaba la elegancia de Rodrigo, y yo, aburrida ya y deseando morirme, hacía lo propio, a ver si así lograba que el galán y su madre salieran con viento fresco y me dejasen tranquila. De aquí nació la falsa idea de que yo cedía, y empezaron a correr voces de avenencia... Como Doña María, reforzada con las de Álava, pretendiese un día arrancarme declaración de consentimiento, me planté, soltando los registros más fuertes de la entereza que Dios me ha dado, y les dije que en todo haría el gusto a mis amados tíos, menos en casarme con un hombre que no inspiraba ningún amor. Fuese del seguro mi tía, y acabamos la función ella y yo, no con voces airadas, que eso no está en nuestra condición, sino echándonos a llorar como Magdalenas. Mi tío también lloraba, y a Gracia le dio un síncope que nos puso en gran alarma.

Al fin pronuncié yo la sentencia que me dictaba mi voluntad. De una vez para siempre declaré que no me casaría con don Rodrigo, aunque me le trajesen encasquillado en oro, con perlas y brillantes; que no queriendo contrariar a mi familia ni acceder tampoco a pretensiones que ofendían mis sentimientos, me consagraba al servicio de Dios; que no me casaba, vamos, ni ahora ni nunca... Vuelta a llorar mi tía; Gracia pierde otra vez el sentido, y mi tío cae a mis pies y me los besa diciéndome que soy un ángel...

YO. Pero no un ángel cualquiera, sino un ángel heroico, de la mejor y más sublime casta. Déjame que te abrace y te dé mil besos, y aun así no expreso toda la admiración que me causa tu firmeza de voluntad.

ELLA. *(Besándome con efusión y derramando un llanto dulce entre risas patéticas, estallido de un corazón que ya no sabe ni puede contener el brote descompasado de sus afectos.)*— Lo que yo he padecido por mantenerme firme en esta guerra, y para no dejarme conquistar, no puede usted figurárselo... Ni nadie lo entiende más que Dios. Don Fernando quizás lo comprenda si, como usted dice, de veras me ama. Bien puede agradecerme ese pillo la resistencia que he tenido que sacar de esta pobre alma mía y lo que me ha costado el guardarme para él... Yo me guardaba y esperaba... hasta el fin del mundo.

XI

(Continúa la carta de Valvanera)
Domingo.

La segunda entrevista fue en Samaniego, que así lo determinó ella, fijándome día y hora. Convinimos en que yo iría con Juan Antonio, ella con Gracia y el mayordomo que suele acompañarlas, y podríamos estar juntas media tarde, libres y en todo el goce de la recíproca confianza, pues ya cuidaría ella de que ni los tíos ni las amigas se le agregasen. Doy a esta segunda conversación la misma forma que a la primera di. Gracia no asistió a la conferencia; mi marido, sí; pero no figura en el coloquio hasta el momento final. Empieza ella diciéndome lo que copio:

«Con mi resolución de entrar en un convento no se dieron mis tíos por derrotados; mas cambiaron de método para mi conquista, y ya no vinieron contra mi voluntad frente a frente, sino de soslayo. No tenía yo que hacer misterio de mi inquebrantable adhesión a don Fernando y del tenaz propósito de ser suya o de nadie. Trataron de quitarme de la cabeza esto que llamaban desvarío; pero viendo que con sus exhortaciones no lograban sino exaltarme más en él, dieron en denigrar a mi salvador, más que en su propia persona, en la de su señora madre. En rigor de verdad, mi tío, que es un santo, no decía cosa alguna que pudiera sonar a difamación: no hacía más que presentarme como inconveniente el matrimonio con don Fernando, sin que ello le impidiera reconocer las admirables dotes de éste; mi tía no pronunciaba difamaciones ni alabanzas del caballero; mas por boca de las de Álava y de las de Manterola quería demostrarme que me cubriría de vilipendio dando mi mano al hijo de la condesa, y que más me valdría la oscuridad de un convento, la muerte misma, que tan absurdo matrimonio...

HABLO YO. *(Sin poderme contener).* —Pero tú, niña salada, no te acobardarías ante esos pérfidos ataques. Ya supongo que no se paraban en barras: te pintarían el nacimiento de Fernando como la mayor de las ignominias, y

64

a Pilar como un ser odioso que lleva tras sí el oprobio y el escándalo. Pero tú, que sabes más que ellos; tú, que tienes alma grande y un entendimiento superior, capaz de medirse en buena lid con todo el Concilio de Trento, te sacudirías fácilmente las moscas, ¿verdad?

ELLA. —¿Que si me las sacudía? Habría usted de oírme. Mi tío don José, que no puede disimular, ni aun delante de su terrible hermana, el amor que tiene a don Fernando, casi, casi me daba la razón, y sin darse cuenta de ello, apoyaba mis argumentos. Yo concluía mis sermones declarando que ni yo ni ellos éramos llamados a juzgar a la señora condesa de Arista; que entre esta señora y yo, sin conocernos personalmente, no podían mediar rencores ni desconfianzas, sino más bien la mutua estimación y un leal cariño; y en cuanto a su hijo, todos debíamos cerrar los ojos ante su origen y abrirlos bien abiertos para verle y admirarle en los méritos de su persona. Que me negaran estos méritos, y ya me tenían a mí como una leona, sacando para defenderle cuantas uñas me puso Dios en el magín. La verdad, no se atrevían a desconocer el talento, la cortesía, el noble corazón del hijo de la condesa, y a mi tío se le escapaba de los ojos alguna lagrimilla cuando recordaba el tiempo en que aquí tuvimos a nuestro caballero con su patita coja.

En esto apuntó el noviazgo de mi hermana con Santiago Ibero, que vino a enredar las cosas, ya bien encaminadas, porque mi resistencia movió a los Idiáquez a poner sus miras en la hermana menor. Vieron que por parte mía estaban verdes, y en la pobrecita Gracia viéronlas maduras. Fue mi primer impulso reprobar los amores de mi hermana con Santiago; pero entendiendo que el noviazgo no era cosa de juego, sino muy seria, observando a la chiquilla muy enamorada, y reconociendo en él cualidades y circunstancias que nadie podía negarle, apoyé los deseos de entrambos, y aquí me tiene usted en nueva y encarnizada lucha con mis buenos tíos. No acabaría nunca si refiriera pormenores de tantísimas escaramuzas y batallas. Mi casa ha sido el campo de una terrible guerra civil, en la cual, si no de sangre, torrentes de lágrimas se han derramado. Y si por un lado he visto en mi casa un campo de Agramante, por otro paréceme teatro, en el cual las comedias han sucedido a los dramas, y a los dramas los entremeses para reír, que de todo hay en la escena del Señor.

YO. Me figuro lo que habrás padecido y luchado, pobrecita de mi alma, y tu heroísmo va más lejos de lo que yo creía, y él te da el diploma de mujer incomparable, única. Dime ahora si es cierto que Ibero, por causas desconocidas, ha roto con tu hermana, quedando ésta libre, y si la niña inconsolable, como cuentan, se decide a sepultar en un claustro su desconsuelo.

ELLA. Eso lo veremos. Yo no doy por terminado este asunto. Por de pronto, los de Cintruénigo, que hace meses cogían el cielo con las manos, han recobrado esperanzas, y con las esperanzas se le han hinchado las narices a Doña Juana Teresa, que vuelve a estar insufrible de altanería y despotismo. Ha desatado la curia contra su hermana la de Arista, acosándola con pleitos, y también a nosotras quiere enredarnos en ridículas cuestiones por los linderos de las piezas de Caparroso con unos andurriales donde apacientan cabras los Almontes de Tarazona. Pero de todo esto me río yo, como se reirá don Fernando de las dificultades que le ha movido por los mayorazgos de Valldeveu y de Centellas en Barcelona. Lo que principalmente ahora me inquieta es el estado de abatimiento de la pobre Gracia, y mi temor de que su tristeza le cueste la vida. No sé cómo saldremos de este nuevo conflicto; pero no renuncio a una buena solución si en ellos me ayuda la única persona en quien todo lo fío y de quien todo lo espero.

YO. *(Con solemnidad.)* Don Fernando, tu esposo, y así le llamo porque Juan Antonio y yo no salimos de aquí sin celebrar contigo un compromiso sagrado; el hombre que te sacó del cautiverio de Oñate, ahora te sacará del encierro en que tu voluntad y la de tu hermana están prisioneras; mas para esto es preciso que suya, eternamente suya, te declares, como él por mediación nuestra se reconoce tuyo y muy tuyo.»

Al decir esto, Juan Antonio y yo nos pusimos en pie, y con una solemnidad que comprenderás sin que yo te la describa, le dijimos: «Demetria, mi marido y yo te hacemos formal entrega del corazón del hombre que amas, y por encargo de él te pedimos el tuyo para enviárselo, y él lo guardará hasta que uno y otro corazón puedan en la realidad de la vida juntarse y en uno solo refundirse.»

No sé si *me salió* como lo escribo; debió de ser en forma más tosca y con palabras inseguras; pero tal fue la sustancia de lo que dije. Habló entonces Juan Antonio, y palabra más, palabra menos, allá va: «Esto no es una simple conversación de amigos; es un compromiso grave, en el cual usted, Demetria, responde de su voluntad, como nosotros respondemos de la de nuestro amigo. ¿Está usted decidida a sobreponerse de un modo absoluto a las sugestiones de su familia, y dar su mano al que nos autoriza para ofrecer la suya?

ELLA. Sí lo estoy. Sea Dios testigo de que lo deseé siempre; y ayúdeme a sostener que si antes no pudo ser, ahora será.

JUAN ANTONIO. Convengamos en que esto es un casamiento por poder; y aunque para dar fuerza a la ficción no hay más garantía que la de nuestras conciencias, como éstas son muy puras, acordemos que lo que aquí se ate ningún poder humano podrá desatarlo. Deme usted su mano, y haga cuenta de que la mía es la de don Fernando. Lo que falta, las formalidades civiles y las bendiciones del cura, harán efectiva la unión vital; y en espera del sacramento, las voluntades ya ligadas no pueden separarse.»

No lo dijo mi marido tal como aquí lo lees, sino con mayor familiaridad y menos tiesura gramatical. Pero tómalo así, pues él me ha escrito el parrafillo, en que verás su pensamiento con toda claridad y precisión. Contestó Demetria repitiendo hasta tres veces el «sí quiero» con firme acento y emoción muy viva, y dimos por terminado el acto. Ya lo ves; véalo también el caballero de los escrúpulos: nos hemos excedido en nuestra misión, pues nos encargasteis que exploráramos, y no solo hemos explorado, sino que hemos descubierto y os ponemos en la mano un mundo hermosísimo. Yo estoy muy contenta, todo lo que puedo estarlo dentro de las sombras de mi pena indeleble. Tú también te pondrás como unas pascuas cuando esto leas, y del caballero nada digo, porque me le imagino celebrando su felicidad con todo el ardor y toda la vehemencia que puso antaño en llorar su desgracia. ¡Vaya, que se lleva una hembra!... Mucho vale tu niño, Pilar; pero con ser tan grande su mérito, aún creo que no iguala, no, a este acabado modelo de chiquillas casaderas (no tan chiquilla ya), que será pronto perfecta casada. Dice Juan Antonio que no ha visto otro caso, ni cree que exista mujer que a Demetria pueda compararse. No nos cansamos de admirar su discreción, su aplomo, su gracia, en la dosis precisa para no perjudicar a la formalidad; su belleza, que en alto grado tiene cuando bien se la mira; su conocimiento de la vida; su inteligencia casera y gobernante, sin que deje de ser mujer en todo cuanto ordena y ejecuta; y, por último, su salud vigorosa, pues su cuerpo es de intachable configuración, airoso y flexible, las carnes apretadas y duras, la mirada serena y viva, el color tostado, la musculatura de acero. ¡Qué hermosa sangre, qué admirable vida! Te anuncio una cáfila de nietos que harán tus delicias, y serán como robles. A Fernando, que se apresure a tomar posesión del mundo que él descubrió y que nosotros le hemos conquistado. Si algún impedimento hubiera aún por acá, lo arrollará la terquedad de esta señorita, que ya se tiene por casada en espíritu y quiere serlo de hecho. Es muy natural: ha cumplido los veintiséis. Su talento, su vida exuberante le dicen a gritos que es lástima dejar que el mundo se acabe.

Nota. Todo esto me lo ha puesto Juan Antonio, que se mete a colaborar en mi carta, quitándome la pluma de la mano y añadiendo observaciones y juicios de su cosecha. Declino la responsabilidad... Pues sí: decimos que se dé prisa don Fernando; por acá la prisa es grande, en razón de lo tardío de esta unión. Ya debías tú tener un par de nietos, muchachones como castillos, si las cosas hubieran ido por el camino que debían llevar. Pero no tarda quien a casa llega. La niña de Castro no espera más, y antes que dilatar su dicha y el cumplimiento de sus naturales fines, se pondrá por montera a toda la familia y a la caterva de allegados y deudos que la atormentan. No espera, digo, y harto lo revela su rostro sanote, de un color de salud y vida que es la mayor gala de la naturaleza. El Sol está en su cara, y las generaciones hormiguean en sus ojos... Basta; le quito la pluma a Juan Antonio para decir que no es decente meter tanta prisa.

Bien quisiéramos, amiga del alma, acompañaros en vuestros paseos por la mar. ¡Qué hermosa será vuestra galera empavesada, deslizándose... y las ondas azules, y...! Aquí me paro, porque no sé yo decir esas cosas. Cuando pase el invierno, quizás podamos satisfacer nuestro afán de verte y embromarte, dándole un fuerte mordisco a ese caballero, y un tremendo abrazo a don Pedro Hillo. ¡Qué guapos estaréis todos navegando por esas aguas, y pescando besugos, o lo que den los mares de allá!

Pues ahora, Juan Antonio, no contento con meterse a colaborar en mi carta, ha dado en retocarla toda, añadiendo parrafitos, borrando lo que no le parece bien, enmendando lo que cree oscuro. El cuento es que, por no enviártela llena de tachaduras y garabatos, tengo que ponerla en limpio, y al hacerlo, veo que lleva un empaque gramatical que no entra en mis hábitos. Así se aprende. Dice mi marido que debe ir el *documento* muy bien apañadito, porque su indudable importancia lo destina ciertamente a la conservación; esta carta es de las que se guardan como oro en paño en las familias, y hallándose, por tanto, *amenazada* de pasar a la posteridad, debemos darle una pasadita de piedra pómez.

En mi próxima te mandaremos, de acuerdo con tu nuera, instrucciones acerca de la mejor forma, del tiempo y lugar más adecuados para la celebración del casorio. Tiene razón mi marido: ¡a casarse, a vivir!

Veinte mil besos de mis hijos y míos, innumerables docenas de abrazos de Juan Antonio y de don Beltrán, y recibid toda el alma de vuestra amante amiga — *Valvanera.*

XII

De don Serafín de Socobio a don Fernando Calpena
Enero de 1842.

Ilustre amigo: Su carta del 12 me alivia del susto que la del 3 me dio, pues veo en ella bien manifiesta la mejoría de su señora madre, que ni aun en ese dulce clima tolera los rigores invernales. Felizmente no es cosa mayor esa dolencia que en tan gran alarma nos puso a los amigos de acá, y doy gracias a Dios por el alivio, pidiéndole que sea completo, y que las aflicciones de usted por este motivo no vuelvan a repetirse. Al propio tiempo allá van mis felicitaciones por lo que me manifiesta respecto al buen giro del interesante asunto de La Guardia, más relacionado con el corazón que con los intereses. También pido a Dios que le acelere el desenlace que ha de colmar sus justos anhelos. Si da Dios la felicidad a quien la merece, bien puede usted decir que ya la tiene en la mano. Cierre usted el puño para que no se le escape.

No resisto a la tentación de dar a usted algunas noticias que con ese negocio se enlazan. Ha llegado la semana pasada el señor marqués de Sariñán, que trae el propósito de aprovechar la famosa ley del 2 de septiembre último, por la cual se declaran bienes nacionales todas las propiedades del clero secular en cualesquiera clase de predios, derechos y acciones que consistiesen, de cualquier nombre y origen que fuesen, y con cualquier aplicación y destino con que hubieran sido donadas, compradas o adquiridas. Alcanza esta ley a los bienes, derechos y acciones de las cofradías y fábricas de las iglesias. Al olor de estas compras acuden terratenientes de los pueblos y logreros de las ciudades. Sigo creyendo que la ley es un despojo inicuo. El de Sariñán no se duerme, y como tiene ahorros, efecto natural del miserable y roñoso trato que se da, será de los que arrebaten con viva mano los mejores bienes de aquellas manos muertas. Allá se las haya con su conciencia. Pues bien: interrogado el señor marqués por un amigo mío acerca de lo que llamamos el negocio de La Guardia, repitió que pronto quedarían vencidas las dificultades que suscitaba la malicia. Se lo digo para su gobierno, en la seguridad de que usted compaginará las noticias que recibe con las que me da.

Otra incumbencia, además de la compra de tierras eclesiásticas, le trae a Madrid, y de ello puedo dar testimonio, porque a un servidor de usted se le han encargado las diligencias necesarias para llevarla a efecto. Desea el señor marqués añadir a sus títulos nobiliarios el de duque, y consultado el caso conmigo, aconsejé pedir la reválida del ducado de Nuévalos, que en tiempos de don Pedro V de Aragón perteneció a la casa de Idiáquez, pasando luego por enlaces a la de Lazán, y perdiéndose hacia 1710, por muerte del poseedor don Fadrique de Lazcoiti y dejación de sus herederos, que se ligaron a la casa del Archiduque y emigraron a Francia. Conforme con mi dictamen el señor marqués, quedé yo en comenzar las gestiones y en llevarlas con la mayor actividad. Esto me huele a próxima boda. No diga usted esto a nadie, mi buen don Fernando, que el señor don Rodrigo me ha encargado la reserva.

Dejemos a un lado al noble mayorazgo de Cintruénigo, y vamos con su amigo de usted, de quien al fin puedo darle nuevas, que siento no sean felices... No tiene usted idea, mi señor don Fernando, de las vueltas que di por Madrid, ni de las calles y costanillas que tuve que recorrer para encontrar al desdichado Ibero, tarea ingrata, que me ha puesto perdido de los callos, pues hay que ver, amigo mío, la ruindad y abandono de los empedrados de la Villa y Corte en estos tiempos de Regencia esparterista. ¡Qué Ayuntamiento! Así está todo. Vamos al abismo, si no vienen pronto los *hunos*. ¿Sabe usted quiénes son los *hunos?* Pues son los otros. *Inteligenti pauca.*

Decía que tropezando aquí y acullá, tomando razones de porteras soeces y de aguadores zafios, di con Santiago Ibero en una vivienda modestísima de la calle del Limón. ¿Sabe usted dónde esta calle cae? Allá por el cuartel de Guardias, que es donde Cristo llamó, según cuentan, y no le oyeron... Sorprendiose de verme, y lo primero que hice fue hablarle de usted, por cuyo mandato iba yo en su seguimiento y captura. Al pronto pareció no recordar, no digo la persona, pero ni el nombre de usted, de donde saqué la convicción del lastimoso estado de su caletre; pero luego, mi segunda y tercera amonestación le refrescaron los aposentos de la memoria, y se manifestó complacido del recuerdo, añadiendo que no existía ningún amigo que tanto le interesase. Como yo le dijese que era fea ingratitud olvidar a tal amigo y no responder a sus cartas, contestó mil incongruencias: que no tenía tiempo de plumear; que no acertaba con lo que debía escribir a persona tan amada; que sus ideas variaban como unas setecientas veces al día; que escritas con no poco trabajo dos cartas, las había roto; que escrita una tercera, olvidada se le quedó en el bolsillo dos largos meses, entre migas de pan y picadura de tabaco.

No es cierto que le hayan concedido la licencia absoluta: la pidió al Regente; pero éste, mejor dicho, el gran mangoneador Linaje, no ha querido dar curso a la solicitud. Está el hombre de cuartel, abominando del servicio militar y de todo lo que sea guerra, fusiles y ordenanza. Causome no poca sorpresa ver gruesos libros en la mesa del mísero cuarto en que me recibió, y de punto subió mi asombro viendo que eran obras místicas: el *Tratado de la Paciencia,* de Malon de Chaide; la *Vida de Cristo,* del padre Nieremberg; el *Evangelio en triunfo,* de Olavide, y algo más que no recuerdo. A mis preguntas acerca de sus nuevos gustos literarios, contestó con evasivas. Luego vi que un armario próximo albergaba novelas, algunas traducidas del francés, y me parecieron, por los pocos rótulos que leí, la más abominable literatura del mundo. De paisano vestía el pobre coronel, cubriéndose casi todo el cuerpo con una luenga bata negra que más parecía sotana, los pies en pantuflos colorados: ni en cuellos ni en puños vi asomos de camisa, *gloriosa nuditas.* Lo más extraño de todo es que en la frigidísima estancia no había lumbre. Interrogado por mí acerca de este punto, díjome que ignora lo que es frío, que arde su cabeza, y que su corazón es un rescoldo inextinguible. En tanto que con él hablaba, se me iban los ojos por todos los rincones del aposento, buscando rastro de mujeres o alguna señal de femenil existencia. Vi retratos de escaso mérito, que no representaban ciertamente tipos de hermosura; vi ropas colgadas de clavos y perchas, entre las cuales había prendas de mujer, viejas y sin ninguna elegancia; botas y zapatos de pie breve vi también, ya desfigurados por el uso. Mujer había sin duda, mas era de baja estofa, según las trazas, o de las que por los caminos de liviandad vienen muy a menos.

Con la discreción más sutil traté de sonsacarle quién era ella y el por qué y el cómo de tal envilecimiento; pero no quiso clarearse, demostrando en ello más marrullería que demencia, y una grande habilidad para eludir las contestaciones concretas. Y luego, exaltándose de improviso, me dijo: «Soy un hombre sin honor, y toda persona que se estime debe huir de mí como de un apestado. No merezco que ningún caballero me dirija la palabra. Caballero fui yo; pero ya no lo soy, ni a serlo volveré.» Y como yo intentara quitarle de la cabeza ideas tan sombrías, se encalabrinó más, echando tal lumbre por los ojos, que empecé a sentir miedo. Mi turbación llegó a su colmo cuando le vi levantarse súbitamente cual muñeco de resortes, y medir a zancajos la estancia, cogiendo un libro de una parte para ponerlo en otra, y masticando palabras ininteligibles, como quien no está en sus cabales. A toda prisa solté las frases de retirada, y él, apretándome la mano hasta que me hizo ver las estrellas, echome su despedida en los términos más insólitos: «Le felicito a usted porque se marcha... Muy señor mío y dueño... Buenas tardes... Expresiones... Váyase pronto y no vuelva... Aquí manchamos, digo, yo mancho... Conservarse. Me hará el favor de no volver acá.»

Asustado en el momento de despedirme, compadecido cuando salvo me vi en la escalera, bajé con propósito de obedecerle en lo de no repetir la visita. Olvidaba decir a usted que no me salí sin entregarle su carta, y que él la tomó con rápido impulso, y sin mirarla la puso entre las hojas de un voluminoso libro, cuya tapa cerró con estrépito. Me figuro que aquel y otros infolios son el panteón donde yacen sepultadas todas las cartas que el infeliz hombre recibe.

Con que ahí tiene usted todo lo que directamente he podido inquirir del caballero sin ventura, a quien ha hechizado vilmente alguna de estas a quienes vilipendió Aristóteles llamando a toda la clase *animal imperfecto*. Si por vía indirecta puedo averiguar algo más, no tardaré en comunicárselo. Sé que otros amigos de usted andan en exploraciones por el lado de ciertas familias manchegas y matritenses, y quizás saquen de ello algún fruto... A propósito: me han contado que el protegido del Regente, Marianito Centurión, que de garrochista andaluz pasó a gentilhombre de Palacio, *¡o tempora!*, anda por estos sociales laberintos buscando una hembra de buena dote con quien entroncarse, sin reparar que sea un espanto de fea. Parece que el hombre ha encontrado su para cual en la hija de un don Bruno, coterráneo de don Quijote; pero no se lleva mal chasco si la pide en matrimonio y se la dan, pues no es oro todo lo que reluce, ni la riqueza de esa familia es lo que cree Centurión, que ya se tiene por poseedor de media Mancha. Y de una de las chicas he oído que anda un poco descarriada, cosa natural en este Madrid, que a los vicios ingénitos une hoy los que nos ha traído el *progresismo*, conductor de nuevas, costumbres y de relajaciones extranjeras. ¿Si será esta oveja churra, descarriada, la pretendida de Centurión? Me alegraré mucho, para que, sin llevarle gran cosa de dineros, le adorne la cabeza como él se merece y le cuadra muy bien, y así podrá decir que la boda *le sale a mocha por cornada*.

Pasando a otra cosa, mejor enterado estará usted que yo de ese movimiento de Barcelona, del cual dicen que es *democrático-socialista*... ¡Vaya unos términos que vamos sacando ahora! Es lo que nos faltaba: que el desbarajuste esparteril nos trajese también un poco de democratismo, tras del cual veo asomar la oreja del republicanismo, o sea la disolución social. Por aquí se asegura que el *Tío Cromwell*, tan severo con los *caballeros de octubre*, será blando con los insurrectos de Barcelona, lo que no ha de maravillar a nadie, por aquello de *asinus asinum fricat.* Bueno, Señor, bueno.

En las nuevas Cortes, los más ciegos pronostican grandes tumultos. López y Caballero están haciendo ya los guiños parlamentarios que preceden a la rabiosa oposición. Cortina y Olózaga tiran chinas contra las nulidades del Ministerio, y mi señor Regente no sabe salir del círculo de su tertulia de *ayacuchos,* ni gasta más ideas que las que allí le suministran. Vamos bien, tan bien que no iríamos mejor si estuvieran en nuestra mano las riendas del desgobierno. La situación es consoladora para los leales, y muy recreativa para todos, porque nos deleitamos con las crueles bufonadas de *La Post-*

data y de *La Guindilla*. ¡Qué ingenio para las burlas! ¡Con cuánto gracejo y desparpajo escarnece la libertad de imprenta a los que la patrocinan, y qué bien allana el camino a los que reniegan de ella! La prensa, amigo mío, es un perro que no muerde más que a sus amos. ¿A nosotros qué ha de mordernos, si desde el primer día le ponemos bozal? En fin, que sigan ciegos y locos cometiendo torpezas, autorizando escándalos, corrompiendo al país, revolcando en el suelo *el principio de autoridad*, y no tendremos que hacer más que cruzarnos de brazos, hasta que llegue el momento de recoger aquel sagrado principio, roto y sucio en medio de las calles. Y como estará tan puerco, de las manos progresistas, habremos de cogerlo con un papel... que será la Constitución genuinamente *moderada*.

¿Qué tiene usted que decir de esto? ¿Verdad que estoy en lo firme anunciando la catástrofe progresista y el triunfo de los buenos? Y los buenos somos nosotros, señor don Fernando: ya lo verá usted, que también es bueno *en general,* y como tal le reconoce su incondicional servidor y amigo —*Socobio.*

XIII

De Gracia a don Fernando Calpena

La Guardia, marzo, 1842. Grandísimo badulaque: Te escribo por encargo de mi hermana, que no puede hacerlo hoy con el detenimiento que piden las circunstancias. Como entre Demetria y yo no hay secretos, las órdenes que ella tenía que darte, dóytelas yo, y es lo mismo, ¿sabes? No te enfades por no ver letra de mi hermana. Está buena, y rabiando porque se nos ha llenado la casa de visitas, y heme aquí encerrada en mi cuarto, con pretexto de dolor de cabeza, para estar sola y poder mandarte estos rasgos... Advertirás que ya sé poner las haches: lo aprendí para no hacer mal papel cuando me carteaba con el ser más indigno que hay en la creación, con el que en lo traidor y engañoso te supera... Digo, a ti no... En fin, punto final en esto.

Pues verás: dice Demetria que ya es ocasión de que vengas. Luego te diré el cómo y dónde has de presentarte. ¡Ay de mí! Vas a ser feliz, y ella también. ¡Con cuánta pena, con cuánta envidia lo digo!... No temo pasar por envidiosa: lo soy, ¿y qué? Cierto que no le quitaría yo a mi hermana ni un pedacito de su felicidad, ni a ti tampoco; pero me duele ver dichosos a los demás, cuando yo me muero. ¡Ay, Fernandito, qué desgraciada soy, qué martirios han destrozado y destrozan el alma de tu hermanita! Mis ojos, que eran tan preciosos, tú me lo has dicho, están secos de tanto llorar, y llorando he de seguir, pues mi pena no se acaba, me va labrando por dentro y comiéndome las entrañas; y si no quiero morirme es por esto que nos dicen de que somos eternos... ¡Eternos, y allá también sentiremos las penas de aquí! ¡Eternos o inmortales, lo mismo da, creo yo, para no hallar consuelo en los siglos de los siglos!... No, no: más quiero vivir, por ver si este dolor se me calma. ¿Qué crees tú?... No me hagas caso. ¿Te acuerdas de cuando nos trajiste de Oñate? Pues ¡ay! si me hubiera muerto yo con mi padre, habríame ahorrado tantos dolores, y ahora estaríamos descansando juntitos... En fin, dicen que Dios lo dispone todo: yo me conformo; digo, no me conformo, no me da la gana... Solo que... Francamente, ¿qué saco de no conformarme? Pues padecer más y afilar los cuchillos de mi pena.

Te diré que como no hay secretos entre mi hermana y yo, he visto las veinte cartas que desde la reconciliación de Samaniego le has escrito, y las diecinueve contestaciones de ella también han pasado por estos ojitos, que ahora con el llorar se vuelven tan feos. Pues sí: el día que tocaba carta era para nosotros gran fiesta; la guardábamos para leerla a media noche, y cuando llegaba el momento encendíamos nuestra luz, y cabeza con cabeza leíamos con cuatro ojos, y con dos bocas recitábamos tu escritura, niño bobo. ¡Ay, ay, ay, qué lindas cosas le decías a tu novia! ¡Cuántas veces vi que a Demetria se le dilataba el pecho, se le cortaba la respiración, y ni llorar podía! Otra noche, leyendo aquella carta en que le hablabas de tu mamá, y de que tu mayor gloria sería que nosotras la adorásemos, a Demetria y a mí se nos caían a hilo las lágrimas... y luego mojamos tanto los dos pañuelos, que se podían torcer.

Ya puedes estar satisfecho, Fernandito: ¡qué mujer te llevas! Yo creo que buscándolo bien, revolviendo la tierra, se podría encontrar un hombre como tú; lo que no encontrará nadie es otra Demetria, ni aunque la busquen con las antiparras del Padre eterno; y debo decirte también que si satisfecho estás tú, ella lo está más, porque... ¡Ay, ay! me echo a llorar como una simple, y los goterones que caen sobre el papel me lo ponen perdido... Espérate un poco.

Sigo: pues te decía que Demetria no cabe en sí de satisfacción; desde que te declaraste por boca de Valvanera, está como un chiquillo con zapatos nuevos... Pavonéate, hombre: tu novia te quiere con delirio, y no es esta pasión de ayer ni de la semana pasada, bien lo sabes tú; trae la fecha de nuestro conocimiento: nació en el camino de Aránzazu y se fue criando en esta casa, cuando te tuvimos aquí curándote la herida y dándote tanto mimo. Aunque yo no tenía entonces la reflexión que me han dado después los años, comprendí que mi hermana te quería; mas como ella callaba, yo también. Demetria es muy reservada, y a mí me trataba como a una chiquilla, absteniéndose de confiarme sus pensamientos íntimos. Llegó un día en que dejé de ser chiquilla; también me entró la demencia de amor... ¡ay, nunca lo hubiera hecho!... y entre mi hermana y yo empezaron las confianzas. Yo, por movimiento natural, le contaba todo lo que me ocurría. Correspondiendo a mi sinceridad, me dio a entender Demetria que no eras tú para ella saco de paja, hasta que una noche... Fue cuando los tíos apretaban de firme para que diera el sí al tacaño de Cintruénigo; la pobre no sabía qué hacer, ni cómo desenvolverse de tal compromiso... Pues una noche de verano, cálida y serena, de esas noches en que no nos llama el sueño ni apetecemos la cama, y gusta una de pasar embobada las horas mirando a las estrellas, nos hallábamos las dos niñas de Castro en un balcón de casa tomando el fresco, o esperando el primer fresco que quisiera bajar de la sierra. Yo hablaba como una taravilla, y ella no me contestaba más que con lo que yo llamo suspiros hablados. Ya era muy tarde, ya nos daba en las caras algún soplo fresquito, cuando vi que mi hermana lloraba, cosa en ella rarísima, pues sabe contenerse como ninguna, y es maestra en disimular sus aflicciones... En fin, que allí me abrió las arcas de su alma, confesándome que desde Aránzazu te quiere con pasión grande y avasalladora, y que no puede querer a otro, ni hacer caso de quien le proponga tal absurdo; que aunque le habían dicho que tú también la querías, no podía darlo por cierto mientras tú no te declararas, y que, entre tanto, su destino era esperar, esperar siempre, pues o se casaba contigo o con palma la enterrarían. Luego, hablando de mí, Demetria me dijo: «Ya que no pueda ser yo feliz, me cuidaré de que tú lo seas...» ¡Ay de mí!, ahora resulta que ella es la dichosa, y que las desgracias se ceban en mí como los buitres en la carne muerta. ¡Jesús mío, Virgen del Carmen,

Madre del alma, qué desgraciada soy!... No sigo, porque el pecho se me oprime, una mano de hierro me aprieta la garganta, y... Déjame, déjame que llore todo lo que me dé la gana...

Ya pasó la congoja. Tengo por cierto que me moriré, pronto: no puedo vivir, ni quiero... ¿Para qué vivo yo? Me gusta que se me deshaga el pecho, que agua se vuelva mi sangre, y que me vaya consumiendo hasta que llegue el instante de apagarme como una luz. Me pondrán entre cirios, y me cantarán tristes responsos... Después me enterrarán y... No, no, que enterrada sentiré los pasos de mi hermana y los tuyos, y les oiré a los dos haciéndose fiestas... Ustedes muy felices, y yo enterrada. Francamente, no quiero. Me rebelo, me pronuncio, no quiero... O dichosas las dos o ninguna... Igualdad pido a Dios, justicia...

¡Pues está esto bueno! Dos pliegos llevo ya, y aún no he dicho lo principal, el cómo y cuándo has de venir a casarte... Déjame que tome aliento, que ya no puedo con mi alma, y la pluma me pesa tres arrobas... Bueno: ya he descansado, y sigo diciéndote que si me vieras, Fernando, no me conocerías: tan desfigurada me tienen los pesares. Mi delgadez aumenta cada día, y con la mayor facilidad del mundo me cuento toditos los huesos. Padezco toses y desvanecimientos que me ponen a morir; no duermo; como a la fuerza porque mi hermana me vea comer. En fin, hijo de mi alma, que estoy hecha una vieja... No lo tomes a broma. La otra tarde fuimos de paseo mi hermana y yo por el camino de Avalos, y salió una mujer a pedirnos limosna. No nos conocía; hablamos con ella, y al despedirse le dijo a Demetria: «Dios se lo aumente, y a su señora mamá le dé salud.» La mamá era yo, y bien me señalaba cuando lo decía. Pues creo que aún se quedó corta, pues no ya madre, sino abuela de mi hermana parezco. No lo dudes: estoy viejísima y horrorosa... Pero, ¡ay!, no vayas a creer que se me han caído los dientes. Eso no: ¡bonita estaría yo si perdiera los huesos de la boca!... Tampoco se me ha caído el pelo; pero ya no lo tengo ensortijado... Canas, no faltan. Ayer me conté más de doce. Tiempo ha que no se ven colores en mi cara; los ojos se me han hecho más grandes, y tengo en las sienes unas arruguitas muy feas, pero muy feas.

Otra cosa tengo que contarte, para que llores o te rías de mí, lo dejo a tu elección: ya no me entretengo con las palomitas; ya no me cuido de darles de comer ni de limpiarles los nidos; ni tampoco me paso las horas muertas con los pájaros, alimentando con cañamones a los prisioneros, y con migas de pan a los libres. Los salvajes gorriones, como los verderones y jilgueros, están a la cuarta pregunta por causa de mi pena. Ya mis amigos son los murciélagos; no les cojo ni les doy de comer; pero me gusta acecharles a la hora de ponerse el Sol, para verles salir disparados de sus agujeros. Me entretiene seguir su vuelo con la mirada, y paréceme que observando estos animaluchos, la tristeza se me alivia un poco... Tampoco me verás jugar con los corderos, como antes. ¿Sabes qué animales me gustan más? Pues los burros... Nada me encanta como un borrico chiquitín, cuando va detrás de la madre. Uno hay por aquí tan monín, que ya dan en decir que es mi novio. Le doy muchos besos, que él me pagó con coces la otra tarde, porque no le dejaba mamar. ¡Qué ingratitud!

Pero yo aseguro que el ser más ingrato del mundo no es el asno, sino el hombre. ¡Ay!, los hombres son lo más odioso que ha creado Dios, y *vele* ahí por qué yo les detesto a todos, como a un solo hombre... A todos menos a ti, porque mi hermana te quiere, y porque me consta que la quieres tú. Si no fuera esto, te aborrecería con todo mi corazón. ¿Quieres que te confíe un secreto? Pues mira: el hombre villano que un día me inspiró cariño, y hoy una tan grande aversión que no hay palabras con que yo pueda expresarla, ese hombre, ese miserable, ese vil, me fue simpático, primero, por las cualidades que creí ver en él; segundo, por la sola razón de ser amigo tuyo. Parecíame a mí que el ser amigo del hombre amado por mi hermana era ya un gran mérito... Había pocos, muy pocos que ostentaran un título tan hermoso. Pues por eso le quise, ya ves; por eso exclusivamente no; quiero decir que influyó mucho el ser él tu amigo. Sin que me lo cuente nadie, sé que te ha causado indignación la vil conducta de ese hombre; pensarás que no solo a mí me ha ofendido, sino también a ti; le habrás arrojado de tu corazón para siempre, cerrándole la puerta, por si quiere, como los ladrones, meterse otra vez dentro. Creerás, como yo, que es mentira todo lo que de él se decía, que ni es valiente en la guerra ni caballero en la sociedad, que no hay en su alma ni chispa de honradez, ni asomos de virtud en nada de lo que hace. En fin, si por acaso le ves, y te dignas descender a cruzar con él una palabra, le dirás que el mundo no tiene bastante anchura para contener el desprecio que siento hacia él. Así mismo se lo dirás.

XIV

Continúa la carta de Gracia

Ya he llenado otro pliego, y todavía no hemos entrado en materia. Vamos allá. Dice la mujer feliz que ya puedes venir cuando quieras, que cuanto más pronto mejor. Para vosotros es el mundo... ¡ay qué pena!... Adelante: no se te pase por las mientes, hijo, venir a La Guardia, porque aquí estará Doña Juana Teresa todo el mes de abril, y tu presencia en el pueblo traería no pocos disgustos. Te vienes para acá muy callandito sin decir nada a nadie, y sigues por el Ebro adelante hasta Briones; por allí hay un vado: lo pasas... No, no; cuidadito, que en estos meses suelen empezar las crecidas... Por Dios, no te metas a caballo en el Ebro. Sigues hasta Haro, y de allí te vienes a La Bastida, dos lenguas de camino. Avisas a mi hermana desde Zaragoza o desde Logroño, dirigiendo la carta, como todas, a Nicanor, y fijas el día probable de tu llegada a La Bastida, donde encontrarás a todos los Maltranas, que te aguardan con una docena de brazos abiertos. Valvanera te dará las instrucciones para el resto del programa... Creo, ¡ay de mí!, que el pensamiento de mi hermana es celebrar el casamiento por sorpresa, pero sin que falte ningún requisito. Me consta que ya tiene conquistado al cura de Samaniego, el cual (esto me irrita, me subleva) es tío carnal de... Ese monstruo de cuyo nombre no quiero acordarme. Bueno: lo del bodorrio de sorpresa y al modo teatral es barrunto mío, pues nada me ha dicho tu adorada... Siento una congoja inmensa, como si el firmamento todo se desplomara sobre mi alma... En fin, recibidas en La Bastida las últimas órdenes, montas en tu *Rocinante* y picas espuelas por el camino de Samaniego, y antes de llegar al fin de la jornada verás dos quitasoles encarnados; más de cerca verás dos mozas: la una bien proporcionada de carnes, talle y miembros; la otra flaca como un junco. Son tu Dulcinea y su hermana la Micomicona, que ha venido muy a menos y se pasa la vida llorando. En fin, lo demás se verá. ¿Te has enterado bien?...

Preséntase de improviso mi señora hermana, la reina de esta casa, y después de reñirme por escribir tan largo, hase dignado leer la epístola, y se ha dignado reírse, señal evidente de que no le ha parecido mal. De ello me congratulo. Ruégole yo que añada algunas palabras, como fe de vida, a las por mí trazadas, con lo que tendréis mejor testimonio de su aprobación. Responde a mi súplica que no puede hacerlo en este instante, porque la etiqueta exige de ella que sin perder tiempo prepare unos bizcochitos borrachos que apetecen las señoras de Álava, y otras no menos golosas que con ellas han venido. Yo digo que ojalá se les vuelvan veneno los tales bizcochos, y Demetria me contesta que no sea mala. Nos ponemos a disputar; yo, que estoy ahora muy impertinente y muy mimosa, he dicho: «Ya lo veo... No quieres poner el parrafito porque la carta no te gusta...» «¡Que sí me gusta, mujer —responde ella—: está lindísima!» «Mira que si no te gusta la rompo...» Y para salvar la carta y darla por buena la besó con un cariño, ¡ay!, con una emoción que no puedo expresarte... Luego se fue, diciendo que volvería en cuanto embriagara los bizcochos.

¡Ay, qué cosa! El beso que dio mi hermana en estos pliegos, ¿sabes dónde ha caído? Pues en el mismo renglón en que pongo lo de los besos que daba yo al borriquito... Más arriba, en el tercer pliego. Para tu gobierno, marco con una crucecita el punto en que puso tu novia sus divinos labios. Fíjate, hombre, fíjate en la crucecita. Cuando nos veamos has de decirme si te fijaste.

Mi hermana no se zafa de la visita tan pronto como quisiera, y allá la tienen bien cogida las señoras borrachas, digo, las golosas de bizcochos de Baco. Me aburro de esperarla, y mato el fastidio escribiendo: por variar, te digo que no hay tristeza que a la mía pueda compararse, que de tanto sufrir me ha venido una enfermedad que dará conmigo en el sepulcro.

Juraría yo que tengo calentura y que el pecho se me quiere romper. Necesito luchar como una fiera conmigo misma para no echarme a llorar. ¡Cuánto daría yo por perder la memoria y por que muchas cosas que me fueron gratas no volvieran a pasarme por las mientes! No sé por qué se habla tan mal del olvido, cuando, si bien se mira, es una de las pocas cosas buenas que nos ha dado Dios. Lo triste es que no olvida una cuando quiere, sino cuando al señor olvido le da la gana... Y también digo que los hombres son muy malos, lo peor de cada casa, y que nada se perdería con que no hubiera hombres. Es lástima que los niños crezcan, lástima que no se queden siempre niños... Que crecieran solo las niñas sería lo bueno... Después que tú te cases, yo, si fuera Dios, mandaría que no hubiera más casamientos, y aboliría los hombres, ¿qué te parece?... Pero ahora caigo en que no puede ser: los hombres son necesarios, porque ellos son el mal, y si no existiera el mal no habría libre albedrío, y sin libre albedrío no tendríamos virtud. Si el hombre nos faltara, no podríamos purificarnos abominando del amor, apeteciendo la soledad y la penitencia; creo yo que si el hombre no existiera amaríamos menos a Dios... Ya ves, ya ves, chico, qué sabia me estoy volviendo. Me admiro a mí misma, y a veces, de tanto como sé, me dan ganas de darme coscorrones en el cráneo, y de arrancarme un par de mechoncitos...

Veo que te aburro, y para que se te alegren los espíritus hablarete otra vez de mi hermana y tu novia, de esa reina, de esa diosa que te ha caído en suerte, como a mí me cayó el último diablo de los infiernos. La sin par Demetria, la misma sabiduría, es a veces más boba que yo, y con esto se dice todo. Tanto hablar de su gran carácter, de su entereza y en ocasiones es la misma timidez. Ahora me estoy riendo de una cosa: ya había recibido la reina seis o siete cartas de su rey, escritas con la mayor confianza, y no se determinaba a tutearle... Y eso que el tutear por escrito no da tanta vergüenza como el tutear *de boquis.* Tú no te parabas en barras, y en tus cartas apasionadísimas le dabas el tratamiento usual entre los que han determinado ser marido y mujer. Pero ella, la muy tonta, siempre con el *usted* y el *Don Fernando.* «Pero, mujer —le dije yo—, ¿no ves que él te tutea? Le ofendes con esa etiqueta ridícula.» Al fin la convencí; pero, créeme, le costó algún trabajo entrar por el aro de la familiaridad. Es ella tan mirada, tan celosa del decoro, que no sabe ir sin rodeos desde los cumplidos a la confianza. Yo no soy así: el día mismo que Santiago me hizo su declaración... y bien sabe Dios que esto lo recuerdo con ira y vergüenza... pues el mismo día le traté de tú, soltándole mil injurias y perrerías muy gordas, porque en serio no me atrevía... Pues ya verás cómo, a pesar de haberos escrito tantas ternezas, el día en que te presentes a ella se ha de poner muy colorada... y las primeras palabras que pronuncie ante ti las dirá temblando y equivocándose, como el que habla un idioma mal aprendido. Pero tú no hagas caso, y en cuanto la veas le abres los brazos y le das un buen estrujón, que eso, por más que ella se ponga melindrosa, ha de gustarle... Digo, me parece a mí.

Llega en este momento la Majestad de doña Demetria I, harta de visitas y de amigas. ¡Gracias a Dios que se han largado! Lo primero que hace la señora reina es leer lo que acabo de escribir, y alarga los hociquitos; después se sonríe, duda, me riñe, y se le van bajando los morros. Yo le digo que si me tacha lo del abrazo, rompo toda la carta. Ella dice que no, que todo lo aprueba, y que para que conste escribe de su puño y letra un parrafito. Pongo en sus reales manos la pluma, que nosotros los *poetas* llamamos *péñola*.

(Escribe la hermana mayor. Pronto, prontito, Fernando. Si tu madre está bien de salud, no tardes. Por Valvanera sabrás lo que tienes que hacer al llegar a La Bastida. Ha escrito mi hermana no pocas tonterías graciosas: hay que dejarla, y si su espíritu quiere retozar, que retoce. Gracia es tu hermana: te quiere porque me quieres. Hagamos nuestra su pena, y juntémosla con nuestra felicidad, a ver si de este modo podemos endulzarla... Doy mi suprema sanción a cuanto ha escrito en esta linda carta, y para que conste, estampo aquí mi real sello. Tendreislo entendido, etc. Yo no puedo entretenerme más. Las visitas me han revuelto toda la casa y me han trastornado el día. Encargo a nuestra secretaria que agregue algunas advertencias que se le habían olvidado... Te espero. Tiempo hace que cuento los días; desde hoy contará las horas tu— *Demetria.)*

Vuelve a mis flacas manos la pluma. Mientras Su Majestad acude a remediar la revolución que esas entrometidas señoras han hecho en nuestra casa, te escribo lo que ella me encarga, es a saber: que en tu viaje no pases por Cintruénigo, o lo hagas de noche y bien disfrazadito... Mejor será que te tomes la vuelta de Estella y recales por Campezu. En fin, tú sabes el mejor camino. Dice también que no dejes de traer a Sabas, que nos inspira absoluta confianza. Para que tengas una idea del giro que va tomando nuestra *guerra civil*, te informo de que el tío Navarridas no necesita más que un empujoncito muy flojo para caerse de nuestro lado. En cambio, la tía se cae con todo su peso de la otra parte, y ahora todo su afán es casarme a mí. ¿Sabes que se me ocurre pronunciar un *sí* como una casa? ¡Quién me verá a mí de tacaña...! Pero no; yo no estoy más que para morirme. Quiera Dios darme el descanso que deseo, y a vosotros la felicidad que merecéis.

¿No te fijaste, tonto, en que tu novia puso también el sello en lo que escribió? Ella fue la que pintó la crucecita, después de besar el papel. Luego me dijo, ¡valiente pícara!, que el beso era para mí. Naturalmente, para ti no había de ser... ¿qué creías? Pero, en fin, fíjate, hombre.

Y concluyo, que estoy cansada. Tengo fiebre. ¿Se me queda algo por decir? ¡Ah! sí, que Doña Juana Teresa se pasa la vida empollando pleitos para fastidiarte, ya que no ha podido conseguir que mi hermana te aborrezca. Ahora la emprenderá con tu madre, por los derechos a no sé qué castillo viejo de Aragón. Eso te lo contarán los simpáticos procuradores y escribanos. Dice Demetria que no hagas caso, ni te afanes por estas venganzas miserables. Pero te aconseja que tomes tus medidas antes que cambie la veleta política, porque si, como dicen, echan a tu amigo Espartero y vuelve la *moderación,* no será extraño que te den un disgusto, que te persigan, que te destierren, o quizás algo de mayor cuidado. Me encarga la excelsa soberana que te fijes mucho en esto.

Y ahora ¿se me olvidará algo? Creo que no. Lo único que se me había quedado en el tintero es que me mata el dolor, y que no hay consuelo para mí. Aunque lo hubiera yo no le querría, no; y así cuando os caséis y seáis felices, haced el favor de no consolarme a mí, y de no decirme nada que sea consolación. Ven pronto. Por cuenta de tu novia, y sin que ella lo sepa, ¡buena se pondría!, aquí te pongo la tercera cruz. No has de decirle nada de esto... Adiós: no tardes. Compadece a tu moribunda hermanita —*Gracia.*

XV

De don Fernando a Pilar de Loaysa
La Bastida, mayo.

Mi querida madre: Si han llegado a manos de usted mis cartas de Zaragoza, de Tafalla y de Campezu, lo que es muy dudoso por el desorden de estos correos malditos, sabrá que han dilatado mi viaje los cielos y la tierra, pues entre temporales de granizo y agua, y el deterioro de los caminos de herradura que hemos tenido que recorrer, todo ha sido adversidades y entorpecimientos. Pero al fin aquí estoy, aunque parezca mentira, sano, bueno y alegre, sin otra pena que la de contar las muchas leguas que ha puesto mi destino entre usted y yo.

A todos los de esta casa y familia encuentro en buen estado de salud, y hasta el mismo Don Beltrán, con el regocijo de verme, parece que se ha remozado. No sé el tiempo que duró esta mañana la zurribanda de abrazos con que me recibieron. Éste me soltaba y el otro me cogía, y concluida la rueda, empezaba otra vez. Tan estrujado me vi, que hube de pedirles que tuvieran piedad de mi pobre cuerpo molido; pero me dijeron que la mayor parte de los abrazos se daban a mi persona en representación de la de usted, y al oírlo repetí la ronda hasta que no me quedó hueso sano. He comido como un bruto, pues hambre atrasada traía... Sabas también ha llegado bien; su compañía me ha sido de gran utilidad.

Lo primero que me ha dicho Valvanera es que cree injustificadas las precauciones de mi viaje y el largo rodeo que me señalaron las niñas de Castro. Asegura Juan Antonio que no tengo por qué ocultar mi presencia en estas tierras, ni hacer misterio de que voy a casarme, toda vez que la voluntad de la que será mi mujer se ha manifestado tan categóricamente. Las pobrecillas temieron sin duda que el despecho de don Rodrigo y la venenosa inquina de Doña Urraca me ocasionaran alguna desazón en el camino. Ello no es más que la expresión de la timidez, de la inquietud de ambas señoritas y del cariño que me profesan. Las instrucciones llegaron hace días; pero ayer han sido anuladas en esquela traída por un propio, anunciando que hoy vendrían las definitivas órdenes a que debo ajustar mi conducta. Quien manda, manda. Me someto a la que hoy tiene toda la autoridad, bien ganada con su resistencia heroica y la sublime constancia de sus afectos. Hablando de esta mujer incomparable, Juan Antonio y Valvanera no encuentran nunca la última palabra del elogio.

Martes.

Llegó ayer por la tarde un papelito donde la hacendosa mano había escrito este lacónico decreto: «Ven mañana a Samaniego, ni antes de las cuatro, ni después de las cinco y media de la tarde.»

El mañana es hoy, querida madre... Dios vaya conmigo.

Miércoles.

Ten paciencia como la tengo yo. Voy a contar lo que me pasó ayer, cosa en verdad singular, peregrina, inesperada. Estoy triste... Pero no, no se asuste vuestra merced, señora madre. Ello no es malo; digo, es un poquito malo, sí; mas pertenece a ese género de mal subentendido, convencional, que forma parte de un plan dispuesto para producir mayores bienes. Mejor lo entenderá usted con la relación del caso... Pues a la hora señalada monté a caballo llevándome a Sabas, y tomamos el camino de Samaniego. Ya próximos a este ameno lugar, me sorprendió mucho no ver lucir entre los verdes viñedos las dos sombrillas rojas de que me habló Gracia en su carta. Eran en mi pensamiento las tales sombrillas estrellas que al Oriente de mi ventura habían de conducirme. El calor sofocaba: un motivo más para que yo no creyese que las niñas expusieran sus cabezas al Sol. ¿Dónde estaban, pues? ¿Faltaban a la cita? No duró menos de diez minutos mi ansiedad. Un hombre nos salió al camino, cerca ya de las primeras casas, y señalando un grupo de árboles a la derecha, me dijo: «Allí está el ama esperándole, buen señor.» Vamos, esto me volvió el alma al cuerpo. Enterome Sabas de que la casa cuya blancura clareaba entre el follaje de los álamos era *Majada mayor,* propiedad de las niñas, inmensa construcción, donde tenían lagares, graneros y bodegas, corrales y otros edificios necesarios a una gran labranza y ganadería. Allá me dirigí por entre viñas lozanas, y no tardé en ver a Demetria, que en pie me esperaba guarecida del Sol bajo un árbol. La emoción de verla, absorbiendo todo mi ser, impidiome reparar en el primer momento que no estaba Gracia con ella. Unos pasos más, y advertí que no estaba sola. Vi a su lado un objeto oscuro que me pareció tronco de un árbol. Otro paso, y vi que era un clérigo... No me causó pena ver un sacerdote en compañía de mi presunta esposa. Pareciome que el cura alzaba ya la mano para echarnos la bendición... Pero no: lo que hacía era quitarse el sombrero para saludarme.

Me apeé sin que nadie me tuviera el estribo, y al poner el pie en tierra, Demetria se acercó a mí, y yo le besé la mano. Tan conmovido estaba, que no acerté con las expresiones apropiadas a un caso tan excepcional y a tan feliz encuentro, y no puedo asegurar qué palabras le dije ni qué palabras callé... Algunas pronunció ella... Más turbada que yo, enrojecieron sus mejillas. Dirigiéndonos los dos hacia unos troncos donde debíamos sentarnos, advertí que mi futura esposa sonreía y que se le saltaban las lágrimas. No hallo diferencia notoria entre la Demetria de ayer y la del siglo pasado, que tan largo me parece el tiempo transcurrido sin gozar de su presencia: si hay mudanza, solo consiste en un poquito más de carnes, en mayor blancura del rostro, que antaño era más tostado del Sol. Durante nuestra conversación hubo momentos en que rodeada la vi de una aureola de majestad, que me habría rendido al vasallaje si ya no lo estuviese.

Antes que yo le pidiera explicación de la ausencia de Gracia me dijo que, hallándose su hermana enferma, se había decidido a venir sola por no condenarme al suplicio de la impaciencia, que suele convertirse en desesperación. Era esto un buen tema para romper la cortedad que a entrambos nos embargaba. Hizo ella una breve exposición del estado moral de su hermana, y por enlace natural pasó a referirme que los de Cintruénigo habían reanudado la batalla con refuerzos terribles. «Pero yo no me acobardo —me dijo—: ahora, después que nos hemos visto y podemos hablar, me atrevo con todos, y no habrá dificultad que me rinda. ¿Sabes qué clase de aliados ha traído Doña Juana Teresa para darnos la batalla? Pues en mi casa tengo de huéspedes al ilustrísimo señor obispo de Calahorra, al ilustrísimo de Tarazona con todos sus familiares, y en el Rectoral se alojan los reverendísimos arcedianos de Nájera y Santo Domingo, y el abad de San Millán de la Cogulla. ¿Creerás que en mi casa se prepara un concilio? Así es, y lo que quieren es el consentimiento de Gracia, que hoy no está nada *conciliadora*.» Contestele yo que a su disposición me tenía, si entraba en sus planes espantar a los reverendos más o menos mitrados que querían meterse a gobernar familias ajenas. «No, no; por ahora hemos de andar con mucho pulso. Te necesito; pero no para eso. A los aliados de Doña Juana Teresa les espantaré yo dentro de unos días, y para ello me basto y me sobro, sin irreverencia, quedando en muy buenas migas con la Iglesia de Dios.

—Sepa yo pronto en qué pueda ayudarte. ¿Para qué estoy aquí, para qué soy tuyo en cuerpo y alma? —le dije impaciente ya, deseando que en algo grande y difícil me ocupara.

En esto creyó la señora que se había descuidado en la presentación del clérigo que a nuestra conferencia silencioso asistía, y apresurose a enmendar su olvido. El tal cura, alto y voluminoso, viejo, de buen color y risueño semblante, era don Matías Baranda, tío carnal de Santiago Ibero por parte de madre, y párroco de Samaniego. Una vez presentado, retirose el presbítero sin añadir palabra, con delicada y oportuna discreción, y nos dejó abandonaditos bajo la espesa verdura de los álamos. Solo un perro grandullón, blanco manchado, quedó en nuestra compañía, alargando su cuello para que le acariciáramos Demetria y yo, con lo cual nos facilitaba la aproximación de nuestras manos. Fue aquél un momento de los más solemnes, de los más hermosos de mi vida. Tuve la suerte de encontrar las expresiones más sinceras, más apropiadas, más dulces para expresar a la ideal mujer mis sentimientos, que habían nacido de la admiración, y que con el tiempo y quizás con la ausencia misma se habían elevado a las gradaciones más altas del afecto. Madrigales sin fin había dedicado yo a Demetria por escrito; pero creo que los más bellos que se me han ocurrido son los que de palabra le dije ayer. Estoy seguro de haber expresado con igual intensidad el amor y el respeto, y todos los matices delicadísimos de mi veneración ardiente por esta sin par mujer. También ella me dijo cosas muy bonitas, realzadas por la naturalidad más pura y deliciosa. Ni lo mío ni lo suyo cuento, porque estas expansiones y este hablar íntimo entre dos que se quieren empalagan a los que están distantes. Usted puede imaginarlo, sin que yo rompa el secreto que constituye todo el encanto y dulzura de los coloquios entre enamorados. Por el tono podría creerse que hablábamos de temas de santidad empleando los términos elementales del lenguaje místico, sin sutilezas, con efusión del alma, que también el amor tiene su *padrenuestro,* la oración más honda, más tierna y más clara.

Ocurrió al término de nuestro picoteo amoroso algo que fue para mí contrariedad grande, súbito desengaño que derramó un vaso de amargura sobre mi alegría. No sé cómo fue rodando la conversación al punto interesante de nuestro casamiento, y yo manifesté a mi futura la seguridad de que se cumplirían nuestros anhelos aquella misma tarde, o al día siguiente tempranito, pues así me lo hacía creer la presencia de aquel señor cura tan simpático. Puso Demetria una cara desconsolada, que no puedo describir. Era su desconsuelo infantil y al mismo tiempo grave. A mí se me nubló el alma cuando tal vi, y se me acabó de ennegrecer, volviéndose noche oscura, cuando los divinos labios dijeron: «¡Ay, hijo, siento decirte que hemos de esperar otro ratito! No nos casamos hoy ni mañana: aún no es tiempo, y tú

convendrás conmigo en que un nuevo plantón es necesario...» Protesté...
No me conformaba; se alteró un momento la placidez seráfica que había
empleado en el palique de novios. «¿Qué entiendes por *otro ratito?* ¿Qué
quiere decir un *nuevo plantón?* Estoy cansado ya de los ratitos, que han
sido siglos de ansiedad en mi existencia, toda ella compuesta de situaciones
provisionales. Ya estoy harto de plantones, pues los he llevado terribles,
y uno más, ¡Santo Dios!, creo que me ocasionaría la muerte. Quiero ya el
descanso, llegar al fin, y arrancar de mi alma la terrible expectación, que ha
sido y es mi mayor martirio.» Suspiró ella muy fuerte, miró fijamente la cabeza
del perro, que yo acaricié con más gana que antes. Encontreme entre los
pelos del animal la mano de Demetria, que cogí y besé, teniéndola en la mía
todo el tiempo que quise. Entonces ella, con gracia suma, mirándome y llori-
queando un tantico, sonriendo para formar con las lágrimas y la sonrisa un
argumento de supremo poder, me dijo: «¿Quieres apostar a que te convenzo
si hablamos dos palabras más? Tú eres bueno, piensas con cordura, sabes
sentir. Con una ideíta sola y un sentimiento grande voy a convencerte... ¿Por
qué no hemos de pasearnos un poco? ¿No te cansas de este asiento tan
duro? Vamos por este sendero adelante hasta llegar a la ermita que ves en
aquella loma.»

Sí, sí: yo quería también pasear por el campo, y que en medio del verdor
lozano me dijera mi dama las ideítas y los sentimientos que habían de
convencerme... Mucho tenía que apretar la sabiduría de la sin par doncella
para persuadirme de que no debíamos desposarnos en aquel mismo
momento, o al otro día con la fresca, lo más tarde. ¡Vaya con lo que sacaba
en el instante que yo creía el más crítico de mi vida, el punto culminante de
mi destino! ¿Conque más *ratitos* y más *plantones?* No, no; esto no podía
ser. En aquel paseo, que habría sido encantador si en él no sintiera por
nuevos peligros acechada mi felicidad, vi un pedazo de tierra todo lleno de
amapolas. ¡Qué graciosa elegancia la de aquel vestido de la madre tierra! El
perrazo iba delante de nosotros; miraba hacia atrás a cada instante por ver
si le seguíamos. Vi corderos blancos como la nieve, negritos o berrendos,
amarrados lejos de sus madres y balando por ellas; sentí el rumor del rebaño
que bajaba de las lomas, y presencié la embestida que dio nuestro perro a
dos o tres gozquecillos que andaban por allí, y que a su parecer nos estor-

baban el paso. No quería el *Serrano* (que así se llamaba) que ningún perro feo, tiñoso y vagabundo interceptase la senda que seguían sus señores. Hasta se ponía nervioso viendo a los pájaros que se posaban en el sendero, y a las personas echaba miradas iracundas, dándoles a entender que no respetaría clases ni especies zoológicas para tenernos franco el camino. Demetria me dijo, y cuando lo decía pasábamos por un segundo manchón de amapolas, más bonito aún que el primero: «¿No has alabado la resistencia mía? ¿No aseguras que tenía yo más mérito por haberme sostenido en la soledad sin ningún apoyo y casi sin esperanza? Pues si ahora te pido yo un poquito de resistencia, ¿por qué no me la concedes? No la pido sin razones, y ahora verás si esas razones pesan o no pesan. Quien ha esperado tanto, ¿por qué no esperará días, tal vez semanas...?

—Por Dios —dije yo—, no me hables de semanas. Déjalo en días y me conformo, muy a disgusto, por supuesto.

Replicó entonces que no sentía menos que yo el aplazamiento de nuestra unión, y que había llorado mucho aquella noche antes de determinarlo; y cuando llegamos a la ermita, y a la sombra de su blanco muro nos sentamos en una piedra, observé en su rostro expresión festiva, un si es no es burlona, y presumí que lo de las largas me lo decía *por hacerme rabiar,* con travesura infantil. Echeme a reír, diciendo: «Todo es broma... Juegas conmigo...» Y ella, envolviéndome en su mirada, toda penetración y ternura, me sorprendió con esta salida: «Tú me has dicho en una de tus cartas que eras Hércules, o que te asemejabas a Hércules en que la divinidad te había impuesto unos grandes trabajos, los cuales tenías que emprender con fe y valentía para ganar el premio de la felicidad.

—Sí que lo pensé y lo escribí; pero ya caigo en que fue mala comparación.

—No lo creo yo así. Haz el favor de recordarme, tú que eres tan sabio, cuántos fueron los trabajos del señor de Hércules.

—La Mitología nos dice que fueron siete; pero debo advertirte que todo lo mitológico es mentira, Demetria...

XVI
Prosigue la carta de don Fernando

—Será mentira —dijo con gracia mi futura consorte—; pero el que tales papas inventó quiso representar con ello que los grandes fines no son alcanzados por el hombre sino a fuerza de penalidades y sacrificios...

—¿Y te parece que aún no he penado yo bastante para merecer la gloria terrestre, que eres tú?

—Cállate la boca y déjame acabar. Pasemos revista a tus trabajos, a ver cómo están tus cuentas con la gloria terrestre. El primer trabajo fue cuando te lanzaste al Norte, en plena guerra, con aquel pillo de Rapella, en busca de tu novia, la diamantista; tenemos *Uno*.

—Uno —repetí yo, que, viéndola contar por los dedos, abrí mi mano junto a la suya para llevar por duplicado la suma.

—Sigue ahora el trabajo de más mérito, el más difícil, el más heroico, el que te ha dado celebridad en todo el mundo, la grande hazaña de sacar del cautiverio de Oñate a las niñas de Castro y traerlas a su casa... Y van *Dos*. No es flojo el *Tercero:* la osadía de entrar en Bilbao y en la propia casa de los que te birlaron la novia, y acosarles y perseguirles exigiéndoles la confesión de su infamia... Sigue después otro magnífico trabajo: el de tu madre, sostenido para recobrar su independencia y poder llamarte hijo. Este trabajo te lo apunto a ti, porque si ella era quien aparentemente lo realizaba, de ti recibía la fuerza: el Hércules eras tú... No admito discusión. Van *Cuatro*. Después viene otro trabajito, que se lo doy yo al más pintado. ¡Vaya una campaña! Por ella debieras pasar a la Historia. Tus viajes disfrazado de trajinero para tratar con Maroto las condiciones de la paz, bastarían para darte fama de sagaz y valiente. Tenemos *Cinco*. Sigue la reconciliación con Zoilo, la busca de Aura hasta llegar a verla con el niño en brazos, manteniéndote en la increíble virtud de no dejarte ver de ella, y coronando luego esta brillante hazaña con la magnanimidad de mandar al marido a su casa para que hiciera las paces con su mujer. ¡Sublime acción! Van *Seis*. Y me parece que no hay más, mi señor don Fernando. Falta, pues, el *Séptimo* trabajo, que debe ser el que dé quince y raya a los demás, y éste voy a imponértelo yo.

La miré sin decirle nada, pensando que aquella celestial mujer iba a volverme loco. Reconocíame yo incapaz de comprender la sublimidad de mi futura, si sublimidad era el matarme a trabajos antes de concederme su mano valiosa. Ardiendo en impaciencia por saber en qué pararían aquellas bromas, o tristísimas veras, le supliqué me dijese pronto cuál era el *Séptimo*. Me daba el corazón que no había de ser cosa fácil.

«Pues haciendo yo ahora de divinidad —me dijo muy seria—, sepa mi buen Hércules que obligada me veo a imponerle un trabajo de mediana dificultad, y no bien realice mi caballero este séptimo y último empeño, lo celebraremos casándonos como unos benditos. ¿Qué tienes que hacer para que ambos recibamos el premio de nuestra constancia? Pues ir adonde sea necesario para buscar y prender a Santiago Ibero y traérmele acá de grado o por fuerza, cualquiera que sea el estado en que se halle, cuerdo o loco, feliz o desgraciado, sano o enfermo...

—Aguarda un momento. ¿Estás segura de que Santiago vive?

—Me consta que vive.

—¿En dónde está?

—En Madrid estaba hace diez días. Pero no aseguro que allí permanezca. Tú, como buen Hércules, perseguidor de Aura, buscador de Zoilo, salvador mío en Oñate y en Aránzazu; tú, emisario de Espartero y confidente de Maroto, sabrás lo que tienes que hacer para descubrir a tu amigo y echarle la zarpa dondequiera que le encuentres.

—Tu idea —respondí—, es noble y atrevida, bastante seductora para tentar a un hombre como yo, adestrado ya en lances de igual naturaleza; la idea me agrada; pero permíteme que dude de su oportunidad. ¿Acaso crees que aún no he demostrado bastante que soy digno de poseerte? ¿Te hacen falta más pruebas del temple de mi voluntad y de la constancia de mis afectos? ¿O es que te diviertes haciéndome creer que quieres dar largas a nuestro casamiento para gozarte en mi martirio?

—Si yo te propusiera lo que te propongo por pura diversión, no sería quien soy, ni tampoco digna de ti. Bien probado tienes lo que vales, y mi corazón está satisfecho: con quererte como te quiere le basta para ver en ti el mejor de los hombres.»

Estas manifestaciones, de cuya sinceridad no podía dudar, no disipaban mi confusión. Tan pronto creía yo que el imponer trabajos a un amante caballero obedecía ciertamente a un concepto moral muy elevado; tan pronto que no era más que un rasgo de mujer caprichosa, de imaginación exaltada y corazón frío; y aunque esto último pugnaba con la idea que yo tenía de Demetria, idea muy conforme con la opinión general, di en admitir el capricho como razón única de las heroicas pruebas. Produjo esta creencia efectos muy raros en mi espíritu, pues si al principio me turbó, no dejó de causarme un cierto regocijo: era la satisfacción crítica, el orgullo de haber encontrado un defecto en la misma perfección, que de este modo se alegran los astrónomos cuando descubren las manchas del Sol. ¡Demetria caprichosa!... ¡Qué monstruosidad! Para salir de dudas, pues aún no estaba seguro de mi crítica, explicaciones le pedí en esta forma:

«Bien veo que tu plan responde a la noble idea de catequizar a Ibero y traerle de nuevo al amor de tu hermana, para curar a ésta de su dolencia, que no es otra que un grande amor contrariado y sin esperanza. Hasta aquí vamos muy bien, Demetria; todo lo que piensas es de fácil comprensión para mí, y téngolo por natural dentro de la grandeza de tus ideas. Pero si veo bien claro el pensamiento, no se me alcanza su oportunidad. Lo natural y lógico es que habiendo yo venido aquí a casarme contigo, según el convenio que hicimos tú y yo por mediación de los Maltranas, cumplamos sin pérdida de tiempo lo que nos prometimos y por igual deseamos, porque, francamente, no veo yo incompatibilidad entre nuestra dicha y el proyecto de buscar y traer a Santiago. Habríala si el casarnos fuera operación larga; pero bien sabes que teniéndolo todo corriente, y el papelorio en regla, ese señor cura nos despachará en un cuarto de hora. Dime ahora tú si no hablo como la misma razón; dime si el plan más lógico no es éste: casarnos esta noche, o mañana, y luego partir los dos juntos, o los tres, en persecución del descarriado. Figúrate lo que voy a penar yo solo en este nuevo trabajo, sin apartar de ti mi pensamiento, temiendo que algo inesperado sobrevenga, que una desgracia tuya o mía para siempre nos separe; temblando por todo, ciego porque no te veo, triste porque no sé qué nuevas asechanzas te pondrán mañana los de Cintruénigo; lejos de ti y de mi madre, que sois mis luces y los únicos regocijos de mi alma.

—Cierto que esto es penoso, y para mí lo es tanto como para ti. Presentado el caso como tú lo presentas, no hay duda. Pero aún no hemos visto la cuestión más que por un lado, y ahora vamos a verla por el otro, que dos lados tienen siempre las cosas. Si yo te propusiera el *Séptimo* trabajo sin una poderosa razón; si fuera tal como tú lo has visto, como una prueba más sobre tantas, sería yo una mujer insoportable. ¿Cómo has podido creer eso?... Pero vamos a la explicación que necesita mi buen caballero, y ha de ser tal que no tendrás nada que decir contra ella.

—Razón tiene que haber, pues si no, no serías tú Demetria I.

—No tengo para qué ponderar —dijo ella con dulce confianza, posando su mano en mi rodilla—, cuánto quiero a mi hermana. ¿Pues ella a mí? Nuestro cariño es tal, que en ciertas ocasiones nuestras almas llegan a confundirse, y a pensar y sentir tan de acuerdo como si fuesen una sola. Juntas nos criamos; desde que quedamos huérfanas, yo la miraba como a una criatura, y ella a mí como si fuera yo la madre que perdimos. Llegó día en que, además de hermanas cariñosas, fuimos amigas y nos confiamos nuestros amores: los míos eran entonces muy tristes, alegres los suyos. Rebosaban de esperanzas los de ella; los míos... ¿qué tengo que decirte a ti sobre esto? Cambiáronse luego los papeles, y todas las felicidades de mi hermana se pasaron al lado mío, y al de ella se fueron mis desgracias, mucho más acerbas en ella que en mí. En la carta que te escribió, habrás visto el desconcierto que padece el espíritu de la pobre niña, y cuán honda es su tribulación. Te decía que aborrece a Santiago, y lo que hace es quererle con más delirio que antes. Gracia se muere de pena. Si la vieras, te daría mucha lástima, Fernando, y serías el primero en procurar su salvación. Todo lo que eres capaz de hacer por mí lo harás por ella, ¿verdad? Yo he contado contigo, sin dudar un momento. ¿Verdad que lo harás? ¿Verdad que la quieres porque yo la quiero, porque es nuestra hermana? Cien veces daría ella su vida por nosotros. Hagamos nosotros por ella lo que te propongo, que es menos que dar la vida.

Ya no necesitaba más Demetria para rendirme absolutamente a su voluntad. El acento, la expresión casi divina con que me hablaba, me cautivaron de tal modo, que hube de contenerme para no sellar nuestra concordia con un abrazo. Pero las explicaciones no eran completas, ni la razón suprema de anteponer al casamiento el trabajo hercúleo érame aún conocida. Esperé un momento para saberla, ¡oh qué mujer!, y tal como ella lo expresó, lo copio con ligeras variantes.

—Mi hermana y yo nos adoramos; pero no nos parecemos, y quizás nuestra desemejanza nos ha centuplicado el cariño. Su carácter es de un modo, el mío es de otro muy distinto. Yo soy una mujer fuerte; Gracia es una mujer delicada y toda nervios. A los veinte años continúa siendo niña; de mí cuentan que de chiquilla parecía mujer, y que cuando me ponía a jugar con las de mi edad, pronto las mandaba y todas me obedecían. Yo tengo una salud de hierro; la de ella es muy endeble; yo guardo mis penas solo para mí, y con ellas me aguanto; Gracia no las oculta; yo soy muy seria, y ella muy jovial, hasta el punto de decir chistes en las mayores aflicciones... En el tiempo que aquí te tuvimos aprendiste a conocernos bien. Pero ignoras el estado en que hoy se encuentra Gracia, el desorden traído por el pícaro amor, y las pasiones nuevas que la pasión contrariada despierta en ella. ¿Conoces tú los rarísimos efectos de la envidia en los niños? No es esta envidia como la de las personas mayores, pasión fea: es un desconsuelo del alma, una consunción del cuerpo, como si una y otra quisieran aniquilarse para no ver el bien ajeno. Mi hermana me adora, y se muere si yo me caso y ella no. ¡Mira tú qué cosa tan rara! La envidia infantil no aborrece; es una enfermedad de amor propio, y se alimenta de la idea de no ser nada, de no valer nada, de estar de más en el mundo. Hazte cargo del padecer terrible de la pobre niña, de los estragos que tantas pesadumbres han debido de hacer en su naturaleza delicada: de algún tiempo acá, su vida es un verdadero milagro. He venido notando que cuando se presentaban bien las cosas para que nosotros, tú y yo, viéramos cumplidos nuestros deseos, la pobrecita se agravaba en sus desazones. Hacerse quería la valiente; luchaba con el gusanillo que la devoraba; pero no podía nada contra él. Estos días, desde que te supusimos en camino de Barcelona a La Bastida, el decaimiento de Gracia llegó a tal extremo, que yo temí que Dios me cobraba el precio de mi felicidad con una desgracia terrible. El sábado pasado tuvo un vómito de sangre, poquita cosa, pero bastante a ponérmela como una moribunda. Guardó cama y se pasaba el día llorando, la noche hablando conmigo, pues yo no he dormido en tantas noches por hacerle compañía. La mandé levantarse; paseábamos juntas; notaba yo que hacía grandes esfuerzos por alegrarse cuando yo le indicaba que te ibas acercando... pero, ¡ay!, qué poco le duraba el fingimiento: se caía, se agotaba de improviso como una flor cortada puesta al Sol... «Mira tú, hermana —me decía—, yo sé que voy a ser para vosotros un estorbo muy grande. Pídele a Dios que me lleve consigo, y así no tendrás delante de los ojos esta tristeza que os ha de ennegrecer la vida.» Ayer, sabiendo ya que estabas en La Bastida, se puso tan mal, que decidí acostarla. Llegaba el trance durísimo de decirle: «Gracia, tú no puedes venir a Samaniego; iré yo sola, y ya sabes a lo que voy.» No me atreví a desplegar mis labios. Pero ella me adivinaba los pensamientos; sabía que esta tarde vendría yo acá; que, puesta de acuerdo contigo, nos iríamos a La Bastida, al amparo de Valvanera y Juan Antonio, y nos casaríamos, quedándome yo allá todo el tiempo que mis padrinos determinasen... «Ya sé lo que me espera —me dijo anoche Gracia cuando, después de cenar, me senté en la cama para charlar con ella—. Te vas, y la primera noticia que tendré de ti será la bomba que caerá en casa... La bomba será una cartita con estas razones: "Ya no soy soltera, señores tíos, y para lo que ustedes gusten mandar, aquí estoy. He determinado casarme en esta forma, por mi libérrima voluntad, para evitar cuestiones con la familia, y para verme libre de importunos huéspedes y de la nube de clérigos y mitrados que han caído sobre mi casa". Esto dirá tu carta, y oiré yo el estallido, y del susto me moriré, porque los corazones de las niñas de Castro no pueden separarse, y los dos han de tener la misma felicidad o la misma pena, y de no ser así, uno de los dos tiene que reventar.» Yo la consolé como pude: le dije que aunque me casara no podía ser feliz mientras ella también no lo fuese...

Pasó tiempo; era ya media noche, y Gracia se iba quedando dormidita. De pronto, su rostro me pareció el de un cadáver. ¡Pobre hermana mía! La llamé, abrió los ojos, y nos abrazamos llorando, como si nos despidiéramos para la eternidad... Acosteme con ella, y arrullándola como a un niño, conseguí que conciliara el sueño. Yo velé hasta el día, y en aquellas horas de insomnio se me encendió el pensamiento, Fernando, ¡pero de qué modo!, y la voluntad se me puso... No acierto a decírtelo... Se me puso como una columna muy grande y muy recia, capaz de aguantar el peso de todo el mundo. Ahí tienes cómo concebí este gran proyecto de juntar en una sola idea y en un solo plan la felicidad de mi hermana y la mía, y hacer con tu ayuda un colosal esfuerzo para que Gracia no se muera cuando yo vivo, sino para que vivamos las dos. Creo que Dios me ha iluminado... Esta mañana, ordenándole que se quedara en la cama, le dije, dándole muchos besos: «Estate tranquila: volveré soltera. No voy más que a saber si puedo contar con Fernando para una cosita, para una idea que se me ha ocurrido... Verás qué idea más preciosa. Si él quiere, se hará, Gracia: Fernando puede mucho. Verás cómo nos trae las dos felicidades, la mía y la tuya.» No daba crédito a mis palabras cariñosas. Imposible infundirle alegría y confianza. Su cara cadavérica me causaba terror. ¡Pobre Gracia, pobre hermanita de mi alma...! Dios me dice...»

Le faltó el aliento, y las ganas de llorar pudieron más que su propósito de contarme lo que Dios le decía. Apretándose el pañuelo contra los ojos, lloró un buen rato, sin que a mí se me ocurriese ningún concepto, pues yo tenía mi corazón tan traspasado como el suyo, y más estaba para que me consolasen que para consolar.

XVII

(Continúa la misma carta)

Antes que ella me serené yo, y díjele lo que me parecía su plan: admirable como abstracción; oscuro en la práctica, como todo problema en que se cuenta con un factor desconocido. De la grandeza de alma de Demetria y de su poderosa iniciativa, no había duda; también podía contarse con mi leal colaboración para dar realidad a sus altos pensamientos; pero ¿qué adelantábamos si Santiago Ibero no parecía, o si, pareciendo, no quería de ningún modo prestarse a la combinación? ¿En qué se fundaba ella para creer que la huida del *ángel negro* no fuera irrevocable? ¿Estaba segura de que no había contraído nuevos compromisos, de que otros, más madrugadores, no le habían echado ya lazos imposibles de romper...? A estas dudas mías contestó de este modo la celestial mujer:

«Dios me dice que Santiago Ibero no está tan perdido como creemos. Es una idea que hace tiempo se me ha fijado aquí, y no hay manera de que yo la deseche. Y cuando las ideas se me clavan a mí en el pensamiento con tanta tenacidad, es que no son absurdas, Fernando. Todo lo que se ha metido en mi caletre con esa fijeza, ha resultado verdad. Yo di en creer un día y otro, y año tras año, que tú vendrías a mí, y has venido. Pues lo mismo pienso de Santiago; solo que ése no vendrá por su pie: tiene que traerlo a cuestas o a rastras un hombre de firme voluntad... Te diré también, aunque tú debes saberlo, que Santiago Ibero es un alma de Dios, por más que otra cosa quiera decir su cara negra, su hermosura de militar terrible y su entrecejo airado. Santiago Ibero es un niño, un corazón blando, lleno de honradez; tímido en todo lo que no sea ganar batallas y meter la espada hasta el puño en cuerpos de enemigos; irresoluto, fácil a la influencia extraña, sobre todo si es buena; hombre que está deseando que le quieran para querer él con fuerza doble, y que por esta cualidad se habrá dejado coger en alguna red mala... Me dice el corazón que lo que hizo con Gracia fue obra de un arrebato, de una situación transitoria, y que si se le abre alguna veredita para volver, le faltará tiempo para entrar por ella... ¿Qué dices? ¿No opinas tú lo mismo? ¿Será esto un sueño? Dime todo lo que pienses. En último caso, ¿perdemos algo con intentar lo que te propongo? Algo perdemos, sí: un poco de tiempo; pero tú me dirás qué significa este tiempecillo en comparación de lo que ganaríamos si... Dime lo que se te ocurra, ¿Será mucho calcular en quince días, en un mes, el tiempo que tardes en buscarle y en cogerle y hacerle nuestro?

—¡Quince días, un mes...! —dije yo, engolfando mi pensamiento en las dificultades de la empresa—. Puede ser mucho más; también puede ser menos si Dios me dispone las cosas de un modo favorable.

—Si cuando Ibero nos jugó aquella mala pasada, Dios me hubiera hecho la merced de convertirme en hombre, no quedan las cosas en aquel triste estado, ni habrían sido de larga duración los padecimientos de mi hermanita. Yo voy, le cojo, le doy un par de gritos, le pongo como un cordero, restituyo en él la caballerosidad y la hombría de bien, y punto concluido... Creo que aún llegamos a tiempo, Fernando. No me preguntes por qué lo creo. Solo te contestare que porque sí.

Tenga usted por cierto, querida madre, que de la esencia divina que Dios ha distribuido entre los humanos, le ha tocado a esta mujer mía un lote desproporcionado: es cosa segura que si algunos tan poco poseen de tal esencia es porque no ha sido equitativo el reparto, y mientras hay privilegiados, como mi Demetria, que se hartan de divinidad, otros quedan ayunos de ella. Perdóneseme esta figura extravagante. Asimismo declaro que el alma de esta mujer se me comunica, y no solo sus afectos, sino sus ideas todas, vienen a ser mías en virtud de un trasiego que comprenderá usted cuando vea sus ojos y oiga su acento, que en ciertas ocasiones no parece humano. Como se me había comunicado el dolor por las desventuras de Gracia, se posesionó de mi espíritu la fe de Demetria en el remedio de tanto infortunio. Yo también creí que no era tarde para intentar la captura y catequización del buen Ibero, y sentía gozo íntimo en suponerme colaborador eficaz de los planes grandiosos de la mayorazga de Castro. Claro que el hacerla mi mujer era la suprema gloria, y a ello debían subordinarse todas las demás ilusiones y proyectos; pero ya me estaba trastornando el juicio la idea de lanzarme otra vez, como caballero andante, a pelear por el bien y la justicia. Dar la batalla a un destino adverso, matar al gigante opresor de la humanidad y recibir luego el premio más hermoso que pudo soñar mi ambición, era ya una dicha que por su grandeza esplendente no parecía de este mundo. En estas reflexiones me sorprendió mi mujer (decididamente así la llamo) con estas peregrinas ideas, que hizo más dulces el favor inefable de apoyar su mano sobre la mía:

«Ya sabes todo lo que pienso. La imposición del séptimo trabajo no es realmente imposición, sino más bien súplica. Yo no digo: "Fernando, haz esto", sino: "Fernando, mi gusto y mi alegría es que esto hagas". No te pido obediencia, pues yo debo ser tu sierva; tú el señor mío. Propongo a mi dueño que no deje morir a mi hermana, que me allegue los medios de igualarla conmigo y de darle bienes semejantes a los que yo poseo. Yo era mayorazga, y partí con ella las tierras que la ley a mí me daba. Ahora me ha concedido Dios otro mayorazgo: me ha concedido el hombre que eligió mi corazón entre todos los que existen y pueden existir en el mundo... A punto de morir de pena veo a mi hermana. ¿Qué hacer, Dios mío? Un marido no puede partirse; un marido no se divide. ¿Pues cómo resuelvo yo este problema? Necesito dos maridos: uno para mí, otro para ella; para mí el mío, por fuero de amor; para ella el suyo, por la misma ley. Tengo fe en mi proyecto. ¿La tienes tú?»

¿Qué había yo de contestar a esto? La fe llenaba mi alma. Yo no podía querer sino lo que ella quisiese, por más que la tardanza del casorio me ocasionara un vivo desconsuelo. Mi deber como esposo presunto y como caballero era decirle: «Tengo fe, y haré lo que deseas. No soy tu señor, sino señores recíprocos tú y yo, dueño el uno del otro, y procedemos con un acuerdo que es nuestra gloria y nuestra paz. Duele el aplazamiento; pero alivia de este dolor la idea de redimir a esa pobre niña de la esclavitud de su pena, alzando para ella y para nosotros un trono de felicidad donde haya dos parejas de reyes, dos coronas, dos...»

Creerá usted, madre, que me he vuelto loco. Si es locura, mi excelsa mujer me la transmite: ella es la que disparando rayos de su divinidad me ha trastornado el juicio. En fin, miradme, Cielos, nuevamente lanzado a la andante caballería; miradme vestido de todas armas, pronto a combatir por altos ideales de justicia, ansioso de perseguir el mal y aniquilarlo, y de acometer toda obra de reparación en obsequio de la virtud; mirad en mí al infatigable soldado del bien... Va usted a creer, señora madre, que estoy delirando... Pues decía que me siento paladín, Hércules si se quiere, que emprenderé el séptimo trabajo bajo la protección y auspicios de mi excelsa maestra y dama.

Apareció en esto don Matías por la misma senda que habíamos seguido nosotros, y cuando estuvo al habla, me acerqué y le dije: «Ya no hay casorio, señor cura... Sí; lo hay, lo habrá; pero dentro de unos días... Cuando yo vuelva de cumplir un encargo que me hace Demetria.»

Y en el rostro del cura se pintó viva satisfacción; se le encandilaron los ojos, se le humedecieron; su gruesa voz temblaba cuando me dijo, cogiéndome las manos y queriendo besarlas: «¿Con que usted se determina?... ¡Vaya un corazón, amiguito! Déjeme que le abrace, ¡caramelos!, pues virtud tan grande no creí yo que la tuviera ningún nacido... ¿Se decide a traernos a ese perdulario, a ese bruto, paloma sin hiel, a quien tienen cogido los gavilanes, o alguna gavilana indecente, caramelos?... La niña me habló de su pensamiento, y no creí que usted se prestara ¡caramelos! a realizarlo. Era mucha virtud, demasiada virtud... Me parecía a mí... porque todos somos de barro, y... lo que digo... En fin, sea para mayor gloria de Dios y de la familia. Dispuesto a casarles estaba yo aquí o en La Bastida cuando el señor y la señora quisieran: en mi iglesia están los papeles y todo preparado...»

Al oír esto flaqueó un instante mi entusiasmo de aventuras, y las glorias de amor eclipsaron en mi espíritu las de la andante caballería. Pero me fortalecieron de nuevo estas palabritas de la sin par Dulcinea: «Fernando y yo sabemos lo que no saben todos, esperar. Virtud es la esperanza, y el que espera con fe, gran premio alcanzará.» Mientras esto decía, su mirada inundaba mi alma de un gozo inefable. Sus ojos eran la admiración misma, el orgullo de tenerme por suyo, y la persuasión de que yo era digno de ella.

«Me has de prometer —le dije— que has de llevar a tu familia el convenci-
miento de que si no eres aún mi mujer, lo serás en cuanto yo vuelva, con o
sin lo que voy a buscar.

—Ten por seguro —replicó ella, en pie, estrechándome la mano frente
al cura, en actitud semejante a la de los que se casan— que hoy mismo
haré pública nuestra determinación sin ocultar nada... No me importa ya que
sepan toda la verdad... que he venido a Samaniego, que en Samaniego nos
hemos visto, que hemos hecho ante el señor cura don Matías, buen fiador,
juramento solemne de ser mujer y marido en la fecha y ocasión que nos
convenga.

—Y yo respondo —declaró el cura rebosando júbilo—, que el amigo Navarridas vendrá con las orejas gachas, y querrá quitarme la gloria de casar y
bendecir a la mejor pareja de la cristiandad; pero no se la cederé, ¡caramelos!, aunque me ofrezca todas las arrobas de vino blanco que tiene en
sus cuevas.

Demetria dijo más: «Puedes ir tranquilo; pidamos a Dios que abrevie los
días que has de tardar. Yo tengo fe. Tenla tú, Fernando. Que esto ha de salir
bien y que salvaremos a nuestra hermana, es para mí como el Credo... No
caben dudas... Anunciaré yo misma nuestro pacto de próximas bodas; Juan
Antonio y Valvanera, bajo cuyo amparo me pongo, lo ratificarán del modo
más solemne ante mi familia, y ellos se encargarán de evitar que mis tíos, y
los que no son mis tíos, me causen nuevas desazones.

La fiebre caballeresca llegó en mí al grado superior, y mis pensamientos
se espaciaron en el delirio. Creo que dije mil disparates, aunque de ello no
respondo; lo que sí recuerdo bien es que hallándome en lo más remontado
de mi navegación por el inmenso piélago, observé la disminución de la luz
solar: el día no quiso esperar a que acabáramos nuestro coloquio, y se nos
iba mansamente... Confieso que la cercanía de la noche turbó mis ideas,
enfriándome los ardientes anhelos de dar batallas por el bien humano y
por la divina justicia. Aproximábase el momento ¡ay! en que mi mujer y yo
debíamos separarnos, y la idea de que ella se fuese por un lado y yo por
otro empezó a parecerme absurda, tan absurda como lo sería el intento de
atajar la noche. Miré a Demetria, y vi en su cara la perplejidad. Ni ella osaba
decirme a mí que era hora de separarnos, ni yo a ella tampoco. El cura nos

sacó a entrambos de tan duro compromiso: «Vaya, madama y caballero, ya es tarde: antes de que suene el toque de oración debe la señora emprender el camino para La Guardia.»

Por sostenerme ¡qué tonto es uno! en mi grave papel, confirmé las sesudas palabras de Don Matías. Demetria fue más allá que yo, sosteniendo que se había entretenido más de la cuenta, y que con las glorias se le habían ido las memorias. Le besé las manos no sé cuántas veces; yo empalmaba besos con besos, y no tenía trazas de acabar nunca. Díjome ella que pusiera punto, ósculo final, y el cura, marchando delante, como la manga cruz en una procesión, nos guió hacia el bosquecillo próximo a la casa de labranza. Seguía el *Serrano* taciturno, dándonos a entender a su modo que no *era partidario* de la separación; tras él íbamos Demetria y yo cogiditos de las manos, silenciosos. ¿Éramos dos chiquillos inocentes que jugábamos a lo ideal, hasta que el tal juego nos enseñara su inconsistencia y vanidad? Yo no sé lo que éramos. Ya próximos al fin de la senda, mi celestial esposa me dijo gravemente: «Quedamos en que tienes tanta fe como yo.» Y le respondí que emprendería con intrépido corazón el séptimo trabajo y a su término lo llevaría sin flaquear un momento... Llegamos al grupo de árboles en que nos habíamos encontrado. Junto a la casa esperaba el coche, y las impacientes mulillas, haciendo sonar los cascabeles, contaban los segundos que aún me restaban de aquella fugaz dicha. Bajo los árboles, en el momento de esconderse el Sol en el horizonte, Demetria se detuvo para darme la despedida; la vi pálida y llorosa, como si la gran virtud de su entereza en el momento de prueba se desmoronara como un castillito de naipes. Por efecto de aquella comunicación que en nuestras almas se establecía, vi que la mujer fuerte flaqueaba. Estas palabras suyas me lo confirmaron: «Si te parece que el sacrificio es demasiado penoso... Si la idea de diferir nuestro casamiento por buscar a Santiago te parece absurda, aún estás a tiempo... No quiero que emprendas a disgusto este gran trabajo...»

No puedo expresar a usted la lucha que al oír esto entablaron mi amor propio y... No sé qué otra fuerza de mi alma. Ello es que el amor propio, aun reconociéndose vencido, se las mantuvo tiesas y dijo: «No voy a disgusto: voy confiado en Dios y en ti, seguro de realizar un gran bien...» Un segundo más, una vacilación de Demetria, y me caigo redondo desde la ideal cima a las reales blanduras de un suelo cubierto de flores. Pero ella, con rápida acción, ella, la guía, la maestra, la doctora, acudió al remedio de tan gran desastre, rehaciéndose con brío, y volviendo a su ser poderoso, como divinidad gobernante. «Dios te bendecirá por tu buena obra —me dijo tocándome en el hombro—. Seremos felices, viviremos todos... ¡ay, los cuatro...! ¡Qué dicha! No hay que volver atrás de lo tratado. Seamos personas formales, no chiquillos sin fundamento... Marido mío, adiós, hasta luego, hasta muy luego. Date prisa...»

No me dio tiempo a contestarle porque echó a correr, apretándose el pañuelo contra la boca, y pocos segundos tardó en llegar al coche. Tras ella fui, y dándole la mano para subir, besé la suya otra vez, sin acertar a decirle más que: «Ya verás qué pronto me tienes aquí... Un ratito más... ¿qué prisa tienes...? Vaya, no hay más remedio, adiós, adiós. Volveré volando...»

El coche partió, y saludándonos seguimos mientras podíamos vernos. Me entraron ganas de correr detrás del coche, gritando: «Mujer, mujer mía, detente... vuelve atrás... Estamos borrachos de ideal, de ese insano bebedizo que me has dado... Desemborrachémonos... Casémonos...»

XVIII

Del mismo a la misma

La Bastida, junio.

Instome el cura para que a cenar le acompañase, y accedí gustoso por platicar con él, y prevenirme de cuantos datos y advertencias pudiera darme el buen señor referentes a su sobrino, cuya captura mi caballerosidad emprendía. ¡Triste de mí! Mientras cenábamos, los elogios que el clérigo hacía de mi resolución, del sacrificio momentáneo de mi felicidad, no disiparon las nieblas que envolvían mi alma. Apagado el entusiasmo que la presencia de mi mujer despertaba en mí, se me oscurecía la confianza, y un desconsuelo intensísimo se me posaba en el corazón. ¡Qué pena, qué amargura! Con Demetria sí que emprendería yo las más audaces aventuras y daría terribles batallas para destruir el mal humano: lejos de ella era cobarde, perezoso y egoísta.

Pero ya no había más remedio que sostener la palabra y el papel, y afianzarme bien en mi pobre cabeza el yelmo de Mambrino para que no se me cayese. Diome don Matías referencias de Ibero, que retuve en mi memoria, como utilísimo conocimiento de las posiciones del enemigo. Las últimas noticias eran que Santiago estaba en Madrid, haciendo vida solitaria, apartado de amigos y sin compañía de mujeres, dato este último en extremo satisfactorio, porque ya no tenía yo que batirme con los dragones más espantables. También había escrito a Don Matías un su amigo, coadjutor en San Millán, que *el ángel negro* hacía vida devota tirando a penitente; que las horas muertas se pasaba en la Latina, en Nuestra Señora de Gracia o en San Andrés, engolfado en rezos y ejercicios espirituales de grandísima edificación. Numerosas eran las personas que le habían observado en esta laudable faena, y no pocas las que podían dar fe de su flamante religiosidad por haberle oído explanar, en círculos de sacristía, enrevesados puntos teológicos. Francamente, esta inopinada conversión de mi amigo no me hacía maldita gracia, ni era lo más lisonjero para la empresa a que con tanta bravura me lanzaba yo. Si por artes del demonio, digamos más propiamente por inspiración del Cielo, el hombre se arrojaba en brazos de Dios, ¿qué podía yo contra encantador tan formidable? ¡Pues digo, si cuando lograse ponerle la mano encima, me encontraba con que había cantado misa, valiente negocio hacíamos! ¡Pobre Gracia, triste de mí, si lanzándome a la caballería por cazar un marido, cazaba un sacerdote!...

Del dinero que llevaba di algunas onzas a don Matías para repartir entre los pobres de aquel lugar, y atender a necesidades de la parroquia, y luego porción bastante para un encarguillo con el cual asegurar quería la comunicación con mi amada esposa. El buen párroco me agradeció mucho, así la limosna como la confianza, y prometió servirme de cabezas, ¡caramelos!, lo mismo que si yo fuera su padre. Fue mi principal cuidado advertir al cura que en cuanto ocurriese alguna novedad grave, digna de mi conocimiento, despachase un propio a Madrid, a mi costa, sin reparar en precio de la caballería ni en gastos de viaje. Dile nota bien clara de la dirección que habían de llevar las cartas de mi futura, y yo dirigiría mi correspondencia, mientras Demetria no dispusiese otra cosa, al reverendo don Matías Baranda, cura párroco de Samaniego. De acuerdo el clérigo y yo en estos pormenores importantísimos, me despedí, ya sobre las diez de la noche, y hasta largo trecho más acá de su pueblo fue don Matías acompañándonos, sin cesar de repetir las alabanzas de mi virtud, de mi sacrificio, más divino que humano, del cual solo se encontraban ejemplos en las vidas de los santos, que por triunfar así de sus ambiciones y apetitos habían merecido la bienaventuranza. Bueno, bueno: pues esto y mucho más que el bendito señor me dijo no me consolaba de mi tedio, ni me quitaba del magín la insidiosa idea de haber hecho una descomunal tontería... pues ¿qué se me había perdido a mí con Gracia, ni qué culpa tenía yo de sus penas y de que el otro la dejara, etc...? Solo pensando en Demetria y recordando su dulce acento, su aplomo soberano, expresión justa de la grandeza de su alma, podía yo arrojar de mi mente aquella idea que me atormentaba como un bufón maligno.

Llegamos a La Bastida cerca de las doce, y levantados, contra su costumbre campesina, nos esperaban Valvanera y Juan Antonio, ansiosos de conocer las resultas de mi viaje. En realidad, como no me esperaban a mí, sino a Sabas, con la noticia de que ya no era yo soltero y de que iba con mi esposa sobre La Guardia, cuando me vieron llegar pusiéronme cara recelosa, y viendo que la mía no era muy alegre, imaginaron cualquier desastre. No quisieron esperar al día siguiente para que yo, punto por punto, les contase el *tratado de Samaniego*, y hasta las dos o poco menos estuvimos de palique. ¡Ay, madre! Todo ello se les antojaba rarísimo, un tanto alambicado y estrambótico, y sin la debida conexión con la realidad humana. La idea de la niña de Castro les pareció un rasgo de santidad, y por tan sublime la tenían, que no les entraba en el caletre. Ya comprenderá usted mi aflicción y el mal sabor de boca que me dejó la ineptitud de nuestros amigos para comprender idea tan grande y hermosa. No he dormido en toda la noche... No sé qué daría, querida madre, por que estuviese usted a mi lado y pudiese yo saber su opinión. Tan penoso ha sido mi desvelo, tan vivo mi afán de comunicarme con usted, que abandoné las sábanas ardientes, y a la última luz de una lámpara que luchaba con la primera del día, empecé esta carta, que no puedo seguir ya, porque los ojos se me pronuncian, y ya no respondo de que los garabatos que hago en el papel expresen lo que les ordeno... Déjeme usted que descabece un sueño en la silla, en la mesa... Buenas noches, digo, días...

Hoy (no sé qué día es). —Pues hoy he notado una ligera modificación en el criterio de mis amigos. Entraron a verme Valvanera y Juan Antonio a una hora que no sé, porque se me ha parado el reloj. (Por esta falta de respeto a mi persona, le castigo severamente privándole del sustento de la cuerda en todo el día.) Sin duda por consolarme, hame dicho Valvanera que puesta ella en el caso y circunstancias de Demetria, habría determinado lo mismo que mi augusta señora determinó. Juan Antonio, radicalmente desafecto a la caballería, declara que a ser él yo, habría, sí, aceptado el séptimo trabajito hercúleo, pero echando por delante el casamiento, como alivio de penas y necesario refrigerio del alma. Lo dicho, señora y madre, esta gente es bonísima; pero lo sublime no le cabe en la cabeza... Voy entendiendo que la sublimidad es una exótica planta que solo crece en esas estufas que llamamos tratados de retórica, y que es locura pretender criarla en la intemperie de nuestra vida. En ello me confirmo después de consultar el caso con el agudo don Beltrán, sapientísimo definidor de teología mundana, el cual con gracejo me dio patente de doctrino, sosteniendo que la primera y más meritoria santidad de un caballero es cumplir con las damas. Así lo manda la ley de galantería, *summa ratio,* ante la cual todas las leyes y la caridad misma deben humillarse. En cuestiones de esta índole, intervenidas por el amor con o sin matrimonio, la caridad empieza por uno mismo, dígase mejor por los dos que se aman. Tanto Demetria como yo no éramos más que unos lindos muñecos rellenos de serrín.

Bueno, bueno, bueno. Quiero marcharme, volar hacia Madrid. Mi tristeza es mortal. Sale de estampía para Miranda un criado de esta casa encargado de procurarme el mejor coche que allí se encuentre y los caballos más veloces. Pago los relevos al precio que quieran. Tráiganme el Pegaso, el Clavileño o cualquier hipogrifo nacido en las yeguadas de la sublimidad.

Esta tarde.

No tengo paciencia para esperar más horas, y me decido a partir con Sabas, al anochecer. Escribo a mi rigurosa Dulcinea una carta dulce y triste, pidiéndole que me ampare y sostenga, que lance por mi camino ráfagas de su espíritu vivificante, y con el mismo fervor a usted me encomiendo, señora madre y sibila de este aburrido caballero.

De nuestros amigos pongo aquí mil finezas, y todo el cariño filial de —
Fernando.

XIX

Del mismo a la misma

Madrid, junio.

Madre querida: Mis cartas de Aranda de Duero y de la Venta de Juanilla (a dos leguas de Somosierra), donde se me rompió una rueda del coche, viéndome precisado a pasar el puerto a pie hasta el mismísimo Buitrago, habrán enterado a usted de las peripecias de este viaje, que la fatalidad quiso hacer lento, y que yo he podido acelerar a fuerza de valor, de terquedad y de dinero. He llegado a Madrid en plena crisis ministerial; ya hablaremos de esto. Me metí en los *Leones de Oro,* donde no estuve más que medio día, en insufribles apreturas, y no sabiendo dónde encontrar comodidad, consulté el caso con Salamanca, para quien fue mi primera visita, no por preferencias de amistad, sino porque a él tuve que acudir a reponer mi bolsa de los tientos que me fue preciso darle en el camino. Después de abastecerme del precioso metal, me llevó Salamanca en su coche a la Carrera de San Jerónimo, donde se ha establecido un suizo llamado Lhardy, que es hoy aquí el primero en las artes del comer fino. Vino a Madrid el 39, estrenándose con la industria pastelera, que fue gran adelanto con relación a lo bueno que aquí teníamos, por lo que se dijo que había puesto corbata blanca a los bollos de tahona (que a mí me gustan mucho, aun mal vestidos); alentado por el éxito, introdujo el dar de comer, y ha ganado tal fama por su puntualidad, esmero, pulcritud y por la ciencia de sus cocineros, que ya no hay en Madrid quien se le ponga por delante. No tiene alojamiento para huéspedes; pero dispone de un par de habitaciones para un solo pupilo, siempre que se trate de persona bien recomendada y rica, y como vuesa merced quiere que yo lo sea, y que me dé el lustre de tal, he consentido que Salamanca me entregue al patronato del amigo Lhardy. Aquí me tiene usted, pues, señorilmente aposentado, solo, bien comido, bien bebido y dado a los demonios porque la distancia a que estoy de los seres que amo me quita toda tranquilidad y todo contento.

Me cuenta Salamanca que el Ministerio González ha venido a tierra, y que él, Salamanca, tuvo la culpa de que empezara la situación a desmoronarse por la parte más endeble, el ministro de Hacienda, señor Surra y Rull. Los líos que, por intereses de no sé qué empréstito, mediaron entre nuestro buen malagueño y el secretario de Hacienda son tan largos de contar, que prefiero callármelos, para evitar a usted una jaqueca por cosas que pronto han de desvanecerse en el tiempo y borrarse de toda memoria. Ahora bien: ¿quiénes son los perritos en cuyos pescuezos lucen ahora los collares ministeriales? Pues perrito de cabecera es el general Rodil, que mandaba en el Norte. Siguen: Almodóvar, que ha cambiado la guerra por la diplomacia; Zumalacárregui, que gobierna en Gracia y Justicia; don Ramón Calatrava, que tendrá las llaves del arca nacional; el viejo Capaz, que empuña el remo de la Marina, y en Gobernación nos ponen al señor Solanot, muy señor mío. Dios les dé a todos buena mano.

Ofreció don Baldomero a Olózaga la Presidencia del Consejo; pero no quiso aceptarla Salustiano, a quien traen ensoberbecido sus triunfos oratorios. Tanto él como López acaudillan en las Cortes una partidita de diputados, y entre uno y otro hacen el caldo gordo al *moderantismo*... No puedes figurarte el efecto que me causa oír a esta gente, ni la desazón de sorpresa y asfixia que invade a los que, viniendo de fuera, entramos de súbito en esta atmósfera. Yo digo: «¿Pero aquí están todos dementes? ¿Es esto la metrópoli de una nación o el patio de un manicomio?...» Y pregunto dónde se ha metido el sentido común, sin que nadie acierte a responderme... A juzgar por lo que se oye, el país es un insensato que, aburrido de sí mismo y no sabiendo como vivir, pide a los demonios que se lo lleven... El Ministerio entrante es calificado como de la peor extracción *ayacucha*. Y yo pregunto: «¿Qué significado tiene esta palabra, y qué se quiere expresar con ella?» Ni Espartero estuvo en la batalla de Ayacucho, funesta para nuestra nacionalidad en América, ni los feligreses de su camarilla, a quienes acusamos de infinitos males, pelearon tampoco en aquella célebre acción de guerra. Esto es tan peregrino como el llamar borracho a José Bonaparte, que no lo cataba. La imaginación popular emborrona la historia, y luego nos cuesta Dios y ayuda descubrir con raspaduras la verdad.

Martes.

Todos los amigos a quienes hoy he visto me han preguntado si soy *ayacucho*, y les he contestado con picardía, según el gusto y aficiones de cada uno. Quiero sustraerme a la política; pero no doy un paso en las gestiones que motivan mi viaje sin tropezar con algún delirante que quiera comunicarme su locura. Hoy me ha dicho Espronceda que no habrá paz hasta que no venga la República, una República enteramente a la griega, por supuesto... (me figuro que habla de la Grecia de Byron); Borrego me ha demostrado la circulación clandestina del *oro inglés,* como causa principal del *ayacucho* desconcierto en que vivimos; González Brabo sostiene que es forzoso poner patas arriba la Regencia y su tertulia, declarando mayor de edad a Isabel II para que gobierne por su propia inspiración infantil, y después salga lo que saliere; López quiere arreglar a España derramando sobre ella, desde las etéreas regiones, frases de talco de mil colorines; en Fermín Caballero descubro un radicalismo extremado que conceptúo más peligroso por la rigidez de castellano viejo, por la forma fría y clasicona con que lo expresa; en fin, que todos desvarían, y yo no encuentro dos adarmes de seso por ninguna parte, y véome apurado para reponer el mío, que en este ahumado laberinto se me pierde y se me acaba.

Y entre tanto, señora madre mía, Ibero sin parecer. Desde muy temprano empiezo mis pesquisas, y cierra la noche sin obtener ni vagos indicios de la caverna del león fugitivo. Clérigos y seglares he visto en los barrios de acá y de allá; Iglesia y Milicia me resultan igualmente ineficaces para el conocimiento que busco. Esto me anonada. ¿Qué debo hacer? ¿Dar por terminada mi misión, con fracaso evidente, o persistir, revolver más escombros humanos y meter el gancho hasta lo más hondo del montón? ¡Ay, qué daría yo por que usted pudiese contestarme ahora mismo... pero ahora mismo!

Jueves.

He almorzado en una taberna de la calle del Humilladero, por no abandonar una pista que segura me parecía, y que al fin resultó más falsa que Judas. Donde creí encontrar a Santiago, topé con un sacristán loco que compone imágenes de santos, poniéndoles cabezas de chisperos y atributos de tauromaquia. De allí (calle de Luciente, 3) me vine a casa, donde recibo la grata sorpresa de que ha estado a visitarme don Juan Álvarez Mendizábal. Me puse a escribir a mi mujer y a mi madre, y entró... Adivínelo usted: Miguel de los Santos. Nos abrazamos con efusión y nos pusimos a recordar cosas de nuestro tiempo. No ha variado nada Miguelito, que es el mismo holgazán perdurable y el gran autor eternamente inédito. Me hizo reír burlándose de la poesía, que considera como el diploma de la miseria y la ejecutoria del hambre; hablome luego de un proyecto magno que ha concebido para ganar dinero, el cual no es otro que construir una fastuosa casa de baños en el Manzanares, a *estilo del extranjero,* y por complemento un recreo de naumaquia o cosa tal, encauzando el río para jugar con él y decorarlo, en una considerable extensión, con *cascadas artificiales* y con surtidores... Ríase usted... Con surtidores de vino. Me ha entretenido toda la tarde con estos donaires, y riéndome como un tonto he olvidado mis penas. Dios se lo pague. Le convido a comer. Si él se dejara, le ajustaría yo para que me acompañase algunas horas del día; pero a esto contesta que no puede comprometerse a consagrarme su tiempo, *porque tiene que trabajar...* ¿Qué hace? Dice que intenta corregir el *Quijote* y enmendar *La Divina Comedia,* para que sean obras dignas del respeto de los siglos. A su juicio, la *Biblia* necesita de algunos toques para ser un libro aceptable, y él se compromete a dejarla como nueva, si le dan en Gobernación una plaza igual a la de Pepe Díaz, con libertad para dedicar las horas de oficina a la composición y lima de versos.

Viernes.

Comimos juntos Miguel y yo, y nos fuimos al Príncipe. Al teatro le han dado una mano de pintura y le han refrescado el oro. A pesar del afeite, lo encuentro más triste que en nuestros tiempos. La concurrencia me ha parecido la misma: las damas que lucían en plateas y entresuelos, no se han movido de sus palcos, tal fue mi ilusión, desde la última vez que las vi. La de Oliván, *empero,* ha cambiado de lugar: su constelación deriva un poco hacia el proscenio, metiéndose más en *Capricornio* y confundiéndose con *Arcturus.* La *Osa mayor* (ya sabe usted quién es) no ha cambiado de sitio en el firmamento teatral, ni *Berenice,* la de la espléndida cabellera. Junto a ésta brilla *Mercurio,* que ha tiempo, según dicen, rompió con la mayor de *las Cabrillas.* Vi *La escuela de las casadas,* de Bretón, que me recuerda *L'école des femmes.* Es linda comedia, y la representan a maravilla Romea y Matilde. En el segundo entreacto subimos al cuarto de Julián, donde fui recibido con vítores y palmadas, y la indispensable denominación de *ayacucho.* Porque allí, como en todas partes, no se habla más que de política, y el aposento del actor parece club, logia o rincón de café patriótico. La procerosa figura de

Don Juan Nicasio se destacaba entre el ilustre senado, y no faltaban Vega y Rubí, con quienes reanudé mis amistades, entablándolas nuevas con un poeta que yo conocía de vista, Ramón Campoamor, ahora muy mimado del éxito, autor de un tomo de lindísimas fábulas, que compré en casa de Boix y estoy leyendo. Si a muchos vi con gusto, mas sin interés grande, tuve el sentimiento de no tropezarme con Bretón, a quien expresamente buscaba yo anoche, porque has de saber que este ilustre riojano es quien me ayuda en la cacería de Ibero, con una solicitud que le agradeceré toda mi vida.

Domingo.

Mi desesperación, señora madre, a su colmo llega ya. Ocho días aquí, sin adelantar un solo paso en esta formidable aventura, que ya me está pareciendo del género tonto y deslucido de las leyendas caballerescas que en mi tiempo se escribían. No puedo más. Me fijo un plazo improrrogable de tres días para dar por suficientemente apurado mi empeño, y al cabo de ellos, triunfante o derrotado, tomo el camino del Norte, pues el imán de mis deseos me tiene loco de tanto mirar allá... Tan aburrido estoy, que suelo buscar distracción en la lectura de los periodicuchos que difaman al Gobierno, al Regente y a todo lo que significa jerarquía y autoridad, y más me seducen y divierten cuanto más groseros y estúpidos disparates escriben. *La Guindilla* trae un muñeco que imita la persona de Rodil, con su cara de histrión, su rasgada boca y sus bucles sobre las sienes. Le representa bailando el zapateado, y pone en sus labios unas ridículas décimas con glosa. Adulando los bajos gustos de mucha gente, el papel llama *Bobil* al presidente del Consejo, y a todas las figuras culminantes de la Nación las señala con soeces motes. Almodóvar es *Poenco;* Mendizábal, *Mamacallos;* Calatrava, *La Tía Ramona,* y Argüelles, *Pinchaúvas.* Por cierto que ahora vienen alborotados los periódicos con lo que llaman *escándalos palatinos.* Andan a la greña la camarera mayor, marquesa de Bélgida, y el aya, condesa de Mina. *Pinchaúvas,* impávido, se entretiene en quitar y poner maestros a Su Majestad. A la separación del señor Ventosa, sigue el nombramiento del coronel don Francisco Luján para profesor de Historia y Ciencias Exactas de las regias niñas. Unos alaban y otros denigran al señor Luján, como hechura de don Antonio González, y redactor de un papelejo (creo que El *Espectador*), que defendía las crueldades de Zurbano y le daba el dictado de

Washington español. ¡Vaya unos delirios! Vivimos entre locos desmandados. En el novísimo lenguaje de la prensa callejera aparecen cada día nuevos términos y frases que al instante entran en el uso común del pueblo y se apegan a todas las bocas. A los moderados les llaman ahora *traseristas,* con lo que se significa que progresan hacia atrás.

Martes.

La prensa populachera de hoy habla de un gran cisco en Palacio, entre *Pinchaúvas* y las azafatas. Éstas se rebelaron en cuadrilla contra el tutor y quisieron arañarle. Parece que dos antiguas azafatas, en connivencia con uno de los nuevos preceptores, entregaron a la reina un medallón con el retrato en miniatura del hijo mayor del Infante don Francisco. Se había prohibido por la tutoría solivantar a Su Majestad con cartas, recaditos o miniaturas de los príncipes que aspiran a su mano, y la desobediencia flagrante a tan sabias instrucciones ha sido motivo del zipizape y del furor del austero don Agustín. Se asegura y no me cuesta trabajo creerlo, que el retrato causante de la gresca procede de la Infanta Carlota, que ya empieza a barrer para su casa. Anúnciase la llegada del primogénito de la Infanta, don Francisco de Asís, y se inicia ya en Madrid la formación de un núcleo de opiniones afectas a la candidatura de este jovencito para marido de nuestra Soberana. Con tiempo lo toman. La feliz inventiva española para bautizar ridículamente las ideas ha dado en llamar *paquistas* a los que se entusiasman con este casamiento.

Tendrá usted conocimiento de la desastrosa muerte del duque de Orleans. ¡Qué horrible desgracia! ¡Morir de fatal muerte, súbita como el rayo y ciega, en la flor de la edad, en la más alta posición, rodeado de todos los bienes, adorado de los suyos!... ¡Qué triste!... Me entra el frío de los presentimientos lúgubres.

Martes.

Madre querida, no quiero hablar a usted de mi tristeza, por temor de comunicársela. Si mañana no puedo darle mejores noticias, irá la de mi salida para Miranda. Anoche estuve en el Circo, que han convertido en teatro, sin conseguir que esté menos feo que antes; pero al espectáculo de los caballitos es preferible la ópera italiana con buena orquesta y cantores de mérito. Oí *La Vestale,* de Mercadante, que me habría gustado si tuviera mi espíritu mejor dispuesto para las emociones del arte. No hay música, por sublime que sea, que ahogue la interna voz de nuestra alma, cuando da por cantarnos el *réquiem*. Oí la ópera como se oye un organillo de las calles, y admirando el buen estilo de la Teresa Bovay y de Olivieri, les habría dado dos cuartos porque callaran.

Hoy haremos Bretón y yo la última tentativa para que pueda llevarme la conciencia bien sosegada. Si Dios no dispone otra cosa, solo un día separará esta carta de lo que anuncié a usted la partida de su amantísimo hijo. —*Fernando*.

XX

(Del mismo a Demetria)

Madrid, julio. Señora y dueña, reina, emperatriz, y más si lo hubiere: ¿con qué palabras te daré las albricias? Ayer te dije que Bretón y yo nos declarábamos vencidos, y hoy, cuando menos lo esperaba, se me presenta el gran riojano y me suelta esta bomba: «¿No le dije, mi señor don Fernando, que yo con un ojo solo había de encontrar más pronto que usted con los dos suyos la aguja que buscamos en un pajar?»

En fin, adorada mujer, que ya pareció el *ángel negro;* al fin Dios ha tenido lástima de mí, de ti y de tu pobre hermana, si, como creo...

Espérate un poco: no sé cómo contarte con brevedad lo sucedido. ¡Si fuera posible pegar desde aquí cuatro gritos para que tú me oyeras! Pues leyendo versos estaba yo, cuando entra Bretón y me abraza, y rompe una copa de agua que yo tenía en mi mesa, y mientras acudo a contener la inundación que cae sobre el libro pasando por mi chaleco, le oigo decir: «Ya tenemos hombre...» En fin, que Ibero vive, aunque no se responde de su perfecto equilibrio cerebral... Y no vayas a creer que tengo ya entre las uñas al novio de tu hermana: aún no le he visto. Para que nuestra dicha no sea completa, el *ángel negro* está, como quien dice, a la vuelta de la esquina... Se ha ido a Cataluña... No recuerdo si Bretón dijo que reside en Barcelona o cerca de ella... Lo mismo da. ¿Te parece que es floja caminata la que tengo que emprender ahora, mujer mía? De la pena de no verte pronto me consuela el gozo de que veré a mi madre... Fluctúo entre dos cielos. Ya los juntaré yo.

Escucha y alégrate: por obra de la casualidad (disfraz que toma Dios para sorprendernos, embromarnos y reírse de nuestros afanes), supo Bretón que Santiaguillo había sido huésped del Rector de Monserrat, en la calle de Atocha, por un mes largo, y de que el dicho Rector y otro clérigo catalán se concertaron caritativamente para curarle de sus manías y aliviarle de sus penas, determinando al fin que no había para ello medicina mejor que el cambio de aires y la compañía de sujetos graves. Dos días antes de mi entrada en Madrid, empaquetáronle en una galera de las que llaman aceleradas, consignándole a una casa religiosa donde tendrá la mejor asistencia. ¿Te vas enterando? Pues añado (y esto no se lo digas a tu hermana) que los buenos clérigos de acá, en cuyas manos cayó por designio de Dios nuestro pobre amigo, creen que su reciente vocación de vida religiosa, lejos de ser síntoma de locura, señal clara es de iluminada discreción y juicio, por lo cual recomiendan a los padres de allá que después de cuidarle, y de nutrirle con sanos alimentos, le administren los más eficaces, o sea la doctrina necesaria para que en un plazo no muy largo cante misa.

¡Sí, sí; no es mala misa la que le voy a cantar yo!... A mi pesimismo de los pasados días ha seguido un recrudecimiento ardoroso de aquel entusiasmo con que acepté y acometí las duras penitencias que determinaste imponerme. Vuelvo a creer que me destina Dios a consumar una grande hazaña y a producir una de las más bellas eflorescencias del bien humano. Adelante, y echa la bendición a este tu enamorado caballero, que no dilatará el partir a Barcelona más tiempo del que tarde en prevenirse de los lazos mejores para captar novios fugitivos que se acogen a lugar sagrado... Ya te lo explicaré mañana, porque estoy aturdido, loco, y no respondo de que mi trémula mano escriba lo que pienso.

Tu segunda carta me ha causado tanta alegría como tristeza me dio la primera. ¡Vítor mil veces!... ¿Conque tenemos a nuestra hermana consolada, por virtud de las esperanzas con que tú, divina médica, has fortificado su espíritu? ¿Y no es broma, Cielos, que mi amigo Navarridas se tiene tragado que somos marido y mujer como quien dice? ¿Hase enterado de que nos vimos en Samaniego y de que allí charlamos y resolvimos cuanto nos dio la gana? ¿Tendrá celos de nuestro bravo capellán y casamentero don Matías? ¡Cuánto me alegro, y qué feliz me haces con estas noticias! mayor sería mi júbilo si me anunciaras que ha reventado Doña María Tirgo, o que apuntan síntomas del pronto estallido de tan digna señora... ¡Vaya, que la retirada de los tacaños con su brillante Estado mayor eclesiástico es por demás donosa! ¡Lástima que no estuviera yo allí para avivarles el paso, picándoles la retaguardia con azotes, zorros o escobas! ¡Y ya las de Álava, ¡Dios clemente!, me llaman *ilustrado, elegante y de buena educación!* Su tardía indulgencia me hace llorar de risa...

La prensa popular no se recata para enaltecer las ideas republicanas. La República es el mejor Gobierno, según estos tribunos de las calles, porque tiene por base y principio el *temor de la justicia del pueblo.* Al paso que estas ideas se propagan, la procacidad, las groseras injurias a personas respetables son diario alimento de la general demencia. Como París en los días del terror recomendaba el uso constante de la guillotina, Madrid recomienda el *corbatín,* como eficaz correctivo de ministros y personajes. Se me ha quedado presente una cuarteta que acabo de leer, en la cual se pide que den garrote al ministro de la Gobernación del Reino, señor Solanot:

> *Al que todo lo trabuca*
> *y en la adulación se ensaya,*
> *el corbatín de Vizcaya*
> *le pusiera yo en la nuca.*

Muletilla constante en la baja prensa, y aun en la de más fuste, es que mientras el pueblo paga, los ministros no hacen más que guardar millones. El Ministerio es una cuadrilla de viejas flatulentas, rapaces, embrujadas; el Real Palacio, una casa de Tócame Roque, donde los dómines y las azafatas, las mozas de retrete y los caballerizos, a diario se tiran de los pelos; la Tesorería, el puerto de arrebata-capas; el Regente, un *santón* repleto de oro; Rodil, un payaso; Capaz, un *Tío Carando;* San Miguel, un...

¡Ay, ay, ay, niña de mi corazón!... Ahora reparo que pongo en tu carta cosillas destinadas a la de mi madre, que desea le cuente algo de enredos y trapisondas políticas. Como a las dos escribo a un tiempo, alternando en mis dos amores para igualarlas en mi cariño, tiene fácil explicación el error... ¿Qué te importa a ti la política? Sea lo que quiera, no tacho nada de lo escrito... ¡Ay, ay, ay! Espérate: descubro en este momento que en la carta para mi madre he puesto por equivocación un parrafito que es forzoso trasladar a la tuya. ¡Cómo está mi cabeza! Copio en ésta lo que en la otra carta escribí, y que a la letra dice: «Mi opinión es que no atiborres de optimismo el espíritu enfermo de mi cuñadita. No vaya a creer Gracia que ya tiene reconquistado el novio, y que le llevaré la felicidad como podría llevarle una caja de pastillas para su rebelde tos. Esperanzas tengo, y eres tú quien me las da, el recuerdo de ti, la fe en tus altas concepciones, cara esposa, emperatriz y papisa mía. Ríete lo que quieras de mis disparates.»

Me estremece de alegría, de orgullo, de no sé qué, tu proyecto de derribar el tabique de la sala de oriente, junto a la que ocupé yo, para hacer con las dos una estancia que será de legua y media de largo lo menos, donde instalarás mi biblioteca. Cuando leí en tu carta que ya habías mandado llamar a los albañiles para comenzar la obra, di un brinco, que no fue más que instintivo impulso de abrazar a los tales artífices, aunque me pusiese perdido de cal y yeso... ¡Bendita sea tu alma de gobernante y arquitecta! Cuando pienso que desde que nací hasta que te encontré en Oñate pasaron tantos días sin yo quererte, me causa terror aquel estado de ceguera, de ignorancia y de estupidez. Pues sí, acepto lo de la biblioteca, por el gusto de tenerla, de recrearme en el descubrimiento de que para nada la necesito, pues no hay para mí ya más biblioteca que tus ojos, y ellos son mi Enciclopedia, mi Historia, mi Biblia Poliglota y mi Homero y mi Dante... Harás de mi parte fiestas muchas, muchas, al noble *Serrano*.

Ya concluyo por hoy, y como ahora tengo que echarme a la calle, puntual a la cita que me ha dado Bretón, mañana terminaré la carta para mi señora madre, a quien me permitiré mandar infinitos besos de parte tuya. Antes de salir para Barcelona, te escribirá de nuevo tu fiel caballero, y esposo cuando Dios quiera, —*Fernando*.

XXI

Del mismo a Pilar de Loaysa
Madrid, julio.
Mater admirabilis: Imposible partir para Cataluña sin ver a Espartero y a Jacinta, pues con los afanes de estos días y el continuo callejear no tuve

espacio para visitarles. No me riña usted. Hoy he ofrecido mis respetos a Sus Altezas Serenísimas, y sin que yo se lo cuente, comprenderá usted que fue tremenda la chillería que me echó Jacinta por mi tardanza. Disculpeme con mis ocupaciones; pero aún tardó gran rato la duquesa en desarrugar el ceño. Quedeme a almorzar con ellos, y hablamos de todo, de lo público y de lo privado. Ofreciome don Baldomero escribir a Van-Halen, que allí manda por lo militar, para que me ayude sin restricción alguna en cuanto yo intente. Llevo, pues, carta blanca, y con ella espero que se me consentirá el uso y el abuso de mis iniciativas caballerescas.

No era yo el comensal único de los Regentes en el almuerzo de hoy. Sentáronse también a la mesa don José Posada Herrera y don Santiago Alonso Cordero, quien no abandona por nada del mundo la etiqueta popular de sus bragas de maragato. Es un hombre risueño y frescote, con cara de obispo, de maneras algo encogidas, en armonía con el traje castizo de su tierra, de hablar concreto, ceñido a los asuntos. Se enriqueció, como usted sabe, en el acarreo de suministros, y hoy es uno de los primeros capitalistas de Madrid. Ha comprado el solar de San Felipe, inmenso ejido polvoroso, para construir en él una casa que allá se irá con El Escorial en grandeza, y será la octava maravilla de la Corte. Da pena ver las tristes ruinas, el despedazado claustro, los escombros del mentidero y las covachas. Ha dicho hoy Cordero en la mesa que propondrá al Ayuntamiento el derribo total de la Puerta del Sol, para hacerla de nuevo con mayores anchuras, a fin de dar cabimiento al paso de tantísimo coche como ahora rueda por estas calles. En el centro se pondrá un monumento *conmemorativo* de la Milicia Nacional, con un par de fuentes de pilón bien amplio, para que quepan todos los *maestros de baile* que ahora llenan sus cubas en Pontejos. ¿Qué le parece a usted de estas elegancias y composturas de su viejo Madrid?... El otro comensal, Posada, es un asturiano muy listo, que en nuestro tiempo no se había dado a luz, de cuerpo enjuto y semblante un tanto ratonil, a que dan mayor expresión de agudeza sus orejas no cortas. En el Congreso brilla por su perorar discreto y persuasivo, sin ringorrangos, y brillaría más si el ministerialismo no quitara sal a su elocuencia, pues defendiendo a los que están en candelero, que es como estar en la picota de la impopularidad, no se ganan las palmas oratorias.

Al gran don Baldomero le encuentro agobiado y melancólico, señal de lo que le pesa el fardo *ayacucho,* y de las ganas que de soltarlo tiene. Recayó la conversación en la libertad de imprenta y en sus repugnantes excesos, y contra la opinión de Cordero y Posada, a la que me permití agregar la mía, sostuvo el Regente que nada perdíamos con que las ranas callejeras chillaran todo lo que quisiesen y escupieran fango sobre los ministros. A él no le afectan las injurias y cree siempre en las ventajas eternas de la libertad, sin mirar a sus pasajeros inconvenientes. ¿No se había expresado del modo más claro la voluntad de la Nación pidiendo que todos los ciudadanos fuesen libres? Pues ya lo eran. Veremos pronto quién acierta, si la opinión general, o la gritería y los resoplidos de cuatro ambiciosos. Se propone sentar la mano de aquí en adelante a los que turben el orden, ya vengan con bandera cristina o moderada, ya con los pingajos de la revolución social. Cumplirá con su deber, sosteniendo los principios de progreso, y si a pesar de esta lealtad, llueven capuchinos de bronce, *se encasquetará el sombrero* hasta que pase el nublado. La Nación permanece; las tempestades corren; lo que debe quedar queda. O este fatalismo nos revela, señora madre, la más alta filosofía política, o supina ignorancia de las artes de gobierno. El tiempo lo dirá.

Prometiendo volver por la noche, despedime de los duques y dediqué la tarde a las visitas que usted me ha encargado, empezando por su fiel amiga, la de Selva Fría, que rabiaba por conocerme. Bien lo comprendí en la manera de recibirme, pues su finura y gracia quedaron oscurecidas por las demostraciones de curiosidad; tan minucioso fue el examen que la marquesa y dos de sus amigas allí presentes hicieron de mí, mirándome cara y ojos con atención que rayaba en impertinencia, y haciéndome mil preguntas, cuyo objeto debía de ser el estudio de mi ser moral. Y aun creo que en el largo tiempo de la visita otras miradas ansiosas me observaban detrás de los cristales de la pieza inmediata, como a un bicho raro. Interiormente me reía yo, y procuré que la amiga de mi madre viera en mí una persona bien educada, cariñosa y galante. Con perdón de usted, y empleando un término de la literatura popular andaluza, hoy tan en boga, le diré que su amiga de usted me ha parecido una *ezgalichaota;* no hallo mejor manera de expresar su ceceo andaluz y la indolencia de sus posturas, por causa de la excesiva lozanía de carnes, que sin duda le pesan: en el desbarajuste de aquella máquina, creeríase que las distintas piezas quieren caerse cada una por su lado. Una de las damas presentes era la que llamamos *Berenice,* a quien yo traté, ya casada, en las tertulias de Castro-Terreño. Sigue cultivando su incomparable cabellera negra, y las dos cascadas de tirabuzones que lleva en las sienes causan maravilla. La otra no la conocía yo: era la de Soterraña, que, según dicen, *habla* con Sartorius. Habíala visto yo en el Prado, donde días pasados encontré a muchas señoras de mi tiempo y a otras que en el período de mi ausencia se han trocado de señoritas en mamás. La espiritual, la etérea Matildilla Illán de Vargas, a quien yo hacía cucamonas el año 35, hállase en meses mayores; la vi agarrada al brazo de su marido, que le daba remolque con mucha dificultad. No me acuerdo del nombre de él: solo puedo decir que era inseparable de Ros y de Echagüe. Ya le contaré a mi madre otros encuentros míos en el Prado, más peregrinos, y las paralelas que no una, sino hasta tres familias han querido ponerme, echándome unas niñas tiernas, con más perifollos que seso. Imagínese usted el caso que de estos halagos haría yo, *gentilhombre campagnard,* desengañado ya de las esperanzas cortesanas y unido con eterno vínculo a la *diosa Ceres,* nada menos.

El calor ha dispersado a no pocas familias, y hay muchas bajas en el Prado. A Francia y a las provincias no sé que hayan ido más que las Montúfares, la de Santa Cruz, Salamanca, Osuna, Bedmar... Otros se han ido a los no lejanos *châteaux* de Carabanchel, Aravaca y Navalcarnero, o se aposentan en pajares a que se da el engañoso nombre de *quintas.*

He vuelto por la noche a la casa de los duques Regentes, que por cierto viven con modestia suma, y su palacio más parece un cuerpo de guardia. Vi a Seoane y a Linaje, furibundos en la declamación contra moderados; vi al bonísimo Cantero y al ardiente Sánchez Silva; vi, por fin, y con no poca satisfacción, al gran *don Juan y Medio,* que me abrazó, y estuvo conmigo muy cariñoso, encargándome hasta tres veces que le lleve a usted sus fieles memorias y los más respetuosos afectos. Ha envejecido bastante; mas persevera en las costumbres de la correcta elegancia inglesa, con su peinado de rizos, su pie pequeño bien calzado con zapatito bajo, sus estirados cuellos y el corte y largura de sus afamadas levitas. Ofreciome cartas expresivas para Barcelona, que han de serme de no poca eficacia, encargándome mucho que no deje de visitar de su parte a su amigo el cónsul de Francia, *Ferdinand de Lesseps.*

Esto y una frase hermosa que dijo Espartero han sido lo más agradable para mí esta noche, sin contar los obsequios de Jacinta, y la emoción con que habló de usted y de sus deseos de verla y abrazarla. En el círculo que rodeaba al Regente, como un coro de sacerdotes de chinesco ídolo, se trató del proyecto de prorrogar la minoría de Isabel II, idea que en estos días flota en el ambiente político, sin que se sepa qué intenciones inocentes o pérfidas la han echado a volar. Don Baldomero rechazó la idea con una imagen gráfica que admirablemente expresaba su pensamiento: «Si como puedo adelantar las horas de ese reloj —dijo señalando a la esfera de uno feísimo, puesto en la más ordinaria de las consolas—, pudiera yo acelerar los días que nos quedan de Regencia y llegar al término de la menor edad de Isabel II, crean ustedes que ello sería mañana.» Cansado está el hombre, y menos ambicioso de lo que generalmente se cree. Al salir me encontré a Nocedal y a Luzuriaga, que iban disputando. Delante de mí, y poniéndome por testigo, hicieron una audaz apuesta. El uno sostenía que no duraba dos meses la Regencia del conde-Duque; el otro, que aún tendríamos Regencia y minoría para cinco años. Me vine a casa sin calentarme los sesos en calcular el vencedor probable.

Me hará usted el favor de decir al carísimo Hillo que no he visto a Montes, y lo deploro... No torea ya en Madrid hasta septiembre, por lo cual, a más de privarme del gusto de aplaudirle, falto a la promesa de darle un recadito de parte de nuestro capellán. Sin duda se pondrá éste muy afligido cuando usted le enseñe mi carta y lea el fatídico *No he visto a Montes,* pues podría creerse que de ver o no ver al tal Montes depende la armonía o desconcierto de las esferas. En verdad lo siento, y tanto él como yo hemos de llevarlo con paciencia. En otoño lucirá su destreza en esta plaza el *chairo crúo;* mas para entonces no seré yo quien lo vea manejar la *muletiya* y el *mondadiente.* ¡Ay, con qué júbilo *tomo el olivo!*

Espero aún dos días para ir bien preparado de los necesarios elementos de investigación, y de los resortes más eficaces para captar a la fiera. Antes de que se cumpla la semana, abrazará y besará mi madre a su. —*Fernando.*

XXII

De don Fernando a Demetria

Sitges, julio.

Amadísima mujer: Te escribo en la mayor consternación. Encuentro a mi madre enferma, con grave recrudecimiento de su achaque pulmonar, intensa fiebre, postración grande; disneas frecuentes a menudo disminuyen mis esperanzas y aumentan mis temores. Hoy es uno de los días más tristes de mi vida. Llegué con la emoción que puedes figurarte, y al ver de lejos la villa blanca, el corazón se me saltaba del pecho. Mi entrada en la casa fue como el testarazo del ave ciega que en su vuelo rápido se estrella contra un muro. ¿Quién comprenderá mi pena como tú, quién como tú la compartirá? Me consuela el pensar que en cuanto recibas mi carta, seremos dos a soportar esta pesadumbre. ¿Ves, querida mía, cuán cara cuesta la felicidad, y cómo se hace valer, y cómo se hace esperar, y con qué infame perfidia juega el destino con nuestros deseos?... No me extiendo más. Basta por hoy con darte conocimiento de mi tribulación. No puedo separarme de mi madre, ni consiento que otras manos cuiden de ella, ni que otros ojos la vigilen, ni que otra boca la consuele y la conforte. El dolor aviva mi comunicación contigo; paréceme que no estoy solo, y cosas pienso que sospecho me las dices tú al oído... Ilusión es ésta de las más vanas. ¡De La Guardia a Sitges qué inmensidad de leguas! ¿Estarán más separados los muertos de los vivos?... Te adora tu *—Fernando.*

Del mismo a la misma

Sitges, agosto.

Está visto, reina, que Dios quiere someternos a pruebas durísimas, como si aún no tuviera bien probada nuestra fortaleza. Yo pregunto: ¿qué hemos hecho para que se desaten contra nosotros los furores del mal humano? Y si salimos tú y yo vencedores de esta batalla, ¿qué compensación de felicidad nos dará Dios? No me digas que no es esto un ensañamiento de la divinidad: cuando mi madre, a fuerza de cuidados y de ciencia, nos vuelve a la vida, tu hermana recae en sus trastornos, se agrava, la crees muerta, vive tan solo en un aliento, en un suspiro. Aunque tu carta de hoy me da esperanzas, y no deja de ser consoladora la opinión del amigo Crispijana, no acabo yo de tranquilizarme. Estoy muy pesimista, y todo lo veo lúgubre, desde que la enfermedad de mi madre me cortó los vuelos.

No creas que me descuido en mis obligaciones *herc úleas:* en cuanto he visto a mi madre recobrando lentamente la vida, no he pensado más que en lo nuestro, y no siéndome posible separarme de mi enferma ni un día ni una hora, he mandado a Sabas a Barcelona, bien asistido de personas prácticas, para que vaya desbrozándome el terreno y averigüe si ha llegado el hombre, y dónde está y qué demonios hace. Aún no ha vuelto.

Mi madre te consagra todos sus pensamientos. Es tanto y tan ardoroso lo que habla de ti, que a veces tengo que mandarla callar, porque el continuado uso de la palabra no le hace provecho. Ninguna idea la turba y aflige tanto como la presunción de morirse sin verte. No sé las veces que me ha pedido nueva relación de lo que hablamos tú y yo en las célebres vistas de Samaniego, lo que me dijiste, lo que yo te contesté, y qué cara ponías cuando yo te manifestaba mi repugnancia de los trabajos si no iban precedidos del casorio. No cesa de preguntarme cómo eres, si es bonito tu metal de voz, si tus ojos son pardos tirando a negros, o negritos del todo. Figúrate tú, mi cara mitad, lo que yo le diré, y qué perrerías se me ocurrirán acerca de tu persona. La pobre va muy despacito en su restablecimiento, y estoy con el alma en un hilo temiendo las recaídas, y temblando de que me la hiera un traidor soplo de aire.

He tomado aborrecimiento a nuestra embarcación y a los paseos marítimos, pues de ahí vino este arrechucho. Cuatro días antes de mi llegada, salieron mi padre y don Pedro a su diversión por el Mediterráneo: hallándose muy afuera, les cogió una fuerte virazón al Oeste, y aunque la fortaleza de la embarcación les garantizaba del peligro de ahogarse, pasaron un gran susto. Corriendo a la vela con rizos en demanda del puerto, no les fue posible cogerlo, y tuvieron que arribar a Cubella bajo el azote de un tremendo chaparrón que a todos les caló hasta los huesos. Mojados de agua de las nubes, se dieron otro remojo de salada al desembarcar a hombros de marineros. Mi madre se puso tan mala, que tuvo que pernoctar en Villanueva y Geltrú, donde se le manifestaron los efectos de la mojadura y el enfriamiento. Me ha contado Hillo que al día siguiente del *naufragio,* cuando venían para Sitges en la desvencijada tartana que pudieron encontrar, pasó la mayor angustia de su vida, creyendo que mi madre se le quedaba en el camino. No hay bromas con Neptuno. He suprimido el departamento de Marina, y he mandado que me saquen a tierra la barca y que le quiten el aparejo y la cubran con vela, condenada a servir de albergue a dos mareantes que no tienen otra casa. Mírala allí tumbada de un lado, vergonzosa de su mala acción, aunque ella dice que no tiene culpa de lo sucedido, que fue la mar, la juguetona mar quien nos hizo la jugarreta... Y la mar dice que no fue ella, sino el cielo... Ve tú a entenderlos...

Adiós por hoy, vida mía. Cariños mil de tu pobre Hércules, prisionero del amor maternal.

Miércoles.

Hoy te mando más de una receta de medicamentos que creo de gran eficacia para tu hermana. Las drogas son excelentes, y las he obtenido en largas experiencias fármaco-psicológicas. Mas para que obren con seguridad y energía ha de haber mucho tino en la administración de ellas; a tus manos delicadas y a tu conocimiento de los diferentes estados en que puede encontrarse la enferma, fío el buen éxito de este tratamiento.

Allá van mis prescripciones y advertencias del modo de aplicarlas. Si ves a Gracia muy triste, quejumbrosa, con mimo infantil, pero sin fiebre ni postración física grandes, le dices que Santiago Ibero está en un pueblecito de Barcelona, bueno y rollizo... Es Santiago quien está rollizo, no el pueblo. Gracias a la reposada vida que allí hace y al nutritivo alimento que le dan, curado está el hombre de sus negras murrias, y su intelecto vuelve a lucir con todo el brillo de la sindéresis más pura. Guárdate de añadir a esta receta la noticia de que Santiago se propone, y a ello tiran los buenos religiosos sus maestros, cantar misa en el próximo diciembre, para lo cual se dan prisa a meter latines y fórmulas litúrgicas en los huecos cerebrales donde antes estuvieron las liviandades amorosas... No le digas esto de la misa, por Dios, que sería trocar en veneno la medicina.

Podrás usar, en caso de gravedad manifiesta, de otro antiespasmódico sumamente enérgico, y es que Ibero no la olvida, que se arrepiente de su botaratada, que todo fue obra de un fugaz rapto de locura. Esto no es verdad, digo, no me consta; pero puede ser cierto, y cae dentro de la jurisdicción de lo probable y admisible. Para el caso de muerte, no me falta una prescripción que ya no es medicinal, sino milagrosa. Cuando hayáis amortajado a Gracia y estéis a punto de ponerla en la caja, le dices al oído: «Ya vienen Fernando y Santiago, decididos a casarse con nosotras, naturalmente cada uno con la suya. Santiago te ama, y viene a pedirte perdón.» Verás como de un brinco sale nuestra querida hermana del ataúd. Conque ahí tienes la terapéutica gradual que usar puedes, según los aspectos que vaya tomando el desconsuelo de Gracia, representado en la vida física por imponentes alteraciones de la salud, más aparatosas que reales.

Ahora te diré, ¡oh dulce esposa!, el motivo de que yo te mande estas especies farmacéuticas, por las que verás que no desconfío del buen término de mi trabajo, si la salud de mi madre me permite consagrarme a él con alma y vida. Llegó Sabas de Barcelona a los tres días de salir de aquí, y en la cara le conocimos que alegres nuevas nos traía. No halló facilidades para ver a Ibero, y las tres o cuatro veces que llamó al portón de San Quirico, residencia de los padres de la *Instrucción Cristiana,* en un pueblo que llaman Papiol, no vio más que caras displicentes. La intervención de un amigo nuestro, de Barcelona, don Magín Cornellá, gran beato, más admirador de Tristany que de Espartero, y muy considerado de los que se visten por la cabeza, venció toda la resistencia frailuna, y Sabas tuvo la satisfacción de verse frente a su compatriota en el locutorio de San Quirico. Cuenta que Santiago le conoció al punto, saludándole con la mayor cordialidad, y alegrándose de verle. Por todos los vecinos de Samaniego le preguntó, recorriendo el ciclo de familias sin que ninguna se le olvidara; mas no nombró a las niñas de Castro ni a ningún habitante grande ni chico de Majada mayor. Fiel a mis advertencias, Sabas tampoco hizo mención de las señoritas ni de sus propiedades y colonos. En nada de lo que dijo Santiago se advertía la menor perturbación: sus juicios eran claros; su palabra, reposada y cortés. Hablando de sí mismo empleó esta figura, que mi escudero ha reproducido con feliz memoria: «Me cogieron en lo mejor de mi vida terribles tempestades, y después de estrellarme en los escollos del error, he venido a tomar tierra en la playa del desengaño.» Preguntó luego por mí, y al enterarse de que vivo en Sitges y de que no pasarán muchos días sin que mi madre y yo nos traslademos a Barcelona, palideció el hombre y se quedó como suspenso. «don Fernando —dijo— fue mi mejor amigo, y yo le quiero como a un hermano. Si se acuerda de mí, estará muy enojado porque a sus cartas no di respuesta.» Cuidó Sabas de tranquilizarle sobre este punto, asegurándole que no agravios, sino terribles ganitas de verle y abrazarle tenía yo, y él se mostró agradecido a esta manifestación y consolado de su recelo. Como preguntara con gran interés si me había casado y con quién, al saber que pronto seremos tú y yo marido y mujer, se puso muy contento y se le encandilaron los ojos. A punto estuvo mi criado, en tal coyuntura, de hablarle de la señorita Gracia; pero recordando a tiempo mis instrucciones, calló. Al despedirse, indícole que yo tendría sumo placer en visitarle, si tanto él como los padres me daban su licencia, y a esto respondió que por su parte no pondría reparo; mas no podría ser en algunos días, pues al siguiente le mandaban a Ripoll para dar comienzo a no sé qué espirituales ejercicios... ¡Déjale estar, que ya le daré yo ejercicios y buenos pases de la teología más sutil! Las impresiones que me ha traído Sabas, y que te transmito, son excelentes. Tenemos lo principal, el hombre, y no enfermo, sino en completa salud; no perdido en los laberintos de un caótico pensamiento, sino bien hallado en la claridad de ideas juiciosas. Su espíritu no nos pertenece: ha tomado rumbos muy distintos de los que pretendemos señalarle; pero si la obra de rectificar su sendero es difícil y arriesgada, no me parece de imposible realización. Allá veremos: nosotros lo intentamos, y Dios decide. ¿No es esto lo que piensas tú?

Cuenta Sabas que la fisonomía de Ibero es la misma, y que aún no se ha quitado el bigote. Viste de paisano, traje negro de feísimo corte y fementida traza, que desmienten la esbeltez y arrogancia del sujeto... Ya, ya le vestiré yo a mi gusto. Te digo que tengo esperanzas, y observo que cuando las echo de mí, vuelven presurosas, como los pájaros al nido. ¿En qué me fundo para creer que al Señor le da la ventolera de allanarme la senda *hercúlea* después de haberme dificultado con tantos tropezones los primeros pasos que en ella di? ¿En qué me fundo, señora mujer mía? ¿Lo sé yo acaso? Otra cosa te diré para mejor inteligencia de mi optimismo. Mejora mi enferma de día en día, y ello es probado que cuando mi madre respira bien y se anima, yo lo veo todo risueño; así como cuando tose y se abate, no veo más que sombras y horrores. Vamos bien; pero la convalecencia de tu mamá política no ha de quedar asegurada antes de quince o veinte días. No quiero pensar ahora lo que tendremos al descenso de la estación, cuando nos mande el otoño los primeros fríos. Verás, verás qué idea se me ha ocurrido para el caso de que me obliguen las circunstancias a continuar junto a mi madre... Pero ahora no te lo digo, no, que es tarde y tengo sueño. Quiero además hacerte rabiar un poquito, y que sigas frunciendo el bonito entrecejo: «¿Qué incumbencias me traerá mi señor marido?...» Agur, *sedes sapientiae, turris davidica.* Te abraza y te besa tu —*F.*

XXIII
De Pilar de Loaysa a Demetria
Sitges, septiembre.
Hijita: Ya llegó el día de mi gran contento, el día en que puedo escribirte. ¡Qué gusto! Dios es muy bueno dejándome vivir para que pueda estar algún tiempo entre vosotros y veros felices. Fernando ha ido hoy a Barcelona en compañía de un excelente amigo nuestro, el cónsul de Francia, *Monsieur de Lesseps,* que vino a buscarle, y entre su tocayo, que de él tiraba, y yo, que le empujé cuanto podía, le decidimos a ponerse en camino. ¡Pobrecillo, cuánto le cuesta separarse de mí! Ya sabes a lo que va; sabes también que en todo este largo cautiverio de tu novio junto a mi cama no ha cesado de poner mano en *el séptimo trabajillo,* valiéndose de personas diligentes. Pero su presencia en Barcelona y en Papiol ha de ser más eficaz que todos los mensajes y pasos que otros llevan y dan en su nombre. Nos han dicho que a esta fecha habrá vuelto el señor Ibero de sus ejercicios en Ripoll. Dios misericordioso, que ahora parece menos airado contra nosotros, hará que los dos amigos se vean y se entiendan.

No ha querido partir mi hijo sin que yo le haga juramento de escribirte hoy confirmando y apoyando lo que hace días te escribió él, movido del afán de que prontamente nos reunamos todos y formemos una piña, no solo para satisfacer el anhelo de nuestros corazones, sino para que juntos ayudemos mejor al caballero en su magno trabajo. Cree Fernando que a mí has de hacerme más caso que a él, y aunque esto no puede ser cierto, porque nadie le supera en el dominio de tu voluntad, yo te suplico en su nombre y en el mío que, pues no podemos nosotros apartarnos de aquí, por razón de mi falta de salud y del negocio de San Quirico, te vengas tú acá con tu hermana. ¿Qué mal hay en ello? Según tus últimas cartas, has plantado con gran tesón en tu castillo, y ante tus buenos tíos, la bandera de tu independencia. Dueña y señora absoluta eres de tu persona y de tus actos, y si por mis males principalmente, y por lo despacio que va la *cogida* de Ibero, resulta que os ha salido mal la cuenta que hicisteis de la duración del *séptimo trabajo,* ¿qué razón hay para que os impongáis el martirio de ausencia tan larga, siendo los dos libres y anhelando uno y otro la dulce compañía y el sostén recíproco en las adversidades?

Decídete, decidíos, y ten por seguro que a tu hermana le ha de sentar a maravilla el cambio de aires, la distracción de la viajata; y de nosotros ¿qué puedo decirte? El único peligro es que la alegría de verte nos vuelva locos. Pues no puede ir Sitges a La Guardia, véngase La Guardia a Sitges; ello es tan lógico, tan elemental, que no me sorprendería saber que ya os habéis puesto en camino. También te digo que no están de más las precauciones para la seguridad y rapidez de vuestro viaje: en cuanto sepamos que te determinas, te mando a Sabas y con él a Urrea, el que acompañó a Fernando en sus correrías para las negociaciones de la paz, y si menester fuese irá una escolta formal, y hasta un mediano ejército para custodiaros. Otra cosa: como entiendo que no hay por allá coches buenos, construidos según los novísimos adelantos, para ti y tu hermana, doncella y mayordomo que os acompañen, tengo yo una silla de postas que es un prodigio de ligereza, amplitud y comodidad. Niñas de mi alma, no vaciléis: decidme una palabra, y salen rodando para allá mi coche y los criados de confianza, y además un galerón, también muy bueno, en que podréis traer todo el equipaje que os dé la gana, almohadones, víveres, vajilla, y hasta perros y gatos...

¿Qué? ¿Os asusta el paso por Cintruénigo? Pero, hija, ¿crees que los rencores de mi hermana son tan extremados que lleguen hasta causaros daño material? No tanto, no. Juana Teresa azuzará contra nosotros curiales y leguleyos; pero no asesinos. No temáis nada, y si quieres protección de personas eclesiásticas en tu largo camino, ya que mi hermana tiene por aliados a los reverendos de Calahorra y Tarazona, puedo yo, si quieres, ponerte bajo el amparo de mi buen amigo el cardenal arzobispo de Zaragoza... El de Barbastro, por cuya diócesis tienes que pasar, también es de los míos. Digo más: soy santa de su devoción, como que me debe la mitra.

¡Y que no me costó poco trabajo sacársela...! que Istúriz y el señor Barrio Ayuso no querían, ni por un Dios, y el nuncio andaba muy reacio...

¡Ay! se me ocurre en este momento una felicísima idea.

Como en tan largo camino, pasando por la Ribera, no podrías librarte de algunas horas, tal vez días de inquietud, vente por Francia, y así compensas la mayor tardanza con la absoluta tranquilidad. De tu pueblo al paso del Bidasoa podrás ir en dos días. Descansas en Bayona, y de esta ciudad a Perpignan tienes un camino magnífico, precioso, que recorrerás fácilmente en tres o cuatro días sin fatigaros, echando una paradita en Toulouse. A Perpignan irá tu novio a encontraros, y luego os venís por Figueras y Gerona cantando *sardanas*. ¿Qué te parece mi plan? Soberbio; no digas que no. ¡Si estoy por mandarte la silla de postas y el regimiento de criados antes que tú me des conocimiento de tu resolución! Contando con la carta que viene, con el aviso que va y el tiempo que se pierde en preparativos y despedidas, calculo que podrás estar aquí dentro de un mes. ¡Qué largo se me hace!

Perdóname, hija de mi alma, que sea tan machacona, y que con tanto ardor me lance a dirigir las voluntades ajenas. No veas en ello metimientos oficiosos; no veas sino la conciencia de que yo soy la causa de que Fernando y tú viváis atormentados por la separación. Esto me abruma. ¿Cómo remediarlo si no está en mi mano mi salud, ni puedo decirle a mi hijo: «Márchate y déjame»? Ni él lo haría, ni tú verías con gusto que se separase de mí. No pudiendo llevar a Mahoma a la montaña, quiero traerme acá la montaña... Sí, sí; por causa mía os ha venido este horrible plantón. Tengamos paciencia: tú de la pena que te causo, yo de causártela; y cree que me paso la vida cavilando en los medios de remediar tanto mal. Pon un poquito de tu parte, y todos seremos menos infelices. Véate pronto o tarde, nadie me quita el gusto de sentirte vibrar en el corazón de mi hijo, en sus miradas y en su voz. Para tu hermanita te mando mil besos, para ti otros tantos y la bendición de tu madre —*Pilar*.

XXIV

De don Fernando a Demetria
Sitges, octubre.

Turris eburnea: Llego de Barcelona echando venablos y maldiciendo de los enfadosos clérigos de San Quirico, que después de hacerme detener tres días más de lo que pensaba, salen con la gaita de que el educando y corrigendo don Santiago no vuelve de Ripoll hasta fin del corriente, porque el preste, rector, o sacripante mitrado de allá le señala mayor suma de ejercicios, sin duda para embrutecérnosle más de lo que está. Esto no se puede sufrir, esto es burlarse de todas las leyes divinas y humanas... Perdóname: no sé lo que me digo.

Me ha consolado de estos berrinches tu amorosa carta, y lo más bonito de ella es tu conformidad, en principio, con la idea nuestra de que os vengáis acá. ¡Bendígaos Dios, oh excelsas niñas de Castro! Me contraría la reserva de que no te determinas a emprender la marcha sin que haya motivos en que fundar esperanzas razonables de la captación de Ibero, pues de otro modo te sería muy difícil convencer a tu pobre hermana de la conveniencia de veniros acá. Como siempre, te sobra razón en todo lo que dices. Traer a Gracia sin abrirle por esta parte algún horizonte, es empresa dificilísima. Si con horizontes figurados la traemos, y al llegar aquí se le cierran, los efectos del viaje podrían ser desastrosos. Tengamos calma.

Toda vez que mi madre no tiene novedad, y parece asegurarse en su mejoría, a principios de semana saldré a una segunda exploración, y acompañado del bravo Lesseps me iré hasta Ripoll. Ha quedado éste en acopiar buenas recomendaciones eclesiásticas, para que se allanen nuestros caminos. Incomparable amigo es este cónsul, no tan francés como parece, pues su madre es española, de los Kirkpatrick de Málaga, hombre amenísimo, cortés, muy corrido en sociedad, de estos que en la familiar conversación echan de sí, sin darse cuenta de ello, ideas grandes... Pues bien: Lesseps, a quien enteré del fin que me propongo perseguir, me alienta con simpatía generosa, incítame a llevar adelante el asunto, sin reparar en medios, desplegando, si el caso lo exige, toda la osadía feudal y todas las impetuosidades caballerescas que fuesen menester... Si en esta primera excursión a Ripoll adquiero las deseadas esperanzas, te las mandaré a escape. ¡Que no puedan ir con el pensamiento! Dice el cónsul que pronto establecerán los ingleses el telégrafo eléctrico, y que Francia no tardará en adoptarlo. Mira qué bien nos vendría el gran invento para comunicarnos a tanta distancia y poder yo decirte al oído cuatro perrerías, o mandarte... los rosados horizontes en cuanto los hubiera. Pero ese adelanto prodigioso tardará un siglo ¡vive Dios! en llegar a nuestra España, y en tanto nos gastamos una millonada en levantar torres, que son un telégrafo por medio de garatusas, como las que se hacen los novios entre el balcón y la calle.

Excelente, como de mi madre, es la idea de veniros por Francia. En los caminos españoles no temo yo a los *tacaños,* sino a las partidas que a lo mejor pueden levantarse, producto espontáneo del suelo; a los ejércitos que se pronuncian por un quítame allá esas pajas, a las juntas patrióticas, al paisanaje que politiquea con formas de bandolerismo. Aquí no hay hora segura, y hoy están las cosas en tal estado de madurez revolucionaria, que bastará un *grito* cualquiera para que se arme. Sí, sí, por Francia: no hay que vacilar...

Mi madre sigue mejorando, y hasta el presente, la entrada de otoño no le ha causado ninguna desazón. La facilidad con que respira y las fuerzas que recobra son para mí un sentido favorable en las enigmáticas rayas de la escritura del Destino. Cada uno tiene su manera de deletrear el porvenir.

Adiós, *janua coeli* (que quiere decir puerta del cielo). Te adora tu penitente caballero —*Fernando.*

XXV

Del mismo a la misma
Barcelona, noviembre.

Mujer: Déjame que rabie y patalee, y perdona que comience mi carta con airadas expresiones, antes que con las dulces finezas propias de amantes. Pongo el grito en el cielo y llamo a los demonios en mi ayuda... Para que te enteres pronto, volvemos Lesseps y yo de Ripoll, donde hemos visto a Ibero; hablé con él como media hora, saliendo de mi conferencia tan a oscuras como cuando la empezamos. Todo por la interposición de cuatro fantasmones negros, con sotana, que actuaron de centinelas de vista. El material de sitio que llevábamos, recomendaciones y cartas de beatos, solo nos ha servido para que nos concedieran ver al catecúmeno en presencia de cuatro padres, que es como tener de pantalla a los papás de la novia en una visita de amor. La conversación a solas no la concedieron por más ruegos que les hice, y esto me hace creer que la vocación del *ángel negro* no es muy segura, y que temen que la tuerza o debilite la persuasiva influencia de un pariente o de un amigo.

Encontré a Santiago en excelente estado de salud, recobrado de sus desazones, el cuerpo ágil, el rostro lleno, la mirada viva, sincera. Ya le han quitado el bigote para ponerle la marca eclesiástica, y con ello se desfigura el negro rostro que hemos conocido tan marcial y varonil... En ciertos momentos de nuestra conversación le vi recobrar la prontitud airosa de sus ademanes y aquel gesto de impaciencia y resolución. El amigo enmascarado habría soltado todos los artificios de su disfraz si le dejaran solo conmigo. Pero ¡ay! siempre que intentaba yo sacar a relucir los recuerdos cuya evocación me convenía, el más antipático de los presbíteros de guardia pronunciaba un *absit* parecido al del doctor Pedro Recio de Tirteafuera, y añadía: «No nos parece bien que se le reverdezcan al señor don Santiago las memorias de sus padecimientos.» Por tres veces intenté yo meter baza, y la Inquisición, que tal parecía, no me dejaba. Un momento hubo en que me faltó poco para echar mano a la silla en que me sentaba y estrellarla en la cabeza del Pedro Recio, que no me permitía comer, hablar... Díjome entre otras cosas Santiaguillo que su vocación era tan firme, que no había ya móvil ni mundano interés que de ella pudiera desviarle. Pensé que de otro modo hablaría quizás mi amigo si la esclavitud de aquella casa no hubiera cargado de grillos y esposas su sinceridad. Tan contento estaba de verme, que no me quitaba los ojos, poniendo en ellos una emoción muy viva, y siempre que yo le manifestaba mi cariño, del único modo que hacerlo podía, con palabras, se levantaba para darme abrazos apretadísimos. ¡Pobre Santiago! Nos habló extensamente de Jesucristo y de las hermosuras de la religión, cosas en verdad nada nuevas para mí, pues yo también amo a Cristo y admiro como el primero las bellezas del dogma, sin que por ello se me haya pasado por las mientes meterme cura. Por fin, me propuse que no terminara la visita sin que yo, a despecho de los enfadosos centinelas, soltase alguna expresión o concepto que hiciera vibrar el alma del catecúmeno. Así fue, y ya en pie, despidiéndonos, le dije: «Santiago, sabrás que Gracia no se ha consolado del desprecio que le hiciste, y ha tenido bastante grandeza de alma para perdonártelo. Aún espera de tu caballerosidad que...» No pude seguir porque vi venir sobre mí a los cuatro clérigos con una melosa amonestación para que me callara. Santiago cerró los ojos al oírme, y se volvió hacia sus guardianes como para pedirles auxilio contra mi atrevimiento. Pero yo vi la flecha penetrando en sus carnes, y el efecto estaba conseguido. Despedime prometiendo volver, y mientras dos de los curas cogían al *ángel negro* y para dentro se le llevaban como a un colegial castigado, los otros salieron a despedirnos con empalagosas cortesanías y melifluos agradecimientos por la limosna que les di. Rezarían mucho, según me aseguraron, para que Dios aumentara mi hacienda y pudiera yo hacer caridades sin tasa, asegurándome así el reino de los Cielos. Díjeles que, estimando sincera la vocación de mi amigo, yo miraría por la *Instrucción Cristiana,* ayudándola en sus necesidades, y me retiré viéndoles hacer muchas cortesías. Quedaron ellos esperanzados de tenerme en su predicamento; yo me fui con la intención de un jarameño debajo de mis urbanidades afectuosas.

De regreso a Barcelona, discutíamos Lesseps y yo los procederes más eficaces para sacar el ánima de Ibero de aquel que no sé si llamar Purgatorio a que sus pecados le habían conducido. Era mi opinión que las ofrendas copiosas serían el mejor arte de redención; pero mi amigo me contradijo con vehemencia, manifestando que de todos los caminos, el más errado era el de los sufragios en especie metálica, porque los buenos padres de San Quirico harían la gracia de quedarse con el dinero y con el ánima. Debo yo emplear la intriga o la violencia, según las cosas se presenten. Mas lo primero es explorar seriamente el ánimo de Santiago, y traerle a una conferencia sin testigos. Para esto, nada mejor que los resortes militares, si puedo conseguir que Van-Halen me preste su cooperación decidida. Puesto que no tenemos seguridad de que se le haya concedido al coronel la licencia absoluta, el capitán general, ignorándolo como yo, o afectando ignorarlo, puede reclamarle para un acto de servicio, como, por ejemplo, prestar declaración en un Consejo de guerra, interrogarle acerca de tal o cual duda en cualquier cuestión que no es necesario precisar. De este modo, Ibero saldrá por más o menos tiempo de su clausura, y podré hablar extensamente con él. Nos facilita este procedimiento la circunstancia de que *el ángel negro* no ha recibido aún órdenes mayores ni menores, y, por tanto, no le alcanza la jurisdicción eclesiástica.

Con repentina fuerza se posesionó de mí la opinión del cónsul de Francia, y no había concluido de exponerla cuando ya la tuve por excelente, y me propuse traducirla en hechos con toda prontitud... Hoy, apenas llegado a Barcelona, y cumplida la primera de mis obligaciones, que es escribir a mi cara mitad, tengo que ocuparme de nuestra instalación: ya te dije en mi última carta que resueltamente abandonamos a Sitges, porque los médicos no creen provechoso para mi madre que viva tan próxima a las humedades del mar. Nos aposentaremos aquí, en la misma casa que antes teníamos, *Bajada de Santa Clara,* y dispuestos varios pormenores de alojamiento, mañana voy por mi madre, pasado estaremos aquí, y al otro veré a Van-Halen para que me preste su ayuda en la honrada barbaridad que intento. ¿Qué dices a esto? Veo tu entrecejo gracioso que me impone el respeto a la moral. Muy elástico es eso: tomamos por leyes morales las pragmáticas dictadas por la tiranía, por la codicia y el egoísmo humanos, y contra toda esta farsa opresora se alza con soberano y libre criterio la orden de caballería, amparo de los débiles, de los injustamente aherrojados y oprimidos. Déjame a mí, que no me faltan hombros para soportar el hercúleo trabajo y también la responsabilidad del mismo, que no es floja pesadumbre.

Hasta mañana. Escribiéndote se ha calmado la furia con que empecé este pliego. Ya no rabio, ya no pataleo, ya no maldigo.

Jueves.

Ya estamos acá todos, y para ti es nuestro primer pensamiento al pisar la venerable casa donde nos alojamos, rodeada de silencio, de soledad, de nobles piedras, escritura y lenguaje de la poesía histórica. Mi madre y yo te hablamos con una sola voz y te escribimos con una sola pluma. Las buenas esperanzas, los presentimientos felices entran en nuestro espíritu como una bandada de chiquillos juguetones; les echamos y vuelven, acosándonos con sus graciosos juegos y risotadas. Queremos ponernos en una guardia de pesimismo, que es la más segura, y no podemos. Comprenderás esto cuando sepas que a la hora de bajar del coche, en el patio de nuestro caserón, entró a visitarnos el general Van-Halen, creyendo que habíamos llegado el día anterior, lo que explica su inoportunidad, que luego hubo de resultarnos oportunísima. Ha recibido la carta que me ofreció el Regente, y otra de Jacinta encomendándole con el interés más expresivo que visite a mi madre, y se ponga a sus órdenes para cuanto a ella y a mí se nos ocurra mientras residamos en esta ciudad. Pensé yo que no debía diferir el ponerle en autos de nuestro negocio, y el general, un poco serio al principio, risueño después (que esta contradicción fisionómica corresponde a las dos caras, dramática y cómica, del proyecto mío), me ofreció su colaboración oficiosa. Allá van, pues, unas poquitas de esperanzas, que espero remitir con aumento dentro de muy pocos días... Hablando otra vez los dos en uno, mi madre y yo te mandamos nuestras bendiciones, o bendiciones y cariños mezclados, para que tú hagas el apartadijo como puedas. También te van besos y un coscorrón: los primeros, naturalmente, son de mi madre (no te equivoques); el coscorrón no es más que un saludo, quizás demasiado expresivo, de tu —*Fernando.*

Sábado.

Cara mitad: Vuelvo de la estafeta con la carta, que no he podido franquear, porque están cerradas las oficinas, y en el ventanillo un cartel diciendo que *oy no ay coreo.* Verás lo que pasa. No te asustes. Andan a tiros milicianos y soldados, y la cosa es tan seria, que a casa he tenido que volverme *parabólicamente,* a fin de evitar el paso por las calles donde sonaba música de fusilería. Por no dejar a mi madre sola, aunque no se asusta tanto de los tiros y de las callejeras trapisondas como pudiera creerse, no me determiné a meter mis narices en los lugares donde más empeñada está la lucha. Si he de decirte la verdad, no conozco bien los motivos de esta zaragata, porque vivo en radical apartamiento de la política, no leo ningún periódico de Barcelona ni de Madrid, y en los últimos días mis ausencias de la ciudad me han cortado la comunicación con las personas que habrían podido informarme. Notaba yo hace tiempo cierta agitación sospechosa, y un recrudecimiento grande del síntoma insano de hablar pestes del Gobierno. Pero no creí que el disgusto popular pasara de los dichos a las armas. Tan acostumbrado estoy a oír diatribas contra nuestros mandarines, sin que ello pase de un desahogo natural de los corazones, que no di valor al ronquido soez de la famosa *vox pópuli...* Anteayer hubo, según acaban de decirme, no sé qué reyerta entre matuteros y empleados de consumos; ayer anduvieron los milicianos por diferentes sitios de la ciudad provocando con injurias a los soldados, y hoy ha estallado el volcán, sin que yo pueda decirte cómo se ha preparado esta erupción ni de dónde ha venido el empuje. Oigo decir que la causa del furor de los barceloneses es la *cuestión algodonera*. ¿No sabes lo que es? Sencillamente que se ha pensado en rebajar los derechos de los tejidos ingleses, con lo cual creen los de aquí que se arruinarán sus industrias. Ni tú entiendes de esto, ni yo te escribo de materias tan fastidiosas. Hablan también de quintas, porque no es del gusto de los catalanes que les sorteen y les hagan soldados como a los hijos de castellanos y aragoneses. Tampoco de esto quiero hablarte. Lo cierto es que por las quintas con o sin algodones, o por otras causas que ignoro, han roto el fuego, y esto va tomando un cariz tan malo, que no sé cómo acabará.

Oigo en este momento unos terribles zambombazos: el amigo Van-Halen, deseando acabar pronto, reducir a polvo las barricadas y aterrar a sus defensores, emplea la artillería contra los pobrecitos milicianos. Horroroso fuego de fusilería le contesta. Esto se pone cada vez más feo, niña mía; pero no temas nada por nosotros, que estamos bien seguros en nuestra casa. Vivimos entre la catedral y la plaza del Rey, en el sitio más recogido de la ciudad, grupo de casas antiquísimas, en estrechas calles, donde no podrá revolverse la artillería, ni es tampoco lugar favorable para barricadas. Mi madre no está tan intranquila como al principio de la jarana temí. La veo animosa, y trato de sostener su fortaleza. Juntos lamentamos que la discordia política, motivada por cualquier idea insustancial, cubra de cadáveres el suelo de esta bella ciudad que tanto amamos.

Crece mi afán por conocer los móviles de la furia de los barceloneses. ¿Qué será ello? Los algodones dan en efecto bastante juego: lo de la conscripción les ha irritado más, porque se ha dicho que venía Zurbano con el encargo de hacerla efectiva, y las brutalidades del hombre de la zamarra sublevan a esta gente. Pero aún no veo bastante claros los motivos de que un pueblo como éste se lance a revolución tan furiosa y tenaz. Algo más habrá que no conozco. Dícenme que los milicianos gritan contra Espartero. No quieren más Regencia, abominan del Gobierno *ayacucho*, y retiran todo su afecto al antiguo ídolo de los Libres... No sé qué gato encerrado es el que anda por dentro de esta insurrección, moviendo con sus bufidos y arañazos tan terrible tremolina... Los vecinos de las casas próximas acuden a la mía; nos agrupamos para que entre todos podamos sobrellevar con más conformidad el luto de esta sangrienta jornada y el terror que los disparos infunden. Oigo hablar de república, y tampoco creo que de ahí venga la borrasca, pues partido tan ideológico y de tan escasa difusión por el momento, no lanza los hombres al combate. Te daría yo una explicación de lo que ha sido, es y será el republicanismo; pero aun contando con que pudiera serte grata mi pedantería, no es bien que de estas cosas áridas hable un hombre con su novia...

A media noche.

Después de anochecido, y cuando cesó el fuego, y a los tiros y voces de espanto sucedió un silencio lúgubre, arrastrome la curiosidad fuera de mi casa. Quería ver los lugares trágicos, marcados aún de la pisada y de la garra de los combatientes, y ver el destrozo de personas y edificios, para dar mayor pasto a mi compasión y hacer más amargo mi desconsuelo, que en esto se goza el alma ante los grandes lutos de familias y ciudades: si grande es el sentimiento por lo que se ha oído, queremos llevarlo a su grado mayor por la vista. Barcelona ensangrentada es para los que amamos a esta bella ciudad un tristísimo espectáculo; pero queremos verlo y apreciarlo en todo su horror, para que, siendo más honda nuestra pena, sea más grande el tributo de lástima que ofrecemos al ser querido. Es habitual en mi espíritu personificar las ciudades, y amarlas o aborrecerlas como entes humanos. Las hay simpáticas, las hay odiosas; las veo carilargas o mofletudas, pálidas y exangües, o rollizas y frescas; véolas también risueñas llamándome, o adustas despidiéndome. Barcelona me puso una cara muy afectuosa desde la primera vez que nos vimos.

Pues, como venía diciendo, me fui a ver la ciudad herida, ensangrentada, jadeante de bélico ardor... bajé por la calle de la Librería a la plaza de San Jaime, donde había no pocos horrores, y en busca de los más imponentes me interné por la bajada de San Miguel hasta la Enseñanza... Pero ¿a qué ponerte aquí indicaciones topográficas, si tú no conoces la ciudad ni sabes nada de esto? El convento de la Enseñanza fue de monjas benitas, y ahora, naturalmente... Es cuartel de la Milicia Nacional. Desde que empezó la trifulca, establecieron los nacionales en este edificio su base de operaciones. Los primeros proyectiles fueron piedras, que desde las azoteas arrojaban, y aumentado luego el calibre de los instrumentos de destrucción, las casas de la Rambla vomitaron sobre la tropa tiestos, bancos y hasta una cómoda. Lo que empezó motín, acabó en espantosa batalla, de las más encarnizadas y furibundas que en el interior de ciudades se han visto, extremando su coraje hasta el heroísmo nacionales y soldados.

De la extensión y gravedad de la pelea me informaron en la calle personas que, por haber intervenido en los actos de guerra o haberlos presenciado en diferentes barrios, eran la historia misma contándolo por sus bocas. Desde aquel núcleo donde se inició el incendio, éste se fue comunicando a diferentes puntos de la ciudad. Van-Halen, que no contaba más que con dos mil hombres, atacó por la Rambla... ¿No sabes tú lo que es la Rambla? Ya te lo explicaré. Tampoco sabes lo que son los baluartes, que robustecen de trecho en trecho el circuito fortificado de esta gran plaza. Ni tienes idea de la enorme Ciudadela, que defiende y amenaza la ciudad por el Nordeste. Ya te daré noticias de esto... Cuando estemos casados y tengamos tiempo para tan largas explicaciones... Solo te digo por el momento que a la hora en que andaba yo tomando lenguas de lo ocurrido y examinando el campo de batalla, nuestro amigo Van-Halen, sin fuerza bastante para dominar la insurrección, o poco diestro en elegir los medios y puntos de ataque, se vio precisado al abandono de sus posiciones y se replegó a la Ciudadela... Esto me cuentan, y si a la primera lo puse en duda, la repetición de la noticia me ha obligado a creerlo. Barcelona está en poder de la revolución victoriosa, que de la noche a la mañana se trocará en insolente, y hemos de ver, si Dios no lo remedia, no pocas brutalidades. Me tranquiliza, no obstante, la confianza en el pueblo catalán, cuyas virtudes conozco. Es bravísimo si le hostilizan sin razón, fácil a la concordia si se logra herir la cuerda del sentimiento fraternal, que en él existe, aunque está bastante honda. Es apacible en su casa, en el común trato sincero y rudo, buen amigo, mal enemigo, amante si le aman, fiero si le aborrecen... El peligro que corremos hoy los que estamos bajo la férula del pueblo barcelonés y de la Juntita que a estas horas se forma, es que se injieran en su seno los perdidos vividores que ordinariamente están al acecho de estas situaciones irregulares para desvirtuarlas y corromperlas.

El espectáculo que a mis ojos se presentó en el patio de la Enseñanza, convertido en hospital de sangre, no te lo describiré, por dos razones: no sé hacerlo con la exacta expresión del horror que me produjo; no quiero poner ante tu vista cuadros tan lastimosos. Los muertos de las guerras campales no son como los muertos de la paz, víctimas de las enfermedades, expresando en su quietud y lividez serena el término natural de la vida. Pues si los muertos de la guerra en campo son más tristes de ver que los de normal muerte, y causan mayor espanto, los muertos de revoluciones, tirados en las calles, los cadáveres sin cabeza, o los trozos de cuerpos descuartizados por la artillería, nos dan impresión de terror más espeluznante que ninguna otra clase de muertes, y el espanto llega a su colmo cuando vemos vivos, con la mitad de su naturaleza muerta, un tronco que alienta, arrastrando extremidades difuntas, o un agonizante que enloquece y pide que acaben de matarle... No más de estos horrores, niña querida; no quiero que la noche que esto leas tengas pesadillas angustiosas. Y por atenuar las trágicas impresiones con otras del orden contrario, que en los mayores desastres no hay quien separe lo humorístico de lo terrible, te contaré una chusca ingenuidad del jefe de nacionales que mandaba la barricada próxima a Capuchinos. Enviole Van-Halen un parlamentario con proposiciones honrosas para que se rindiera, y de oficio le contestó lo que vas a leer. Herido en la mano derecha, y no pudiendo escribir, dictó la respuesta a un sargento, que la retiene en su memoria para regocijo de los que amamos la espontaneidad popular. Dice así: *A Antonio Van-Halen, jefe de las fuerzas enemigas. —Antonio: no te canses, no cederemos. Si te obstinas en hostilizarnos, te daremos para peras. —Patria y Libertad.*

No veo, no, en esta brava gente la ferocidad del revolucionario sin camisa que persigue el pillaje y la disolución, para despojar a los ricos; veo a los sanos y buenos hijos del pueblo que en la última guerra prestaron a la causa nacional servicios tan eminentes, que no habría honores bastantes con que pagárselos. La Milicia Nacional de Barcelona, guarneciendo los pueblos del llano y la montaña y resistiendo terribles embestidas de la facción, demostró una fibra y una resistencia que en muchos casos llegó a las alturas del heroísmo. Ahí están Prim, Lorenzo Milans, Ametller y otros, que pueden contarlo... A esta gente, que tan claras nociones tiene del deber, y tan bien entiende el honor y el patriotismo en sus más elementales formas, no la temo yo. Temo a los pillos que se inoculan en el cuerpo popular y trabajador, para envenenarlo y derramar por sus venas elementos de podredumbre.

Cuando a casa me retiré, las opiniones que oía no estaban acordes en señalar el punto adonde Van-Halen se replegaba. Unos le suponían en la Ciudadela, otros marchando hacia Montjuich. ¿Sabes tú, señora de mis pensamientos, lo que es Montjuich? ¡Ay, que no lo sabe!... ¿Creerás tal vez que es un castillo como el de La Guardia, situado en lugar céntrico y eminente, y compuesto de quebrantados murallones y de piedras romas, entre cuyos huecos habita la prolífica república de lagartos? El castillo de tu pueblo es un pobre inválido que de su impotencia se consuela recordando sus tiempos heroicos, cuando la guerra de sitio se hacía con flechas, hondas y otros ingenios. Castillo es también Montjuich, pero más fuerte y buen mozo que el tuyo, y armado de mejores arreos y cachivaches de guerra. Se alza en un empinado monte al sur de la ciudad, a la que tiene bajo su planta y dominio, y no se sabe si las miradas que arroja sobre ella son de protección o de amenaza. De día parece un padre amante que a su adorada hija contempla, con el chafarote levantado, eso sí, por si a la niña se le antoja desmandarse. De noche verías en él un marido celoso que espía el sueño de su Desdémona, recelando que pronuncie dormida palabras que enciendan más el volcán de sus celos... Es tan alto Montjuich, que desde su cumbre o cabezo, con yelmo de murallas y cabellera de cañones, me parece a mí que se ha de ver tu pueblo... No tomes esto al pie de la letra. No se te ocurra coger el catalejo que tiene Navarridas para ver los mosquitos que se pasean en el horizonte, y ponerte a mirar hacia acá, creyendo que vas a verme en la cimera de este formidable castillo. En todo caso, no me verías a mí, sino a Van-Halen con las manos en la cabeza, loco y turulato, sin saber de qué medios valerse para volver a echarle el lazo a esta ciudad, florón espléndido de los reinos de España, Barcelona, la hermosa y pizpireta...

Al llegar a casa encuentro a mi madre algo inquieta por mi tardanza. La tranquilizo sin dificultad, refiriendo los hechos a mi gusto, desfigurando el argumento de la tragedia.

Adiós, mayorazga de los Cielos. Adorándote tu —*Fernando*.

XXVI

De don Fernando Calpena a don Serafín de Socobio
Barcelona, noviembre.

Señor mío: Antes que a mí llegara su carta pidiéndome noticia de estos trastornos gravísimos, nació en mí la intención de comunicárselos, recordando
lo que le agrada el conocimiento exacto de las cosas de nuestro tiempo, a
veces más oscuras que las remotas, y comúnmente desfiguradas por narra-
dores ignorantes o de mala fe. Considero asimismo que, por el amor grande
que tiene usted a esta ciudad, donde pasó su infancia y lo más florido de su
juventud al lado de su tío el reverendo don Lázaro de Socobio, arcediano
de esta santa catedral, le interesará doblemente una información concien-
zuda de las desdichas de Barcelona en estos aciagos días, y aquí estoy yo
para satisfacerle. Aunque no necesito hacer ante usted ningún alarde de
mi honradez de narrador, debo manifestarle que me aferro a la más estricta
imparcialidad, y usted así lo apreciará cuando lea conceptos y juicios des-
favorables a mis amigos, y otros que no han de agradar a los del bando
contrario, pues éste es un caso en que todos merecen igual vituperio.

No le contaré los pormenores de la espantosa jornada del 15, pues todo
lo aparente de ella debe usted conocerlo ya. Aún le queda por conocer
lo invisible, lo que estuvo en las conciencias, no en las manos que dispa-
raban los fusiles, ni en las bocas que apostrofaban al Ejército y al Regente.
Lo primero que tiene usted que hacer para penetrarse de la verdad es
desechar la idea corriente de que esto ha sido una sublevación de repu-
blicanos. Desconfiemos siempre de las ideas de fácil adaptación al criterio
vulgar; desconfiemos del amaneramiento de la opinión, que no es más que
un remedio contra la incomodidad de pensar por cuenta propia. Cierto que
el 15 se habló de república, y este nombre fue gritado por muchas bocas;
cierto que algunos, más exaltados de palabra que de pensamiento, cantaban
el *ja la campana sona, lo canó ja retrona; anem, anem, republicans, anem.*
Pero también es cierto que esto decían porque así se les había mandado,
y muchos lo repitieron como en broma, sin verdadero calor. No se trataba,
pues, de asaltar la Bastilla y demoler aquel emblema del despotismo, sino
de quitar de en medio a un triste Gobierno y con él a una situación política,
la Regencia de Espartero.

Puedo asegurar a usted que ninguno de los que combatían en nombre
del *poble* invocó a la cesante reina gobernadora, ni a nadie se le ocurrió
proclamarla; y, no obstante, por ella derramaron su sangre los muy locos, sin

saberlo, que es lo más triste del caso. ¡Infeliz pueblo, criado en la inocencia y en la ignorancia de la ciencia política! Él ha sido y es instrumento de los que han estudiado las artes revolucionarias y el mecanismo de los motines. Con esta táctica, los que tiranizan al pueblo saben muy bien cómo han de componérselas para convertirlo en caballería que les arrastre el carro de sus triunfos, mientras que los defensores de la soberanía popular, los propagandistas de la libertad, ignoran hasta las más elementales reglas para utilizar la fuerza de las masas en defensa de sus ideas.

Hablaré primero del teatro. He recorrido toda la escena, y puedo apreciar por mí mismo los estragos de la lucha en los sitios de la ciudad donde fue más encarnizada. En ninguna parte se batió el cobre como en el baluarte del Mediodía. Allí, y en las barricadas que levantaron los insurrectos entre la Puerta del Mar y la Aduana, perecieron oficiales y soldados en gran número. Vi en los *Encants* los destrozos causados por las balas de cañón, lodo ensangrentado, objetos mil que habían servido para improvisados parapetos, todo en tal desorden, que ha de pasar mucho tiempo antes que recobre el desgraciado pueblo los modestos bienes que allí sacrificó al furor de una guerra que no entendía. Cerca de la Virgen del Mar y en el Borne, he visto también no pocos desastres: frágiles casas acribilladas a balazos, muertos que en la mañana del 16 no habían sido aún recogidos. En la calle de *Assahonadors* encuentro fúnebres escenas, mujeres y niños que tratan de reconocer mutilados cadáveres, y en la plaza de *San Agustí Vell* veo una casa derrengada que amenaza caerse si no la derriban pronto. Colchones y trastos entorpecen la vía pública; las mujeres, convertidas en furias, maldicen a Espartero y a Van-Halen, a los *algodoneros* y a Zurbano, como autores de tantas desventuras. En la calle de *San Pedro Más Baja* hallo un reguero de sangre, y lo voy siguiendo hasta salir por la *Riera de San Juan* a Junqueras, donde se contaron los muertos y heridos casi en tanto número como los que había en Puerta del Mar. El claustro se ha convertido en hospital, y de allí salen imprecaciones y lamentos. Zurbano es el más malo de los infernales instrumentos del Gobierno de Madrid; Zurbano es el que quiere traer a Barcelona las odiosas quintas... *Mes li ha de costá trevall posar á ratlla al poble catalá... ¡Qué torni per un altra!... Avans mori qu' ésser esclaus d' un castellá que no sab ahont te l' cap.* Sigo, y en la Puerta del Ángel y calle de Santa Ana observo que no queda un solo canto de los empedrados. En los charcos nadan gorras de milicianos, y en los montones de piedras se ven fusiles rotos, restos de comidas, manchones de sangre, un brazo con manga de paño azul, y otros despojos repugnantes. No tengo ya ni alma ni piernas para seguir observando el teatro en sus bastidores de Estudios y Canaletas, del Carmen y Hospital. Hagamos alto, mi querido don Serafín, en la Boquería, lugar donde antaño ajusticiaban a los reos de muerte, y óigame decirle que aquí hubiera yo hecho un escarmiento en los que han alborotado tan sin sustancia al pueblo barcelonés.

Sabrá usted, ¿quién no lo sabe?, que en esta revolución ha despuntado un héroe, un imitador de Massaniello. ¿Qué idea ha formado usted del que en las primeras horas del día 15 se constituyó en cabeza de motín, y fue por tantos infelices aclamado y obedecido? Juan Manuel Carsy, el alma de esta trapisonda, es un valenciano que hace poco vino aquí; comerciaba sin dinero ni mercancías, y se metió a periodista sin saber escribir. Ni posee el don de elocuencia para fascinar a las muchedumbres, ni la prodigiosa facultad del mando para conducirlas al combate. Es hombre vulgarísimo; y reconociéndolo así toda Barcelona, nadie se detiene a pensar en el enigma de su rápido encumbramiento. Yo encuentro la clave en la inocencia angelical de los hijos del pueblo, y en la ceguera de los pobres nacionales, que saben batirse sin que se les ocurra ahondar en los motivos y fines de su arrojo. Me consta que desde el 14 disponía ese oscuro y ridículo Carsy de grandes sumas de moneda corriente, en plata y oro, las cuales no debió ganar en el comercio ni en el periodismo... Y pregunto yo: ¿de dónde ha salido este dinero?... Un infalible axioma militar nos dice que el oro es el más eficaz elemento de guerra; no es menos axiomático que no se han hecho ni se harán revoluciones *a palo seco*. Ya le oigo a usted contestarme que el unto con que Carsy ha engrasado esta máquina es el *oro inglés;* yo lo niego, porque el *oro inglés,* móvil y nervio de la cuestión algodonera, no había de ser derramado en obsequio de la misma industria que el Gobierno británico pretende arruinar. Descartada esta versión absurda, dígame usted: lo que ha brillado en las manos puercas de este Carsy, ¿sería *oro republicano?* ¡Ay, don Serafín de mis pecados! los sacerdotes de esta sonrosada religión que todavía no ha salido de las catacumbas de la inocencia, son pobres de solemnidad, y no acuñan otra moneda que la de sus generosas ilusiones. Convenzámonos de que el oro no era inglés ni republicano. Basta con lo dicho para que usted comprenda de qué arcas procedía, y si me lo niega, no tendría yo inconveniente en demostrárselo, sin otro argumento que el sencillísimo *cui prodest*.

¿Quién va ganando en este revuelto río más que su ídolo de usted, la gobernadora cesante, no resignada con su papel de Majestad proscripta, harta de honores y riquezas? Desde que puso el pie en Francia no ha hecho más que conspirar por la conquista del perdido Reino. Por precipitación y desatino le salió fallida la tremenda conjura de octubre, y fueron lastimosas víctimas de la ambición regia los infelices León y Montes de Oca, Quesada y Borso, y otras de menor talla... El Gobierno *ayacucho*, atento a privar de medios de acción a la reina conspiradora, le corta los víveres, suprimiendo la renta que percibía como viuda de Fernando VII, y luego le disuelve la Guardia Real, que era el plantel o seminario de donde salían todos los adalides cristinos más o menos audaces. La ilustre señora se envalentona con esto. Firme en su inquina contra Espartero, y más encalabrinada cada día en su mujeril antojo de un pronto desquite, no se satisface con la guerra frente a frente, y mientras prepara un nuevo lanzamiento de los paladines (que ahora celebran en París diarios concilios), emprende, *por si pega*, el juego de carambolas, lucido juego de manos blancas... y negras. Crea usted, amigo Socobio, que cuanto le digo es el Evangelio, y no le pase por las mientes el rebatirlo con argumentos sentimentales, de los que ya están mandados recoger. Añado que la señora, resueltamente favorecida por Luis Felipe, se lanza intrépida a todas las aventuras con que suelen matar sus ocios los reyes destronados o dados de baja, descollando en estos manejos los que cuando eran reyes *de alta* no supieron hacerse amar de sus pueblos. Si quiere usted convencerse de la connivencia de Cristina y *Felipete* (así le llaman aquí los periódicos exaltados, ignorantes de que le sirven), léase la prensa francesa, y refresque la memoria de los acontecimientos de España en los últimos años. Me preguntará usted si me fundo en hechos positivos para sostener que el impulsor de este movimiento ha sido el *bálsamo cristino*, acrecentado con sumas respetables de la *Farmacia* francesa; y contesto, sí, contesto que en hechos positivos me fundo para sostenerlo; mas no puedo ni comunicarle los hechos, ni referirle cómo los he conocido, ni nombrar a persona alguna como parte activa en estas oscuras y nada limpias maniobras. Conténtese con saber el milagro, que del santo no hay que hacer mención.

Para ilustrar el criterio de usted, le mando dos fajos de periódicos de aquí. El uno es *El Republicano,* órgano de la gente más levantisca; el otro es *El Papagayo,* voz de los señores moderados, de los que se tienen por la viva encarnación del orden y de la justicia. Léalos detenidamente, y no una sola vez. Vea usted que el uno es la exaltación misma, el delirio y la procacidad en su mayor grado; el otro cruel, venenoso, feroz en el ataque, implacable en el aborrecimiento. Cuando usted los haya masticado con frecuentes lecturas, podrá saborear esas al parecer diversas opiniones con paladar seguro. Notará que en el fondo tienen tal semejanza y parentesco, que bien se puede asegurar que en el engendro de una y otra hay confusión de padres. Tanto la señora *República* como la señora *Papagaya* son un poquito y un muchito adúlteras, y cada una de ellas se deja enamorar del marido de la otra. Nada más digo de esto; entrego a su penetración los periódicos de los colores rojo y negro subidos, para que los lea y sobre sus páginas ardientes medite y quizás llore. Mándole también un número del *Journal des Débats,* llegado ayer aquí, para que en cuatro líneas de él oiga respirar al Gobierno de Luis Felipe, que no se cuida de disimular el júbilo que le causan los disturbios de esta ciudad. «Si el Regente —dice— reprime el movimiento de Barcelona, se acabó su popularidad; si no lo reprime, se acabó su poder.» ¿Verdad que al pie de esta congratulación, de esta seguridad del éxito, se ve la elegante firma: *Yo la reina?*

Hablando de otra cosa, mucho le agradezco, mi buen don Serafín, las interesantes noticias de la Milagro, que amplían y completan las que pude yo adquirir en Madrid. Confirmo lo que escribí a usted acerca de Ibero, es decir, que está bajo el amparo de la *Instrucción Cristiana.* Los individuos que conozco de esta congregación sublime me han entrado por el ojo derecho, y no ceso de admirar su virtud, su modestia y el no común saber que a todos adorna. En buenas manos ha caído el pobre Santiago, y bien seguros estamos sus amigos de que con tales ejemplos será un buen sacerdote. Tiene usted razón, señor de Socobio: después de los errores cometidos, gravísimas transgresiones de la moral cristiana, el *ángel negro* no podía esperar la salud más que del arrepentimiento y de la penitencia, medicinas que en el grado que nuestro pecador las necesita no puede aplicarle el mundo falaz. Si en Madrid discordamos en esto, y me manifesté pesaroso de la vocación del coronel, ya reconozco mi yerro, y estamos conformes en que dicha querencia del supremo bien y de la verídica salud no debe por nosotros ni por nadie ser combatida... Venga, pues, muy pronto la carta que me ha ofrecido para el prepósito de la *Instrucción,* padre Bohigas, pues me ha entrado el deseo de apadrinar a Santiago en el solemne acto de su primera misa, y con esto y una buena limosna que hará mi madre manifestaremos cuánta simpatía y admiración nos inspira el naciente instituto religioso.

Y concluyo, mi señor don Serafín, sacándole a usted de un error, no grave ciertamente; pero error. Todavía no estoy casado; me casaré, *Deo volente,* en cuanto se me despeje la salida de esta ciudad, trocada en infierno por el furor político. Los respetos y afectuosos homenajes que usted, en su amable carta, a mi esposa tributa, guárdense para cuando sea efectivo lo que aún no lo es más que en nuestra decidida voluntad. Mi madre me recomienda con insistencia que a usted devuelva sus finas memorias. Despidiéndome hasta la próxima carta, que espero no se me pudrirá en el cuerpo, me repito de usted constante amigo *—Calpena.*

XXVII

Del mismo al mismo
Barcelona, noviembre.
Que el primer acto de Carsy, cuando por artes diabólicas se vio dueño de esta gran ciudad, fue constituir la indispensable Junta, ya lo sabe usted; mas ignora que la componen personas de escasa o nula representación social y comercial. Presididos por el valenciano dictador, gobiernan a Barcelona un confitero de la Plaza Nueva, un hojalatero de la calle de Tantarantana, fabricantes de fideos, de fósforos, de velas... No les nombro porque no quiero dar malos ejemplos a la Historia sugiriendo al público nombres de mosquitos.

Las tropas que aun resistían en el fuerte de Estudios y en Atarazanas nos dieron el espectáculo ignominioso de capitular con esta Junta, y en ello fueron mediadores personas influyentes de la ciudad, que obraban por miedo, y el cónsul de Francia, que no ha sabido disimular su parcialidad en favor de los insurrectos, ni las ganas que tiene de ver humillado a Van-Halen como general de la Regencia. Apunte usted este dato, señor de Socobio. A propósito del cónsul, diré a usted que es mi amigo, que le debemos mi madre y yo mil atenciones, y que le apreciamos y distinguimos por su exquisito trato y afabilidad. A pesar de esto, no hemos querido aceptar el ofrecimiento que nos hizo de darnos asilo en el bergantín *Meleagre,* fondeado en este puerto. He puesto en delicado entredicho mi amistad con Lesseps, reduciéndola a las meras relaciones entre caballeros, y encerrando con cien llaves la política siempre que hablamos; de otro modo sería difícil evitar un rompimiento desagradable, pues el juego tapado que viene haciendo el representante de Francia, contra lo que previene su obligación de neutralidad, merece todas mis antipatías. El día en que concertamos nuestro entredicho, conviniendo en ser amigos *extramuros de la política,* se me escaparon de la boca conceptos un tanto duros, a los que contestó con otros que pudieran reducirse al *mensajero soy, amigo; non merezco culpa, non.* Vaya usted apuntando.

Nuestro capitán general no está, como diría cualquier periódico, a la altura de las circunstancias. Es Van-Halen gran soldado y caballero intachable; pero no parece haberse hecho cargo aún de la humillación que han sufrido sus tropas. Más que el restablecimiento de la normalidad, le inquieta el deseo de no producir mayores estragos, y sueña con que las componendas y los tratos honrosos entre Gobierno y sublevados den solución al conflicto. No ha muchos días subió a Montjuich, desde donde truena con timidez e inoportunidad: tronando antes con fuerza, se habrían evitado tantos desastres. Cada vez que el fiero Montjuich dice alguna cuchufleta a la ciudad que a sus plantas mora, me acuerdo de usted, señor don Serafín, porque al disparo responde acá con su grave son la señora *Tomasa,* en la torre de la Catedral, y al oírla me viene a la memoria lo que usted me ha contado de su infantil diversión con otros chicuelos, también sobrinos de canónigo, y me parece que les veo asaltando la torre de la Catedral y sobornando al campanero para que les dejara tocar, y a usted, más travieso que los demás, imponiendo su predilección por tirar del badajo de la *Tomasa.*

El barrio en que vivimos parece, hasta hoy, protegido por una deidad benéfica, y en él no se han visto escenas de sangre y duelo. Mi gusto de la arqueología y los honores que hago a esta ciencia, más como aficionado devoto que como conocedor inteligente, me ligan a este rincón histórico, que es mi encanto y el único solaz de mis horas tristes: por un lado tengo a la Catedral, de imponente y severa hermosura; a esta otra parte, la plaza del Rey, con el Palacio mayor y la capilla, donde duermen tantas grandezas. Lo que hablan estas piedras pardas y el silencioso ambiente que las circunda, mejor lo sabe usted que yo, investigador de las edades gloriosas de esta ciudad y de los culminantes hechos de condes y Reyes.

Pero no es ésta la mejor ocasión para los éxtasis arqueológicos, amigo mío; que *la Tomasa sona*, y al oírla vuelvo a mis cuidados de cronista. El miedo a un bombardeo de Van-Halen y a otro del propio don Baldomero, que se da por seguro, ha traído la deserción de todo el vecindario rico. Los caminos que parten de Barcelona por el Norte y por el Sur no tienen espacio para tanta familia fugitiva. Nosotros, si ello no se arregla antes de la venida del Regente, nos iremos a San Feliú de Llobregat, donde nos brinda con espléndido hospedaje nuestro amigo el beato don Magín Cornellá.

Jueves.

Ya tenemos nueva Junta, en sustitución del areópago de Carsy, quien se ha visto obligado a ceder el puesto a lo mejorcito de la ciudad. Ya ésta respira; en la Junta nueva tiene usted a los Xifré y a los Güell, a los Maluquer y Badía, a los Codina y Arola, personas de fuste, entre las cuales hay no pocos amigos de usted, y alguno que en sus mocedades le acompañó a tocar la *Tomasa*. Renuévanse las negociaciones, y con ellas la esperanza de que este inmenso lío se arregle por buenas. De muchos sé que si pudieran desbaratar lo hecho, de buen grado volverían al estado anterior al día 15. Muchos liberales, ricos de origen plebeyo, ayudaron a los milicianos y a Carsy por miedo a la solución arancelaria en sentido de favorecer los intereses británicos; pero ya están convencidos de su error, y deploran haber caído en la red que la sagacidad moderada les tendió, presentando en su prensa el problema algodonero con evidente perfidia. Pero estos *pobres ricos* son la mayor calamidad presente, pues la fe en el sistema liberal se les va mermando en proporción del crecimiento de su peculio, y cuando llegan a poseer millones, ya están en plena desconfianza de la idea, temerosos de que los revolucionarios vengan a quitarles el dinero. Los menos peligrosos de estos señores son los que se cruzan de brazos, entregándose a una neutralidad estéril, sin conservar de liberales más que el vano formulismo y un retrato de Espartero en cualquier aposento de sus casas; los verdaderamente dañosos son los que, en el retroceso que su miedo les impone, no paran hasta tropezar con los arrimados a la Iglesia, y ya les tenemos de manos a boca con la hermandad carlista. El clero, bien lo sabe usted mejor que nadie, recibe con toda clase de carantoñas a estos asustadicos de la idea liberal, que reculan con las talegas a la espalda, y congregándoles junto a sí, les ofrecen cuantos remedios espirituales creen necesarios para la tranquilidad de sus conciencias.

Pues bien: estos liberales de poca fe han contribuido también al enaltecimiento de Carsy, aunque no tanto como los carlistas: aquéllos lo hacían por inocencia, éstos por remover el país, a ver si en una de las vueltas salía otra vez del montón la cara de Carlos V. Unos y otros, incluidos por los beatos, han venido a concordar en un orden de pensamientos que me apresuro a manifestar a usted para su satisfacción. Lo primero: quitar de en medio al Regente *ayacucho,* pues bien se ha visto que no sirve para nada; lo segundo: creación de nueva Regencia, que ha de ser triple; lo tercero y principal, para en su día: casamiento de Isabel II con el hijo de don Carlos, y ya tenemos paz duradera. Luis Felipe prestaría su apoyo a la reconciliación de las dos ramas, siempre que a él le dieran la princesita Luisa Fernanda para uno de sus hijos. Siga usted apuntando...

Lunes.

¿Pero no sabe usted, señor don Serafín, con lo que salimos ahora? La Junta de *respetables,* de que hablábamos ayer, digo, la semana pasada, no ha tenido valor para hacer frente a la situación. ¿Ve usted lo que le he dicho de la timidez y egoísmo de estos ricachos? ¡Qué idea tendrán de la ciudadanía que pretenden ilustrar con sus nombres, y qué casta de amor será el suyo al pueblo en que han labrado su riqueza!

Continuadas las tentativas de arreglo con Van-Halen, ni éste cedía un ápice de sus exigencias, ni los otros aumentaban el canto de un duro en sus concesiones. La Milicia no quería desarmarse, cosa muy natural, y a mayor abundamiento, el bueno de Carsy y sus compinches formaban tres batallones más, con lo peor de cada casa. A esta nueva fuerza dieron sus fundadores el nombre de *Tiradores de la Patria;* el vulgo la llamó *Patulea,* y por *patuleos* respondían los nuevos nacionales, sin ofenderse del tratamiento ni pretender que se lo apearan. Pues aun con esta gentuza anduvo el capitán general en dimes y diretes, sin decidirse a pegar de firme. En fin, mi querido Socobio, por no cansar a usted con esta menguada historia, que parece el cuento del paso de las cabras, le diré que en pocos días han sucedido Juntas a Juntas. Primero tuvimos la llamada de los *Veinticinco,* que fue un relámpago; luego, la de los *Veintiuno,* que también pasó como las rosas; y vino al fin la de los *Diez,* que hubo de cuajar, ¡gracias a Dios!, y si no hizo todo lo que debía para llegar a la inteligencia con Van-Halen, consiguió matar en flor las glorias de la *Patulea.* Desarmada ésta, el amigo Carsy se vio solo y sin defensa; y rota en sus manos la estaca de la vil dictadura, fue a esconderse a bordo del bergantín francés *Meleagro,* donde como a buen amigo le acogieron. Apunte usted, *señor escribano.*

Miércoles.

Se aproxima el momento supremo, mi señor don Serafín. Tenemos a Espartero en puerta, decidido a que no se rían de él las *Juntas ricas,* ni las *Juntas pobres,* ni la caterva de *jamancios, tiradores* y *patuleas.* La Junta de los *Diez,* ahora de los *Once* por habérseles agregado Laureano Figuerola como secretario, vuelve del Cuartel general, donde Rodil les ha dicho que no cede sino ante el desarme total. Al notificarlo así a las Comisiones de nacionales, éstos ponen el grito en el Cielo, y declaran que antes que soltar las gloriosas armas, nos darán un nuevo *tableau* de Numancia, al mágico grito de *¡Honor catalán! ¡Patria y Libertad!*

¡Por Cristo, que nos vamos enmendando! Creíamos que expiraba la revolución, y hela aquí renaciendo con mayor vida y pujanza. Aún falta la situación culminante en estas populares tragedias: el manoteo y las coces de los más desalmados, sin ningún freno, grillete ni bozal. Sintetizo las ideas de mi crónica con este juicio, que no ha de ser grato al amigo Socobio: «Los descontentos de septiembre del 40, los vencidos de octubre del 41, la emigrada Majestad, inconsolable por su cesantía del poder, son los *empresarios* de este carnaval. El pueblo crédulo y sencillote, grotescamente engalanado con trapos y caretas republicanas, baila al son que le vienen cantando moderados y carlistas.» Ésta es la verdad, que sostengo sin temor a que ningún cristiano pueda rebatirla. El amigo Socobio dirá: «¿Y qué papel hacen en este sangriento carnaval los *caballeros del Progreso*, sus amigos de usted, señor don Fernando?» Sobreponiendo mi sinceridad y rectitud a todo sentimiento de compañerismo, contesto sin rebozo que si los *señores de la moderación* se han conducido desde que terminó la guerra como una cuadrilla de hipócritas y tunantes, los *caballeros del Progreso* están demostrando que son un hato de imbéciles.

XXVIII

Del mismo al mismo

San Feliú de Llobregat, diciembre.

Amigo mío: Aquí estamos ya sanos y salvos, con la pena de haber dejado a la bella Barcelona en las bestiales manos del motín. La última extracción de revoltosos se ha echado de jefe a un vendedor ambulante de perfumería llamado Crispín Gaviria, el cual debe de ser hombre para un fregado como para un barrido. Se pasa el día redactando bandos terroríficos, que son fijados en las esquinas por sus agentes, a los cuales precede un pelotón de tropa tan heterogénea en el vestir como en las armas que lleva. Unos van con morrión y otros con barretina o pañuelo; éste lleva zamarra y trabuco; aquél levita, fusil y pistolas. En los bandos se conmina con pena de muerte al que no se presente con armas al toque de generala; la menor falta se castiga con cuatro tiros, como medida preventiva, y para sufragar los gastos de la defensa de la ciudad decretase la *ocupación* de bienes de todos los que, habiéndose ausentado, no acudan prontito al llamamiento de don Crispín.

El vecindario huye despavorido. Centenares de nacionales esconden las armas y se escapan como pueden, por mar o por tierra. Los *jamancios* y *patuleos,* desarmados por los *Diez,* y armados de nuevo por organización espontánea, se constituyen en cuadrillas de vario contingente, dedicándose a cobrar la salida de los que huyen. Familias enteras son despojadas de cuanto tienen, hasta de la ropa, en el momento de embarcarse. En tanto que en el puerto y en las salidas de la ciudad unas *secciones* de *Tiradores intervienen* la emigración, otras recorren los barrios céntricos y comerciales *tomando nota* de existencia metálica, o *recaudando* lo que la *Patulea* necesita para dejar bien puesto su honor en aquel lance. Algo de esto vi, señor don Serafín, y algo me han contado, que no repito para que no diga usted que recargo la pintura con fuertes brochazos y tintas chillonas.

Esperábanos ya en San Feliú nuestro generoso castellano don Magín, y por cierto que su primera conversación conmigo fue un tanto resbaladiza, y me faltó poco para quebrantar las leyes de hospitalidad contestando a sus sandeces con los puños antes que con la boca. ¿Pues no se condolía del anunciado bombardeo, calificándolo de bárbaro, de inaudito y criminal? Y dos clérigos allí presentes, cruzando las manos y arqueando las cejas con hipócrita sentimentalismo, también dijeron pestes de Espartero porque bombardeaba, y le llamaron Tamerlán, Atila, azote de Dios y otros hinchados disparates. Con lo nervioso que yo estaba, bastaron los ridículos enternecimientos de Cornellá y el farisaísmo de sus amigos para que me volara. ¡Qué oportuna estuvo mi madre al contener con una mirada y un gesto la rabia que me enardecía! Tan solo les dije: «¿Pero qué quieren ustedes? ¿que deje a los *patuleos* en plena posesión de la ciudad, y encima les mande raciones de chocolate de Astorga?...» En fin, mi madre no me dejó seguir, y se restableció la concordia, conteniéndome yo dentro de las reglas de la más elemental urbanidad.

Desde San Feliú veíamos las tropas de Espartero en Esplugas, y el avance de los convoyes de provisiones hacia la eminencia de Montjuich. Hubiera sido muy de mi agrado llegarme allá para ver a Espartero y hablar con él; pero no quise hacer ostentación de mis concomitancias *ayacuchas,* y empleaba las horas de aquel destierro paseando con los curas amigos de Cornellá y míos, uno de los cuales era ilustradísimo, de buena sombra y un tantico maleante; el otro cerril y tozudo, con un acento catalán tan gordo y áspero, que me costaba trabajo entenderle cuando llenaba su boca de palabras castellanas, como si la llenara de sopas calientes. No me causó sorpresa oírles hablar con hiperbólica admiración de los clérigos regulares de San Quirico, poniendo en los cuernos de la Luna su prodigiosa sabiduría y la austeridad de su regla...

Ha pasado un día. Continúo con la noticia de que en el actual momento, que señalará la Historia, ha comenzado el bombardeo, amigo don Serafín...

¡Pobre Barcelona! Lo digo por las casas, pues todos los habitantes dignos de consideración se hallan fuera de aquellos profanados muros. A las once y media largó el duque los primeros confites: la función, mirada solo como espectáculo, resulta bonita desde esta planicie del Llobregat. Se ve admirablemente la línea parabólica que trazan los proyectiles, y la caída de éstos en la infortunada plaza. Se me figura que Espartero bombardea con miramiento y pulso, procurando hacer el menor daño posible, en espera de que don Crispín pida misericordia. Corren aquí voces de que los nacionales que salieron de la plaza y gran número de vecinos honrados darán seguridades al Regente de que la plaza se rendirá esta noche, y en caso contrario, ofrécense todos, en unión de la tropa que ha traído Su Alteza, a forzar las entradas de la ciudad... Dios quiera que todo esto sea cierto. Dícenme además que una nueva Junta de *respetables* ha surgido ayer, y que en ella figuran su amigo de usted y mío don Antonio Mas y Brugada, y el *simpaticone* Ramoneda... El duque ha trasladado su Cuartel general de Esplugas a Sarriá, donde esperan verle los nuevos junteros y acordar con él la salvación de Barcelona. Dios ponga tiento en sus manos, y a todos les ilumine, para que veamos pronto el término de estas aflicciones y respiremos el dulce aire de la paz.

A media noche termino ésta, mi buen don Serafín, con la noticia de que ha cesado el fuego. Montjuich, desarrugando el ceño torvo y conteniendo el resoplido ardiente, mira compasivo a su esposa, y una vez aplicados los palos que su decoro de marido exigía, parece que examina y cuenta los cardenales que le ha hecho, y le recomienda que se los cure pronto para que luzca en toda su hermosura. «Ráscate un poco y ponte unas compresas, que eso no es nada —le dice—. *De tant que t' estimo t' punyego.*» Es opinión general que mañana entrará Van-Halen en Barcelona, y que terminado el imperio de *jamancios* y *patuleos,* volverán las cosas a su antiguo ser y estado, con los quebrantos y rencores que son infalible secuela de estos sacudimientos. En Esplugas, adonde fui al anochecer con los cleriguitos que se dignan acompañarme, he adquirido noticias del próximo desenlace de la tragedia. Espartero cree haber cumplido con su deber, como jefe del Ejército y del Estado, y su conciencia no le acusa de crueldad; antes bien, estima que se ha mantenido en la justa medida del rigor que las circunstancias hacían indispensable. No me lo ha dicho Su Alteza, pues no he tenido el honor de hablarle; pero conozco su pensamiento por referencias del coronel don Felipe Navascués, amigo, según me ha dicho, y que desde esta noche lo será mío. Usted, que le conoce, comprenderá la prontitud campechana con que se ha manifestado en los dos la corriente de simpatía, y cuán de mi agrado es, singularmente, el carácter abierto y leal de este noble hijo de Navarra. No hacía un cuarto de hora que nos habíamos ofrecido amistad, y ya me brindaba su cooperación para cualquier barrabasada que yo le propusiera, añadiendo que mayor sería su gusto cuanto más atrevido y extravagante fuese lo que juntos acometiéramos. No es fácil que usted me entienda, ni ha llegado la ocasión de que yo le hable con más claridad. Por mi conducto, mi flamante amigote Navascués le manda a usted sus recuerdos con toda la ruidosa vehemencia y toda la incorrección que gastar suele.

Un día más. Desmedidas alabanzas me han hecho mis cleriguitos de la piedad y virtud de don Magín Cornellá, añadiendo en loor suyo que es una de las más firmes columnas de la *Instrucción Cristiana,* y el protector más ardiente de San Quirico. Su ejemplo me ha contagiado de tal modo, que no he querido ser menos que él; y aquí me tiene usted, mi señor don Serafín, arrimando el hombro a la Congregación para sostenerla en sus necesidades y ayudarla en el cumplimiento de sus altos fines. A más de llevar mi óbolo modesto al cepillo de la *Instrucción,* he querido significar a los padres mi simpatía con el regalo de un cáliz de plata sobredorada y de un terno completo para misa de tres en ringla; por fin, sabedor de que no rebosaban de provisiones las despensas de Papiol, heme permitido mandar allá cuatro celemines de garbanzos, tres de judías y dos arrobas del delicioso vino blanco de Sitges.

Ya le veo a usted sonreír, ¡oh espejo de los ladinos!, don Serafín de Socobio... Pero no dudo que al fin hará justicia a la bondad de mis intentos, conservándome su preciosa confianza y mandando la bendición a su constante amigo —*Calpena.*

XXIX

De don Fernando a Demetria
Molins de Rey, diciembre.

Maestra: ¿Cómo escribe un hombre a su mujer cuando de un lado le tiran el deseo y la obligación de la carta, y de otro los graves quehaceres que impiden coger la pluma? Pues garabatea lo sustancial en cuatro términos rapidísimos, y si la señora se amosca, que se amosque. El tiempo me apremia; las horas se me escapan... Atajo unos minutos para decirte que, apenas franqueadas las puertas de la ciudad, fui a Barcelona con mi madre, a quien dejé instalada en nuestra casa, gozando de cabal salud. Dios se la conserve. Digo también, con la debida celeridad, que sin perder horas me vine a Esplugas, donde vi a Espartero, y hablamos... Naturalmente, de política, declarándome yo el más férvido de los *ayacuchos;* de Esplugas víneme a Molins de Rey, donde estoy... ¡Ah!, se me olvidaba decirte que me traje a Sabas y a Urrea, y a seis hombres más, a quienes tengo por descendientes de los almogávares que fueron a Constantinopla; tan decididos y arrogantes son, ávidos de gloria, de... Toda mi gente es de a caballo, y como material caballeresco me traigo un coche, un carro, un arsenal de magníficas armas... ¿y qué más?

¿Qué más?... Trae un formidable caudal de esperanzas tu caballero —*F.*

Del mismo a la misma

Esparraguera, diciembre.

Mujer: Tampoco en ésta puedo escribirte largo. Con palabra concisa, ¡aleluya mil veces!, te referiré los hechos grandes.

Recibieron hoy los benditos padres de San Quirico una orden del comandante de la fuerza estacionada en Molins de Rey, reclamando, de parte del coronel de Zamora, al coronel retirado don Santiago Ibero para que prestara declaración en una causa militar... ¿Te interesa saber qué causa era ésta, y de qué formas se había revestido la donosa impostura? No te interesa... Ni a mí tampoco. Naturalmente, el portero de San Quirico despidió con cara de palo al mensajero de la Orden, y tres horas después vimos llegar al mismo portón un piquete de soldados con instrucciones tan fieramente ejecutivas, que toda la Congregación anduvo de coronilla, como si ardiera la santa casa por los cuatro costados. Salió el Rector echando venablos; más gordos los echó el teniente; protestó el primero de que la Congregación no era facciosa, ni allí se había conspirado nunca contra el *Progreso* ni contra nada; formuló el militar el tercer apercibimiento, declarando que no valían excusas, y que, o se le entregaba por la buena la persona del señor coronel retirado, o él entre bayonetas la sacaría... y todo esto pronto, pronto, que no iba el hombre dispuesto a gastar tiempo y saliva en ociosas discusiones.

Vieras una hora después al amigo Ibero, entre dos padres, avanzar hacia Molins de Rey a buen paso, conducidos por el piquete como criminales, y viérasme a mí y a Navascués salirles al encuentro en una arboleda situada entre el canal y el río. Se les mandó hacer alto para que tomaran un refrigerio que apercibido tenían mis almogávares; mas no quisieron los curas refrescar, expresando su enojo con displicentes excusas. Llevome Navascués a lo más umbroso de la olmeda, y con donaire socarrón, que no olvidaré nunca, me dijo: «He visto en mi vida, no corta, todas las clases de raptos que a mi entender podían existir. Yo mismo robé a una doncella esquiva el año 32, cuando fuimos a la persecución de bandoleros en la serranía de Ronda; vi en Navarra el hurto de una casada tierna que quería cambiar de dueño, y presencié el rapto de una viuda entrada en años, allá por las Cinco Villas de Aragón; he visto robar niños, por piques entre padres y abuelos; he visto afanar ganado y gallinas; pero no he visto jamás robar un cura, y esto lo veré ahora, que es caso de grande novedad e interés.» Respondile que no era sacerdote el caballero sacado de los claustros de Papiol, pues si lo fuera no osara yo cometer pecado tan feo como es el de poner mis manos en persona sagrada. No hacía más que llevármele conmigo lejos de la influencia de los padres, para examinarle a mis anchas el espíritu y la conciencia, y ver si en efecto... No me dejó acabar, y echándose a reír me dijo que le parecía de perlas mi determinación, y que ansioso estaba de ver cómo me desenvolvía yo de aquel delicado negocio. Su mayor gusto sería ponerse a mi lado hasta el fin de la empresa, proporcionándome un rapto sacrílego de los más leves, con ayuda de tropa. Pero esto no podía ser, ni sus deseos de servirme le permitían mayor transgresión de sus deberes. Ya el Ejército me había dado todo el apoyo que podía: en lo restante arreglárame yo como Dios me diese a entender, y él esperaba la función para verla y gozarla desde la barrera. A esto respondí que con lo hecho en favor de mi causa me bastaba, y ya no quería más. Dándole las gracias, le indiqué que podía mandar que se retirase la tropa si era su gusto.

Pasado un rato, y cuando los soldados se perdieron de vista, llegáronse a mí los dos padres que acompañaban a Ibero, y he aquí que me dicen: «¿Se servirá usted explicarnos, caballero, si esta farsa ha concluido y podemos retirarnos?...» Respondí que podían regresar a Papiol, si gustaban; y agarrando a Ibero por un brazo y haciéndole dar un violento paso hacia mí, dije en alta voz, para que los tres se enteraran bien: «Los señores curas se vuelven a su casa, y este caballero seglar se vendrá conmigo.» Desprendiéndose de mi mano, Santiago puso el rostro fiero, y con voz turbada declaró que no me seguiría como no le llevaran a rastras. «No te llevaré a rastras, sino en un buen coche que para el caso traigo. Y no te valen protestas, Santiago, ni has de pensar en una resistencia que habría de ser inútil. Tú me conoces: he dicho que te llevaré conmigo, y con decirlo dos veces basta para que no dudes de que conmigo irás.» Como ni aun con esto cediera, tuve que subir un poquito el tono: «Teniendo yo la fuerza necesaria para cargar contigo, quiéraslo o no lo quieras, no necesitaré usar de mi superioridad; que no es de caballeros amenazar con el rigor de las armas a hombres indefensos. Pero si necesario fuese apelar a este recurso, por mí no queda... Los señores sacerdotes, que merecen todo mi respeto, pueden irse cuando gusten o quedarse aquí. Tú, Santiago, eres mío, y si no puedo llevarte vivo, entiende que muerto te llevaré.

—¿Y quién te ha dado esa comisión? —dijo el *ángel negro* con más estupor que furia.

Por un momento no supe qué contestarle. Salí del paso con esta respuesta, que luego tuve por inspirada: «¿Quién me ha dado esa comisión? Pues el juez que ha de juzgarte, Santiago...»

Meternos en disputas habría sido quitar a la acción toda su fuerza. «Ahí tienes el coche —dije a Santiago—. Entra en él sin chistar, y entiende que al menor asomo de resistencia, entrarás atado de pies y manos. Escoge lo que más te agrade.»

Miró Santiago en derredor suyo, y viendo que había gente sobrada para realizar mi amenaza, se metió en el coche con rápido impulso, gruñendo: «Contra la fuerza bruta, ¿qué puedo yo? Hazaña es ésta, señor don Fernando, sin maldita gracia, y más propia de bandidos que de caballeros.» Los sacerdotes apoyaron con timidez esta airosa protesta. «Júzguenme como quieran», —repliqué yo, más atento al fin que a los medios, y entré en el coche. Desde la ventanilla me despedí de los padres, diciéndoles que a pesar de aquel desafuero no les quería mal, y que la Congregación tendría siempre en mí un diligente protector y amigo. Di la voz de arrear de firme, y con bullanga partieron coche y galera, y los almogávares de a caballo. Alejándonos a toda carrera camino del puente, vi a los dos pobres clérigos como estatuas, no recobrados aún de su estupor medroso.

Pasado el Llobregat al caer de la tarde, seguimos por el camino real sin ningún obstáculo, llamando excesivamente la atención de los payeses de aquellas aldeas, que, picados de curiosidad, nos seguían con los ojos. Parecíamos viajeros de otra edad, señores que caminaban con séquito por país infestado de ladrones, o cuadrilleros que conducían un preso de alta categoría. No tengo espacio para contarte lo que hablamos Santiago y yo desde la captura hasta que llegamos a este pueblo. Ello ha sido como los primeros saludos de arañazos y golpes entre la fiera y el hombre, cuando en la jaula se ven juntos y alargan la una su garra, el otro su mano. Ya lo sabrás cuando a la conversación de hoy pueda añadir otras de más sustanciosa miga.

Diera yo, cara esposa mía, mi mejor caballo por saber ahora qué te ha parecido la forma y los accidentes del rapto cuasi sacrílego que acabas de leer. Pensarás quizás que mi hazaña carece de mérito y no debe ser anotada en los anales de la caballería. Disponiendo yo de la fuerza con exceso, vine a ser un atropellador vulgar, un señorito pudiente de los que con dinero y buenas amistades imponen su capricho a los que de aquellos resortes están privados. No me alabo del lance ni de él abomino, reservándome la crítica para cuando se haga el integral juicio de mi *séptimo trabajo,* y puedan verse con claridad los afanes y atrevimientos, las sutilezas diplomáticas y los guerreros lances que han de componerlo. Si es hazaña o no es hazaña lo del robo de cura, luego lo veremos, pues se han de juzgar los hechos por los beneficios que producen, y no es justo que maldigamos los medios cuando bendecimos los fines. Doctrina corriente es ésta en nuestra edad, y ya sabemos la fuerza que traen las doctrinas que por lo extendidas debiéramos llamar atmosféricas. La caballería misma, con ser un organismo tan libre y autonómico, en cada época se acomoda al suelo, al ambiente y a la reinante constitución moral.

A ti, que eres mi conciencia y la luz de mi alma, te digo que el acto de arrancar a Santiago de la *Instrucción Cristiana* no fue un producto espontáneo de esta pobre cabeza mía: me lo inspiró la misma sociedad en que vivimos, y el espectáculo de las violencias a mansalva y de los procederes autoritarios que aquí emplean los hombres para conseguir sus fines. No habría hecho yo lo que hice si la revolución de Barcelona no me hubiese dado ejemplos y enseñanzas de persuasión irresistible. He visto a los poderosos, que ambicionan recobrar el mando que perdieron, emplear la corrupción para ganar a los venales, y la brutalidad para sojuzgar a los incorruptibles; he visto que la ley no es nada, que de ella se burlan los institutos armados como los magnates del orden civil, y que solo la fuerza y el compadrazgo hacen el papel tutelar que a las leyes corresponde. El que dispone de un poco de fuerza y de la firme adhesión de unos cuantos amigos a quienes halaga y sostiene con obsequios o favores, lo tiene todo, y puede burlarse del derecho ajeno. He visto también a los poderosos que mandan permitir mil atropellos por sostenerse en el puesto de sus satisfechas ambiciones, y consentir la insolencia de los fuertes y el vejamen de los tímidos. Aquí tienes explicado el rapto de Ibero con la filosofía que aprendí en los nefandos motines de Barcelona. Y yo digo: si mis fines son honrados y nobles, ¿qué importa que me haya valido del engaño y la barbarie para realizarlos? ¡Qué sofisterías, dirás tú, se trae ahora mi caballero! Yo respondo, dulce mujer mía, que los que debemos al cielo una buena posición y un apoyo de amistades poderosas, resucitamos, sin quererlo, en nuestra edad de pólvora, las gracias y desgracias de la edad feudal; y naturalmente, al trasplantar la caballería, le imprimimos el carácter de la vida presente, de donde resulta que, teniendo los modernos adalides más afinidad y parentesco con los caciques de salvajes que con los Cides y Bernardos, la Orden que profesamos debe llamarse del *Caciquismo* antes que de la Caballería. En fin, ¡oh gran Demetria!, que de tejas abajo lo podremos todo, y si no somos felices, será porque de arriba nos venga la contraria.

Que me caigo de sueño... que no puedo más... que las letras que escribo me pinchan los ojos, como lluvia de alfileres... No suelto la pluma sin decirte que vamos bien, que puedes administrar una dosis prudente de esperanzas;

y a ti propia ¡oh dulzura y paz de mi vida! te administrarás los veinte mil abrazos, ni uno menos, que en esta carta te manda tu marido —*Fernando*.

XXX

Agotado, con la carta que antecede, el precioso archivo epistolar que a la narración con indudable ventaja sustituía, continúa el relato de los hechos, los cuales rigurosamente se ajustarán a los informes que de palabra y en notas ha transmitido el propio don Fernando a sus amigos, admiradores y paniaguados. Lo primero que debe decirse, tomando el hilo desde que salieron disparados por el camino real los salteadores y su presa, es que transcurrió más de un cuarto de hora sin que don Santiago y el señor de Calpena se dijeran una palabra. Miraba el uno al campo por el vidrio de la derecha, y el otro por el de la izquierda, viendo cómo se oscurecían los amenos campos al avanzar la noche, y cómo se desleían los risueños colores en las sombras opacas. Ibero exhaló un gran suspiro, como los de don Quijote cuando encantado le llevaban en el jaulón, y al oírle, arrancose don Fernando con estas palabras:

«Lo primero que has de decirme es la calidad de tu persona. ¿Cómo he de mirarte, como sacerdote o como caballero?»

Desdeñoso contestó Santiago que le mirase como quisiera, y picado el otro, agregó lo siguiente: «¿Es que has perdido la condición de caballero sin haber adquirido la de sacerdote? Seas lo que fueres, yo no he de soltarte; pero quiero saber si puedo contar con que llevo al lado mío a un caballero.

—Dame armas —replicó el otro—, y podré responderte mejor.

—Pues para eso mismo te lo preguntaba, para darte armas. Tú y yo tenemos que ajustar una cuenta y poner en claro un grave punto de honor. ¿Estás dispuesto a ello?

—¿A romperme el alma contigo? Sí, hombre: ahora mismo. Manda parar el coche. ¡Si habrás creído tú que Santiago Ibero, porque aprende para cura, no tiene ya el corazón donde antes lo tenía! No confundamos, señor mío, cosas con cosas. La religión es la religión, y el honor es el honor, y ningún hombre, aunque sea Papa, debe quedar mal cuando quieren atropellarle...

—Me alegro de oírte hablar del honor. Yo creí que con tantos rezos lo habías olvidado.

—Y te demostraré que es acción vil arrancar a un hombre de sus obligaciones, de sus compromisos y de la vida que es su mayor gusto... Manda, manda parar el coche.

—No, hijo: la satisfacción que tienes que darme, y ello será con las armas si en otra forma no recibo yo tus descargos, ha de ser en lugar y ocasión más oportunos. Por el momento, veo en los dos una gran desigualdad. Tú vienes solo; yo con mis criados. Abusaría de mis ventajas si en este momento saliéramos del coche para ponernos el uno frente al otro, pistola o sable en mano. Comprende que esto no puede ser.»

Ibero calló. Viéndole don Fernando en sombría taciturnidad, que no sabía si era meditación o rezo, no quiso interrumpirle. Llegados a Esparraguera, donde ya tenían apercibido alojamiento, por aviso enviado la noche anterior, tomaron algún descanso; mas éste había de ser corto, porque temía Calpena que los padres de la *Instrucción Cristiana* instigaran al alcalde de Papiol a tocar a somatén, y mandaran vecinos armados en persecución de los cazadores sacrílegos. Sabas, que venía a ser como un jefe de Estado mayor, puso centinelas en el camino con la consigna de avisar al menor ruido sospechoso, y esta previsión les permitió dedicar algunas horas a la cena y al sueño. Mientras todos juntos, caballeros y servidores, cenaban en una misma mesa, que tal confusión democrática era muy del gusto de don Fernando, no pudo éste sacar una palabra del cuerpo a su cautivo; pero notando que comía con gana y que no despreciaba ningún plato, señal de que no le agitaban escrúpulos de penitencia, se alegró mucho, y vio en ello un agüero felicísimo. De rato en rato, Ibero miraba de soslayo a su secuestrador, sin que este pudiera discernir si aquellas ojeadas eran de rencor o de miedo, o significaban un afecto tímido, de esos que no aciertan con la forma de revelarse. El cambio que la falta del bigote determinaba en el rostro del *ángel negro*, desorientó a Calpena en los estudios de la expresión fisonómica del cautivo. Por momentos creía que era un reverendo cura el que a su lado tenía. Aquella cara no era la otra, la del aguerrido y noble militar: mirarla era como leer un libro mal traducido de nuestro idioma a un idioma extranjero. Poco después de la cena, Ibero reposaba en un camastro y cogía fácilmente el sueño; Calpena escribía... De madrugada salieron en dirección de Igualada.

Desapareció el temor de que los vecinos de Papiol fueran en somatén tras de los fugitivos, y si ello por una parte tranquilizó al señor de Calpena, por otra le produjo un vislumbre de desilusión, pues ya se regocijaba imaginando la paliza que los suyos habrían de dar a los payeses, si en efecto hubieran salido a perseguirles. «Más adelante —decía ya lejos del pueblo—, será fácil que nos salgan moscones, y no me alegraré poco, pues habiéndome traído todo este aparato de fuerza ofensiva y defensiva, me gustaría tener ocasión de emplearla.» Cansado de la reclusión dentro del coche, dispuso que Sabas ocupara su puesto junto al cautivo, y él montó a caballo, marchando entre los jinetes hasta llegar a Igualada. Tampoco allí les ocurrió contratiempo alguno, fuera de los extremos de curiosidad de los vecinos, que al ver el lucido convoy y los coches, se agolpaban en calles y plazas para gozar de tan extraña y teatral caterva de viajantes. Mientras descansaban en la posada, presentose a don Fernando el alcalde con arrogancia de autoridad, y quiso saber qué significaban aquellos coches y aquellos bergantes armados. Mas el caballero, mostrándose altivo y sin ganas de explicaciones, exhibió pasaporte dado por el capitán general y un refrendo del cónsul de Francia, con lo cual se le bajó el copete al alcalde, que se ofreció a prestar al caballero cuantos servicios necesitara.

Ya le iban cargando al señor de Calpena las facilidades que en el desarrollo de su aventura se le presentaban, pues él quería que no fueran las cosas tan mansamente, sino que le salieran al encuentro peligros y obstáculos que afrontar, para que quedase bien probado su ánimo valeroso. «Donde menos se piense —decía— saltará la liebre. Tengo por cierto que los padres de la *Instrucción Cristiana* no me perdonan este bromazo; habrán llevado sus quejas al obispo, y éste, con perdón, habrá echado los pies por alto para que se me detenga. ¿Quién me asegura que por medio de las señas telegráficas de esas malditas torres no habrán avisado a Cervera o a Lérida, para que me corten el paso y me quiten el contrabando que llevo?» Díjole en esto Sabas que en la soledad y aburrimiento del coche había tirado de la lengua a don Santiago, el cual le manifestó su curiosidad vivísima de saber adónde le llevaban. El escudero no había contestado en concreto, alegando que no lo sabía. Luego nombró el cautivo a las niñas de Castro, preguntando si estaba concertado el casamiento de las dos o de una sola; y como Sabas le dijese que la señorita Gracia no quería que le hablasen de novios ni de casorios, pues había tomado en aborrecimiento a los hombres, don Santiago se puso a dar manotadas y a querer tirarse del coche, y afirmó que si el propósito de Calpena era llevarle a La Guardia, antes que consentir en ello se daría la muerte arrojándose en cualquier precipicio, o estrellándose la cabeza contra una piedra. Por la noche, haciendo alto en la *Venta del Violín,* Ibero dijo al capitán de la cuadrilla que bien podían en aquel lugar solitario solventar la cuestión de honra, internándose sin testigos en un bosque cercano, y rompiéndose tranquilamente la crisma, a la luz de la Luna, ya con pistolas, ya con sables.

«De buena gana lo haría —replicó don Fernando—, que se me hacen años los días que yo tarde en obligarte a confesar tu infamia. Pero es forzoso que esperemos a que te crezca el bigote, para que yo pueda verte en tu ser natural; que tal como estás apenas te reconozco, y si me bato contigo he de creer que me peleo con un cura, lo cual pugna con mis ideas religiosas y turba mi conciencia, como si cometiera un gran sacrilegio. No acabo de convencerme de que eres tú mi amigo Santiago, a quien tanto quise y estimé; ni he de darte la lección de honor mientras no pierdas ese aspecto de clerigacho, incompatible con toda virilidad y toda gallardía de hombre verdadero.»

Tembloroso y echando por los ojos lumbre, desahogo de su tremenda ira, dijo Ibero que los pelos de su cara pronto le crecerían, y que si tirando de los cañones con tenacillas pudiera él hacerlos salir y medrar más a priesa, lo haría, aunque la cara se le pusiera como la de un *Ecce homo.* Pidió luego que se le proporcionara un barbero, pues tenía ya barba de seis días, y afeitado todo el rostro, menos el labio superior, se iría señalando lentamente el bigote. Vino el barbero, y el hombre fue rapado como quiso. Ya se transparentaba el antiguo rostro sobre las sombras desvanecidas del cariz eclesiástico, y en cada parada pedía Ibero espejos donde mirarse y hacer examen atento de la gradual resurrección de su mostacho. Un día después, metidos los dos caballeros en el coche, entre Cervera y Bellpuig, habló el cautivo con mayor desembarazo, y todo lo que dijo se resume en esta manifestación de sus dudas: «Puesto que hemos de esperar a que yo me componga la cara para sacudirnos el polvo, mientras eso llega, bueno será que me des a conocer el punto de honor por que nos batiremos, pues en conciencia no te he causado a ti la menor ofensa; y si es que vienes por delegación de otras personas, sepa yo qué personas son y en qué las ofendí.

En este terreno quería verle don Fernando, y se agarró a la ocasión para sacar de ella todo el provecho posible. Díjole que no era propio de un caballero el acto de cortar sus honestas relaciones con la señorita de Castro, tan sin motivo ni oportunidad, constándole como le constaba el amor puro, la ardiente fe de la pobre niña. Se había conducido como un lacayo, como un hombre sin principios, como un rufián, y esto no podía quedar sin castigo. No tenían las señoritas de Castro en su familia un hombre a quien fiar el encargo de tomar reparación de tal agravio; pero concertada ya la unión de Demetria con don Fernando, éste se consideraba ya como de la familia, y su presunta mujer le había dado la misión de castigar la villana burla.

Oído esto por Ibero, se le inmutó el rostro, y con grave acento dijo al que fue su amigo: «Podrá la religión haberme desfigurado el rostro, el habla, los ademanes, la ropa; pero me ha traído un bien muy grande, y es que ha fortalecido mi conciencia, y me ha dado el valor de confesar mis faltas, mis yerros, mis delitos, si así quieres llamarlos. Todo lo que has dicho de mi infamia en el caso de Gracia es verdad: lo reconozco. No es esto motivo de batirnos, pues lo que llaman Juicio de Dios, cualquiera que fuese su resultado, a ti no te daría más razón contra mí, ni a mí me aliviaría del peso de mi culpa. Ya ves si soy sincero: confesado por mí el mal que hice, no veo motivo de riña en duelo, sino de castigo... Venga el castigo: yo lo acepto de Dios por ser Dios, y de ti por pertenecer ya, como dices, a la familia de Castro-Amézaga.»

Siguió a esto una pausa que bien podría llamarse solemne. Sintió don Fernando impulsos muy vivos de abrazar a su amigo; mas aún faltaban no pocas explicaciones para llegar a los actos de ternura. El primero que rompió el silencio fue Santiago, con estas palabras: «De ti recibiré el escarmiento. Puedes tomar una de dos determinaciones: o quitarme la vida, tirándome por una barranquera, para que no quede rastro de mí en los caminos, o mandarme otra vez a mi refugio de la *Instrucción Cristiana*... Con que ya lo sabes... O muerte o religión... que casi viene a ser lo mismo...» Tan confuso estaba el otro caballero, que tardó un mediano rato en contestar: «Pues digo que ni religión ni muerte, que son en verdad cosas bien distintas. Un verdadero creyente debe decir: «Religión, vida.» La muerte es el pecado, el deshonor... Por de pronto declárate mi esclavo, y yo haré de ti lo que crea más conveniente para tu alma, y para poder llevar a mi familia (por tal la tengo) las seguridades de que la injuria que le hiciste está ya desagraviada.» Llevó luego don Fernando la conversación a otros asuntos, queriendo asegurarse de la firmeza del juicio de su amigo, y oyéndole se confirmaba en que no padecía la menor alteración cerebral: el hombre deshecho se restauraba notoriamente en todo el esplendor de sus nobles cualidades.

Al salir de Bellpuig para Lérida, en una tarde serena y brumosa, dijo Ibero a su señor que le molestaba la inacción dentro del coche, y el entumecimiento producido por el frío. Desde que empezó la caminata, vivísimas ganas de montar a caballo le atormentaban. Si don Fernando no veía en ello inconveniente, permitiérale *echar una cana al aire,* cabalgando un buen trecho. Como acogiese el caballero con finas reservas la proposición, picose la dignidad del otro: Qué, ¿temes que me escape? Yo te doy mi palabra de honor de que no me separaré de la partida. ¿Crees en ella, crees en mi palabra?

—Creo en ella como en el Evangelio, Santiago, —dijo don Fernando con espontaneidad generosa; y al punto determinó que Ibero montara el caballo de Sabas, lo que fue tan grato para el cautivo, que se entretuvo un rato en hacer piruetas, maravillando a todos con sus destrezas en la equitación. Era un chiquillo a quien devuelven el juguete de que ha sido privado en castigo de sus travesuras. No cabía en su pellejo de orgullo y alegría, y se recreaba en ver cómo iban acentuándose los signos de su resurrección.

XXXI

Distraídos en vago coloquio, marchaban los dos caballeros a vanguardia de la escolta y coches, conservando distancia como de medio tiro de fusil, y de improviso, por fácil transición, don Fernando fue a parar a lo siguiente: «No te valen tus artificios para desvirtuar tu historia en los últimos meses, Santiago. Es ridículo que con tantas reservas quieras tapar sucesos que casi son del dominio público. ¿Qué me das si te cuento todo el argumento del drama que te ha traído a esta situación, drama que tú creías desenlazado, y ahora resulta que vengo yo a ponerle un epílogo?... No me interrumpas, canastos, que no he de callar aunque me lo pidas de rodillas... A principios del 42, cuando volviste de Vitoria enfermo y medio trastornado de la impresión que te dejó el fusilamiento de tu amigo Montes de Oca, fuiste a caer de nuevo en la jurisdicción de la Milagro, a quien encontraste hecha una santa, deteriorada su belleza con el llorar continuo, y no pensando más que en soledades, amarguras y penitencias. No tardaste en hacerle el dúo, que nada es tan contagioso como estas enfermedades de la sanidad en las almas apasionadas y soñadoras. Pero el diablo, que con más diligencia se mete allí donde no le llaman, se metió entre vosotros, y tanto hizo el maldito, que de la noche a la mañana, atizando candela en vuestros corazones, convirtió vuestro misticismo en amor, y he aquí que mis dos santos, Santiago y Rafaela, ven más fácil, cómodo y seguro irse derechos al matrimonio que a la canonización. Rafaelita era ya viuda.

—Te diré... Es preciso que comprendas...

—Cállate y déjame acabar. De aquella fecha data tu gran delito de despreciar a Gracia, y manifestárselo en una carta que fue como un rayo para la pobre niña...

—Pero has de añadir que yo... Escucha.

—Ya... ya veo por dónde quieres salir. Puede que estés en lo cierto si sostienes ahora que no habías dejado de querer a Gracia con puro, con ideal cariño; que tu apego a la Milagro era una fascinación, una... Palabras mil hay para expresar esto; pero me las callo ahora por no atormentarte. Doy de barato que así fue. Si pudo en ti la fascinación de Rafaela más que el amor dulce y honesto de la niña de Castro, probaste que eras un hombre sin consistencia ni reflexión, de sentimientos volubles, a merced del primero que llegara y los quisiera coger.

—Todas las cosas tienen su doble fondo, Fernando; yo te aseguro...

—No asegures nada, y convéncete de que, con doble o con sencillo fondo, no hay acción mala que no tenga su escarmiento, y el tuyo fue de los más salados. Al volver de Valencia, adonde te mandó Espartero con una engorrosa comisión, hallaste una novedad terrorífica: la *Perita en dulce* había catequizado en toda regla, para convertirle a la religión del matrimonio, al pobrecito Federico Nieto y Angulo: los muchachos de mi tiempo le llamábamos *Don Frenético*, y nadie le conoce en Madrid por otro nombre. Es un cuitado ese joven, honradote, de buena posición, elegante, con un barniz parisiense que le hace parecer lo que no es. Su carácter se pinta con decir que se dejó cazar con liga por la Milagro... Que ésta no tiene un pelo de tonta, bien a la vista está. La niña se pierde de vista: sabe hacer santos y maridos. Total: que a la semana de llegar tú a Madrid de la comisión de Valencia se casaron en tus barbas...

—¿Acabarás de una vez? —dijo Ibero nervioso, apretando las quijadas y haciendo encabritar al caballo.

—Ya concluyo. Tu desesperación fue un furibundo pataleo romántico. Dos caminos tenías: matarlos a los dos o hacerte clérigo. A ellos les convenía más lo segundo, naturalmente, y tú hacías una obra de caridad quitándote de en medio... Ignoro si sabes que *La Frenética* (nadie le quitará ya este nombre) se porta bien, y cuantos la conocen hoy elogian su buena conducta... ¿Quieres más noticias?

—No quiero sino que te calles —dijo Ibero marchando al paso—. Ya me está cargando tu demasiado conocimiento de esas miserias...

—El casorio de la *Perita* fue para ti como el canto del gallo para San Pedro: la voz de tu delito y el aviso de tu conciencia. Entonces te acordaste de la divina Gracia, a quien habías ofendido y negado, y dijiste...

—Yo no dije nada, Fernando.

—Dijiste... «Señor, que me trague la tierra, pues soy el mayor imbécil que criaste... Desprecié la vida por la muerte, y ahora...»

—¡Que no dije eso, hombre!...

—Pero ya no podías volverte atrás. Conocedor de tu falta, y teniéndola por irreparable, te condenaste al presidio de la vida eclesiástica, único reparo posible... Tu dignidad no te permitía volver el rostro hacia las niñas de Castro, porque te exponías a que la ofendida y su hermana te lo escupieran.

—Y habrían hecho muy bien —afirmó Santiago, acometido de una hilaridad que parecía epiléptica y que terminó con formidable terno.

—Huido, muerto de vergüenza, menospreciado de ti mismo, te retiraste a la *Instrucción Cristiana,* digno cementerio de tus despojos, pobre Santiago... Pero Dios tuvo piedad de ti, y no queriendo darte ni el amor ni la felicidad, porque nada de esto merecías, te dio una firme vocación, y con ella te salvaste, y con ella te redimiste... ¿Verdad que tu vocación es intensísima, irrevocable, arrebato ardiente del alma?...

—Si sabes que lo es —dijo Santiago displicente, casi grosero—, ¿para qué me lo preguntas?...

—Creo en tu inquebrantable unión con la Santa Iglesia, y porque la creo me determino a confiarte una idea mía, que creo será de tu agrado...»

En esto vieron aparecer por una revuelta del camino un grupo de gente, que no distinguían bien por haberse venido encima la noche, arrojando pesadas sombras sobre la tierra. Por el ruido, más que por la vista, se percataron de que eran militares, y detuvieron el paso, hasta que, viéndoseles ya cerca, oyeron el *quién vive*.

—*¡Ayacuchos!* —contestó don Fernando con firme voz. En este punto, el carruaje y coche con la escolta de almogávares avanzaban y detrás de los caballeros se detenían. Adelantose el jefe de la tropa, y dijo con sorna: ¿Con que *ayacuchos?* Ahora lo veremos. Eh... Registrarme pronto ese coche y toda la carga del carro.

—Mi coche y equipaje no se registran —dijo don Fernando con toda la serenidad del mundo.

—¿Que no se registran? ¿Y quién lo prohíbe?

—Yo... Lo más que puedo hacer en obsequio de usted es enseñarle el pasaporte y salvoconducto que llevo del general Van-Halen para viajar por estas tierras o por otras, en la forma que me dé la gana.

—Ya no es Van-Halen capitán general de Cataluña: lo es el general Seoane.

—Eso no quita validez a mis papeles.

—Ni a mí la facultad de hacer el registro. No es la primera vez que los contrabandistas que detengo contestan como usted: *¡Ayacuchos!,* creyendo que esa palabra es la bula de Meco.

—No traemos contrabando. Basta que yo lo diga —afirmó Calpena, parando el caballo al frente de los suyos, en actitud no muy tranquilizadora. Con rápida observación midió las fuerzas del adversario, que eran como de quince hombres; ávido de acometer algún lance peligroso que diera resonancia y honor a su *trabajo;* comparadas mentalmente sus fuerzas con las del enemigo, se determinó a sentarle la mano. Ya estaban en alto las armas, ya sonaban los primeros gritos de guerra, cuando con un fuerte bote de su caballo, se abalanzó Ibero, y encarándose con el oficial, le gritó: «Nicasio Pulpis, convenido de Vergara, hoy teniente de la primera división de Zurbano, mira lo que haces; respeta la dignidad de este caballero, pues de lo contrario yo, él y yo mejor dicho, con la gente que llevamos, os arrimaremos tan fuerte palizón, que de los hombres que mandas no quedará uno para contarlo.»

Conociole el oficial por la voz, y acercándose más para verle el rostro, rompió en esta exclamación: «Por los ajos de Corella, que o yo estoy loco, o es usted el coronel Ibero... En su cara encuentro una novedad... ¿El que veo es don Santiago, ri-Dios, o un cura que se le parece?

—¡Santiago soy, por los caños de Borja!

—Ahora recuerdo... Se dijo que entraba usted en el sacerdocio. ¿Es cura, ajo de Corella?

—No soy cura —contestó recordando un dicho baturro—, que soy hombre, *tan hombre como mi abuela, y eso que era mujerona, imaño!*»

Soltaron todos la risa, y ya nadie pensó en batirse. «Eche acá esos cinco, don Santiago —dijo Pulpis—, y dispénsenme todos.

—Este caballero es de los más ilustres del Reino, y ha obrado como tal oponiéndose a que le registres... Ya entiendo: estás en las columnas que persiguen el contrabando.

—Sí, señor; y no hay vida más perra que esta del resguardo. Don Martín nos tiene dicho que registremos a todo el mundo, sin exceptuar a obispos y monjas... Y son tan *mañeros* los contrabandistas de verdad, que cuando les echo el alto, responden: *¡Ayacuchos!* Han tomado ese tranquillo... *¡mañeros!*

—Ya que somos amigos —declaró don Fernando—, diré al señor Pulpis que me dispense si tomé tan a lo vivo lo del registro. No llevo ni una brizna de contrabando. Si quiere volver atrás, pues la noche viene fría y Lérida no debe de estar lejos, le convido a que allá refresquemos todos, su tropa y la mía, y charlemos un rato.»

Agradeció Pulpis la fineza; mas no pudo aceptarla, pues tenía órdenes de pernoctar en Bel-lloc, que solo distaba ya media legua. De nuevo apretó las manos de Santiago, diciendo: «Me alegro de que no sea usted cura, mi coronel. Ya sus amigos le hacíamos obispo lo menos»; y con estas y otras expresiones de cordialidad se despidieron, y cada cual tomó su camino, siguiendo don Fernando y su gente hacia Lérida, que solo legua y media distaba ya.

El frío arreciaba espantosamente, anunciando nevada próxima, y los dos caballeros buscaron el abrigo del coche, donde continuaron la conversación que el encuentro con Pulpis habíales interrumpido en lo más interesante.

—Está de Dios —dijo Calpena—, que resulten fallidos mis deseos de armar camorra con alguien en estos caminos.

—A mí también me pide el cuerpo un poco de jarana. No sé qué tengo... Me pegaría con el primero que en algo me contradijese... Pero vamos a lo nuestro. Cuando apareció la fuerza de Pulpis decías que ibas a revelarme el porqué de esta situación mía, en conformidad de prisionero, de loco o de encantado...

—A eso voy. Convencido de que tu vocación es inquebrantable, no siendo ya posible que yo te pida la reparación consabida, porque sería someter a prueba muy dura tu conciencia, se me ocurre que debo llevarte conmigo a La Guardia, adonde yo voy...

—¡Fernando!... ¡Por los ajos de Cristo... O de Corella!... —exclamó Ibero desconcertado y casi furioso—. No me hables de que yo vaya a La Guardia, pues desde ahora te digo que solo haciéndome picadillo podrías llevarme... ¡En La Guardia yo! ¿Crees que he perdido la vergüenza? ¿Crees que esta cara puede presentarse allí sin que se vuelva una máscara de fuego?... Tú estás demente o quieres martirizarme.

—Déjame seguir, hombre, y no te sulfures. Cierto que si las cosas estuvieran allá como tú supones, razón habría para que antes te arrancaras los ojos que mirar con ellos a las niñas de Castro. Pero verás lo que pasa: Gracia padeció grandes amarguras por tu desprecio; vino tras el dolor la resignación, luego el olvido de tu falta... Tanto ella como su hermana recibieron de Dios la facultad de ahogar los agravios en el perdón, que es gran virtud. Pero hay más: pasados meses desde el día terrible en que la heriste, la infeliz joven comenzó a sentir anhelos de vida religiosa, y esto fue ganando tal espacio en su espíritu, que rápidamente llegó a la más pura exaltación de la piedad. El mundo había concluido para ella. Dios la llamaba, ofreciéndole el consuelo único, que es la verdad eterna. Ya la tienes en brazos de Dios, o poco menos, porque todo lo ha dispuesto para entrar en las Huelgas de

Burgos, y solo espera mi llegada para despedirse de la familia y realizar su santo propósito. Su fe es tan ardiente y viva, que cuantos la oyen se quedan maravillados, y creo que si estuviéramos en otros tiempos, la canonización de Gracia sería segura. Hasta se ha dicho que hace milagros, y Navarridas lo asegura y da testimonio de ellos. Yo, la verdad, no los he visto; pero me inclino a creer que algo hay...

—Pues yo —dijo Ibero turbado, inquietísimo—, no los creería mientras no los viera... Por lo demás, siempre tuve a Gracia por criatura celestial, más digna de Dios que del hombre.

—A eso voy... Ha sido un gran bien que dejaras a Gracia, para que así luzca más espléndidamente su excelsa virtud. Yo me la figuro como otra mujer cualquiera, casada, cargada de chiquillos, y ya no es la hermosa figura de santa que ahora nos causa tanto asombro. Conviene, pues, que vengas conmigo, y así se cumplen dos elevados objetos: que tú admires su mística perfección, y que ella se extasíe en admirar la tuya. Sois tal para cual, dos nobles espíritus purificados por la adversidad, que derramarán uno sobre otro la luz que han recibido...

—Voy creyendo —dijo Santiago, descompuesto y nervioso—, que te burlas de mí, y esto no lo tolero, Fernando, no lo tolero... ¡Por los ajos de... por Dios, no abuses...» Me robaste, me traes aquí prisionero, y encima te chanceas...!

—Si no es burla, tonto... Te digo la verdad. ¿Y no sería el más bello complemento del cuadro que tú cantaras misa en Burgos el mismo día de la profesión de Gracia, y que...?

—¡Que te calles! —gritó Ibero furioso, abriendo la portezuela—. Que te calles, o me tiro al camino para que las ruedas me pasen por el cuerpo y me acaben de una vez... Yo no voy a La Guardia... Me llevarás muerto; vivo, no... Si profesa, buen provecho le haga... Suéltame, Fernando; suéltame, por Dios, y déjame volver con los *mañeros* padres... Eso si no quieres matarme aquí mismo, que sería lo más cristiano, lo más humano...

XXXII

La entrada en Lérida puso fin por el momento a esta conversación; mas no creyendo don Fernando bien apurado el tema, mientras cenaban volvió a la carga de esta forma: «Esa vergüenza que de ir a La Guardia sientes ahora, se te irá disipando en el curso de este largo viaje... Y como no me parece natural ni decente que a la que fue tu señora, y ya lo es de Dios y hermana de los ángeles, te presentes en una facha impropia de tu nuevo estado, conviene que pongas fin al crecimiento del bigote. Ni tú lo necesitas ya para presumir de caballero militar, ni yo para verte cara de varón y figurarme que podemos batirnos. Ya no hay duelo... Mañana vendrá el maestro rapista para que te afeite toda la cara, dejándote como un canónigo.»

Nada respondió el cautivo, contentándose con echar a su amigo miradas fulminantes. A la mañana siguiente subió el barbero a la estancia donde Santiago dormía, y a poco le vieron bajar despavorido y dando voces. El *señor aclerigado* le había despedido como a los ladrones, amenazándole con tirarle por las escaleras si no desfilaba pronto. Entró don Fernando temiendo por la salud de su prisionero, y le halló muy destemplado y con cara de insomnio. Había pasado una noche cruel y sentía ganas de pelearse con *el Sursum Corda.* Notaba en su espíritu el renacimiento de la perversidad, y lo mejor que hacer podría su dueño era soltarle para que a Papiol se volviese. Díjole Calpena que en principio aprobaba el regreso a la *Instrucción,* visto que era un hombre enteramente aferrado a su destino religioso; pero no se determinaba a soltarle aún porque creía necesitar de su alianza y ayuda para defenderse de un gran peligro que en aquel viaje, más allá de Zaragoza, se le había de presentar. Instado por Ibero a ser más explícito, dijo Fernando que por soplos de su espionaje y advertencias de amigos sabía de ciencia cierta que entre Tudela y Alfaro le preparaban una emboscada los *Tacaños* de Cintruénigo, y que ya se relamía de gusto pensando en la tunda que se iban a ganar los guapos de la *tacañería.* Lo que se animó Ibero con esta revelación no es para dicho: apretando los puños y estremeciendo el suelo con fuerte patada, afirmó que no había para él regocijo más grande que pelearse por la honradez y la justicia.

«Y ello ha de ser tan serio, según mis noticias —añadió Calpena—, que tendré que prevenirme y llevar mayor golpe de gente, con un hombre de guerra que me la mande, porque también he sabido... y esto te lo digo con la mayor reserva... he sabido que el de Sariñán ha reclutado una mesnada con los perdidos más feroces de aquellas tierras, y que no queriendo aparecer como hombre que fía sus venganzas al brazo de la patulea, los presentará en batalla con color político, y bajo la enseña de Doña María Cristina nos embestirá, dándonos por partida o mesnada del bando *ayacucho*.

—¿Has dicho mesnada? ¿Por ventura estamos en la Edad Media?

—¿Pero tú has creído acaso que España ha salido de la Edad Media y del feudalismo?... Señores feudales fueron los frailes y curas, y decretado que ya habían mangoneado bastante, ahora los feudales somos nosotros, los caballeretes más o menos ilustrados, que, protegidos por el Gobierno, hacemos lo que nos da la gana, hasta que viene otro Gobierno, y trae nuevos caciques que nos mandan a nuestras casas.

—Algo de eso había pensado yo... Pero explícame una cosa. ¿No está don Baldomero bien seguro en su Regencia?

—¡Qué ha de estar, hijo mío! Media España, por no decir los dos tercios de la Nación, se vuelve contra él, porque ya lleva largos días de mando, ¡idos años y meses!, figúrate, y sus amigos se eternizan en el comedero. Es urgente echarle, y que venga otra vez la gobernadora con la cáfila de moderados rabiosos, transidos de hambre. En Madrid, hasta los más fanáticos del *Progreso* están ya contra el duque: Olózaga cerdea, López se amosca, y Fermín Caballero llama a una coalición a toda la prensa. No pasarán muchos días sin que se pronuncie algún regimiento, o quizás división, con la bandera de volver las cosas al estado que tenían antes de septiembre del 40, y, entretanto, verás cómo salen de debajo de las piedras partiditas que den el grito de *Cristina y moralidad* o *Abajo el ladronicio; mueran los ayacuchos...*

—¿Y crees que el de Sariñán lanzará su cuadrilla con esa bandera?

—Con esa bandera, por presumir; pero con la intención de apalearnos, ya que no nos quiten la vida. Lo que desean es ponernos en ridículo, y presentarnos ante todo Aragón y Navarra como unos cobardes.

Tan tremendos fueron los golpes que dio Santiago en el suelo con su pie, que tembló toda la casa, y los que en la habitación de abajo comían creyeron que las vigas del techo se quebraban, y el posadero subió, de cuatro trancos a ver si los señores querían agujerar el piso para llamar a la servidumbre con más comodidad. Pidieron, en efecto, que se les diera de almorzar, y mientras lo hacían abajo, en la templada cocina, junto a un buen fuego, siguieron hablando del mismo asunto, y gozándose de antemano en los palos que habían de repartir. Por desgracia, no podían apresurar su viaje porque nevaba copiosamente, y el tiempo no tenía trazas de mejorar. Escribía don Fernando larguísimas cartas a su madre y a la ideal Demetria; Santiago pasaba el tiempo tumbado en su cama, a ratos dormitando, a ratos zambullido en éxtasis o meditaciones hondas. En ningún momento le sorprendió Calpena rezando, y como en todo el viaje no le había oído hablar de santidades, ni mentar cosa alguna de liturgia o temas teológicos, llegó a creer que lo de la vocación era una sombra, falaz apariencia... Mas hizo propósito de no hablarle de esto, dejándole en sus cavilaciones hasta que su sinceridad reventara por algún lado, y disfrazando su intención, solía decirle: «En cuanto demos el testarazo a los *Tacaños* de Cintruénigo, te suelto para que te vuelvas a Papiol, que ya te consume la impaciencia y se te hacen siglos las horas que dilatan el cumplimiento de tu santo deseo.» Callaba Ibero, y como pudiese, llevaba la conversación a terreno muy distinto del de los dogmas y la Orden sacerdotal, diciendo con seriedad y viveza: «Creo que con diez hombres nos bastará, con tal que sean de superior arranque, como los hay por estas tierras. En Zaragoza conozco yo más de cuatro fieras que se relamerían de gusto peleando a mis órdenes... Y hemos de poner mucho cuidado en elegir las armas, Fernando, pues la superioridad de éstas no es de menor valor que el coraje de los combatientes.»

Salieron una tarde en la segunda quincena de diciembre; en Fraga encontraron la novedad de que se había roto el puente sobre el Cinca, y con este contratiempo y el horroroso frío viéronse obligados a pasar allí tristísimas, solitarias Navidades... Hasta después de Reyes no pudieron seguir, y el tiempo seco y con hielos permitioles avanzar bastante durante el día, acogiéndose de noche al abrigo de las ventas de Peñalba, Bujaraloz, Arroyales de Pina y otros pueblos. Pernoctando en Alfajarín, a cuatro leguas ya de la gran Zaragoza, hallábase Santiago en el subido punto de la melancolía negra, atacado de rebelde insomnio, con todas las apariencias de una opresora pasión de ánimo. Creyendo don Fernando que próxima al momento de su explosión estaba la sinceridad del *ángel negro*, y que el mayor favor que hacérsele podría era darle un golpecito para que estallara más pronto, le dijo: Los síntomas de tu cara, de tus ojos y de tu respiración revelan que quieres confesarme... No sé qué, y que te faltan bríos para sacarlo de la hondura de tu pecho. Vamos, hombre, atrévete, y vomita...

172

—Pues así es, y de hoy no pasa el que yo suelte una verdad que no he sacado antes porque me daba vergüenza. No se trata de acción mala, sino de un error, de un fingimiento mío, que entiendo me cubre de ridiculez si no te lo confieso pronto... Ya me has adivinado... Pues sí, *chiquio,* bien puedes decir que la querencia religiosa que yo siento ahora te la claven en la frente. Y hay más: no solo no la tengo, sino que me voy convenciendo de no haberla tenido nunca. Si me metí en esa vida, dejándome llevar por los que así creyeron hacerme un bien... y sabe Dios que lo agradezco... Si me colé hasta llegar al punto de idiotez en que me has visto, fue por efecto de mi tristeza y del sentimiento de mi grosería y falta de caballerosidad en el asunto de Gracia. Me metí en la iglesia como el criminal que cree librarse en lugar sagrado de los demonios burlones que le persiguen; como el avergonzado y desnudo que se mete en los sitios más oscuros para que no le vean; como el leproso que se zambulle en la piscina creyendo que allí se ha de curar de sus lacerias.

—Gracias sean dadas a Dios, Santiago —dijo Calpena abrazándole—, por habernos traído a esta inteligencia, pues yo sospechaba lo que acabas de decirme, y deseaba no equivocarme... Bien fundadas eran mis sospechas. Tu misticismo, ¿qué era más que la desesperación?

—Justo: desesperación negra, más negra que la que nos lleva a pegarnos un tiro... porque el cuento es que yo no quería morirme, sino quedarme en la tierra... En fin, yo no sé lo que quería... ¿Por dónde salir de aquella cueva espantosa en que me había caído? Pues vi un agujero, el único agujero practicable, y por él me metí. Los amigos que me arrastraban a la santurronería hacíanlo de buena fe, y de buena fe me dejaba yo llevar, creyendo que me darían la paz... En Papiol perseveré más en mi equivocación, y tan ciego estaba, y tan sorbido me tenían el seso los padres, que no concebía ya para mí mejor vida que aquélla. Cuando me sacaste túveme por desgraciado... Pero el aire libre, hijo de mi alma; el tiempo, la influencia de ti, el ver otras caras, el correr por estas tierras, me han despejado el caletre... Ya veo el mundo, me veo a mí mismo de otro modo, y si cuando pasábamos por Esparraguera y por Igualada, donde a mi parecer se sentía el tufillo de Papiol, se me iban allá los ojos del pensamiento, ahora me espanta la idea de volver atrás.

—Bien, *ángel negro,* bien. Dios, por mediación de este amigo indigno, te aparta de la vocación falsa para traerte a la verdadera... Ya despunta el día. ¿Tienes tú sueño? Yo no; vistámonos, mandemos a nuestra gente que enganche y ensille, y vámonos a Zaragoza, donde algo has de ver y oír que te interese. ¿Qué es? Aquí no quiero decírtelo. Es pronto. Vámonos.»

XXXIII

Por el camino contó el coronel que los padres de San Quirico no le dieron jamás motivo de queja, sino de gratitud y estimación. Eran muy buenos y le instruían con amor, luchando, eso sí, con la incapacidad del neófito para los latines y para las lecciones teológicas. Nada de aquello le entraba en la cabeza, y cada día se iba convenciendo de que nunca sería más que un pobre curángano de misa y olla. Pruebas de cariño habíanle dado los sacerdotes, y él por su parte pensaba, en la primera ocasión que se le presentase, demostrarles su afecto. La regla era muy rigurosa, y épocas había en el año en que le mataban de hambre. En los rezos era tan torpe, que a cada momento se equivocaba, ocasionando grandes desazones a los maestros, y renegando él de su falta de memoria. Más de una vez les propuso que no le criaran para las órdenes mayores, sino que le tuvieran allí como familiar o lego, y él les cuidaría el jardín, única cosa para que servía, pues otros menesteres de lavar ropa, coser y afeitar no le encomendaran al hijo de su madre.

Dijo también que los padres, con toda su mansedumbre y sus austeridades, conspiraban a más y mejor. Dos veces por semana iban allí don Magín Cornellá, el señor de Ramoneda y otros pájaros gordos de Barcelona, de cuyos nombres no se acordaba. Solo sabía que algunos eran o habían sido carlistas, y otros, liberales de los que imitan el andar ladeado de los cangrejos. El enjuague que se traían aquellos señores con los *papiolistas* y otros clérigos muy apersonados que venían de Manresa, de Vich o de Tarragona, era formar un potente bando político-religioso que apoyase el casamiento de la reina con el hijo de don Carlos, para que así quedara triunfante la santa religión. Este partido rechazaría el casamiento con cualquiera de los hijos del Infante don Francisco, pues ambos, a lo que parece, están dañados de masonismo, y masona es también la Infanta Carlota... Se trabajaría también contra la candidatura del Coburgo, pues de éstos ya se sabe que no vienen aquí más que a comer, y a cajas destempladas había que despedir a todo príncipe extranjero, ora fuese tudesco, ora napolitano. A los hijos del Rey de Francia, nietos de *Felipe Igualdad,* cañazo limpio; a los de Portugal, contra una esquina; y a todo protestante, un portazo en las narices. No había más rey consorte que el hijo de Carlos V, con lo que de las dos legitimidades se hacía una sola. De esto trataban, y ésta era la razón del entrar y salir de recaditos y mensajes. Creía Santiago que su rector era el que llevaba la correspondencia con la majestad de Bourges y quien recibía órdenes del señor don Fernando Muñoz; mas de ello no tenía pruebas. Dábale el olor de estos guisados, pero como él no había de catarlos, jamás quiso meter sus narices en la olla.

—Ahora echo de menos —dijo don Fernando—, que no hubiéramos dado una carrera en pelo a los padres, para que fueran a contárselo al proscripto de Bourges y al señor de Muñoz... Pero es mejor que les perdonemos la vida y que no nos ocupemos de esas pequeñeces de la cosa pública. Vengamos a lo nuestro, que es lo grande. Agradéceme, Santiaguillo, que te haya sacado del poder y compañía de esa gente, que habría hecho de ti un muñeco negro. Otros podrán ser excelentes sacerdotes; tú no lo habrías sido nunca. Y por hoy nada más te digo. ¿Qué pienso hacer de ti, me preguntas? Respondo que en Zaragoza lo sabrás.

De noche entraron en la por tantos títulos gloriosa ciudad, y se alojaron en la posada de las Ánimas, feligresía de San Pablo, el barrio popular, heroico y baturro, que tanto Ibero como Santiago amaban por todo extremo. Lo que el asendereado *ángel negro* vio y sintió en la mañana del siguiente día, no bien se abrieron sus ojos después de un profundo y reparador sueño, es episodio de extraordinaria importancia que merece lugar preferente en estas historias, y no ha de pasar una línea más sin referirlo con todos sus pelos y señales. Despertó el hombre en la cama de canónigo que le destinaron, y esparciendo sus miradas por el aposento, que era grandón, bajo de techo y alumbrado de luz de la calle por dos ventanas, vio cosas que al punto tuvo por fantásticas, error de sus sentidos y burla de su imaginación. Se incorporó en el lecho, observando con estupor lo que veía, y no satisfecho aún de su examen, se lanzó de entre las sábanas y tocó los objetos, cerciorándose de que eran efectivos y reales. En un sofá de paja vio y tocó su levita de coronel, nuevecita; en una silla próxima estaba el pantalón, y aquí y allí el capote, morrión, espada, tahalí, botas, espuelas y todo el arreo militar de su categoría, para traje de campaña. Vistas y tocadas cien veces las prendas, las encontró superiores, y sin ponerse nada, todo le pareció a la medida. No se sabe adónde habría llegado su confusión si no viera entrar muy oportunamente a don Fernando, que con su franco reír se dio a conocer como autor del bromazo.

—*Chiquio* —dijo Ibero—, me asaltó la idea de que, mientras dormía, unos serafines sastres (que también de ese oficio los habrá) me habían tomado medidas y...

—Detén tu fantasía —respondió el otro—, y ve aprendiendo a ver las cosas como son. Aquí no hay más serafines que nosotros. Esa ropa te la hice en Barcelona por mis medidas, que creo exactamente iguales a las tuyas, y allí compré la espada y demás. Eso te prueba las intenciones que traigo desde allá, y mi propósito de arrancarte del molde nuevo y volver a meterte en el viejo molde.

—Por los ajos de Corella, que has estado acertadísimo, previsor, y que eres mi ángel... Me has resucitado, *¡maño!*, y esta nueva vida a ti te la debo... Maestro, ¿y ahora?...

—¿Pero aún dudas lo que tienes que hacer? Vístete sin tardanza, y veamos si alguna pieza necesita reforma.

—Me vestiré, sí... ¡Qué gusto, qué honor! ¡Vuelves a cubrir mis pobres carnes, oh ropa de mi salud, de mi vergüenza y de mi dignidad!... Bendito sea quien me ha resucitado... Ello es como lo digo: abro los ojos después de un largo y estúpido sueño; salgo de un hoyo lóbrego, pestilente, y al despertar veo y siento que he vivido muerto... No sé expresarlo de otro modo. Tú, Fernando, grande amigo, has venido a mi sepultura y me has dicho: «Lázaro, levántate»; y he sido yo un muerto tan mentecato, que a los primeros gritos tuyos no he querido levantarme... Era la pereza, hijo, la pereza de esta muerte, o de este dormir bobo... ¿Con que a vestirme? Pero antes quisiera afeitarme, si no te parece mal. Mira, mira cómo medran estos pelos del bigote. Cada vez que me afeito resaltan más, y antes de quince días estarán como antes de que me metieran en el hoyo profundo... ¡Por el Cirineo de Cascante, que estoy contentísimo!...

Media hora después, viéndole vestido y satisfecho de la elegancia y bizarría de su marcial facha, don Fernando le anunció que vendría un sastre a corregir las imperfecciones de la hechura. Era Santiago bastante presumido en la vestimenta militar, y no perdonaba la menor falta. Aquel día no fueron pocos los reparos que puso al pantalón y las correcciones que señaló en la espalda, cuello y otras partes de la levita; pero reventaba de gozo infantil, y los defectos de la ropa no le impedirían echarse a la calle. A la pregunta de Calpena sobre el objeto de su salida, respondió así: «Pues, *chiquio*, de aquí me voy derechito a la Virgen del Pilar, a quien tengo que decir que si ella no quiere ser francesa, a mí no me peta ser cura, y que me perdone el haberla engañado con tantos rezos como le eché, diciéndole que me metía en lo religioso... Hocicaré un poco en el pilar que he besado tantas veces de niño y de hombre, y ahora he de besarlo con más devoción que nunca, porque yo soy muy buen hijo de la Pilarica, y le debo haber salido sin un rasguño en cien combates; le debo más, Fernando... porque nadie me quita de la cabeza que es ella la que mandó a su ángel, a ti, a sacarme de aquel pozo en que me metieron mis horrendas melancolías, a despertarme de aquel sueño, de aquel error en que he vivido como los muertos no sé cuántos meses, que hasta la duración de mi estúpido letargo se me ha ido de la memoria. Y ya que voy al Pilar, no saldré de la iglesia *¡maño!* sin arrancarme ante la Señora con un sin fin de peticiones; gollerías, hijo, que solo a ella me permito proponer, pues con Dios no me atrevo... Francamente. La Virgen sí, la Virgen no le niega nada a un buen militar español... En fin, allá veremos. Si quieres acompañarme, nos iremos luego al café del Coso.

Respondió Fernando que ante todo tenía que ir a casa de la señora marquesa de Lazán, prima de su madre, donde encontraría, según lo concertado con Demetria, las cartas de La Guardia. Desde la casa de Lazán, en la Pabostria, pensaba ir a la Seo, donde tenía que entregar una ofrenda que su madre le encomendó para el Santísimo Cristo que allí se venera; luego al Pilar iría con otra ofrenda. En la basílica acordaron, pues, los dos caballeros reunirse, y de allí, terminadas las devociones, se irían a un café, después a otro, hasta encontrar a sus buenos amigos militares, de guarnición en la plaza.

XXXIV

Cumplido el programa tal como por la mañana lo indicaron, comieron los dos caballeros con varios oficiales en la Fonda Nueva, establecida en la calle de San Gil, y hasta la noche no les fue posible zafarse del lazo cariñoso que la amistad les echaba para retenerles. Al verse solos en su posada, don Fernando y el coronel soltaron la sin hueso, que no era poco ni baladí lo que tenían que decirse. El que provocó las explicaciones fue Ibero, diciendo: «Grande es tu idea. Has querido resucitarme y volverme la vida militar, porque adivinaste la falsedad de mi inclinación a la religiosa, y me has traído, como se trae a los locos o enfermos, con sutiles engaños. Pero has de dejar a un lado ya la farsa piadosa, porque resuelto yo a obedecerte ciegamente, lo mejor para conducirme será la verdad.»

Respondió el caballero reconociendo los artificios hasta entonces empleados, y ofreciendo que no se repetirían, pues ya no tenían objeto. Resucitado el amigo, ya no restaba más que dar a la conciencia de éste la definitiva paz. La falta gravísima de Santiago Ibero, causante de todo su trastorno, no podía ser borrada más que con el perdón de la ofendida niña de Castro, y para que aquél tuviese la debida solemnidad y eficacia, era forzoso que el pecador, apadrinado por su amigo, fuese a La Guardia...

Sin dejarle concluir, propuso Ibero que todo aquello del perdón solemne se hiciese por escrito, pues era para él muy duro dar la cara después de su mal comportamiento... No, no mil veces: la idea solo de verse ante Gracia le turbaba de tal modo, que de fijo no podría, no, afrontar la presencia de la dama ofendida, de aquel ángel de paz y de amor, sin perder el conocimiento. Salió don Fernando al encuentro de estas razones, diciéndole que considerase los hechos en la nueva situación creada por el tiempo; ya no era Gracia la enamorada doncella, herida por un cruel desaire de su amante; ya casi casi no era mujer, sino criatura celestial, digna de ser puesta en los altares, y ante ella no había que sentir vergüenza, sino anhelos de mística adoración. Ni una palabra le diría la santa niña que pudiera lastimarle, ni de sus labios purísimos saldría la menor referencia o recuerdo del lamentable caso. Podía, pues, el caballero resucitado ir a La Guardia con la mayor tranquilidad, y para que no le quedase ningún recelo, le mostraba la carta de Demetria que había recogido por la mañana en la casa de Lazán.

Ávidamente leyó Ibero la epístola. Escrita por la mayorazga con puntual observancia, de las instrucciones que desde Lérida le había dado don Fernando, en síntesis decía que se despojara el *caballero negro* de toda cortedad al presentarse a las niñas de Castro, pues ningún desabrimiento había de recibir en la visita, sino un gusto inefable, como el que ellas tendrían de verle. El olvido de las ofensas era la virtud de las almas grandes. Las dos hermanas extremarían ante el coronel la cortesía y afabilidad que emplear sabían con todos los buenos amigos de la casa. Dispuesta ya Gracia para tomar el camino de las Huelgas de Burgos, adonde la llamaba su destino, o por hablar mejor, los divinos brazos del único esposo digno de tal doncella, esperaba que Ibero llegase antes de su partida, para decirle adiós y manifestarle su fraternal afecto... Algo más decía la carta en explanación de estas ideas. No se hartaba Santiago de leerla, y de todo cuanto decía se penetró, teniéndolo por la misma verdad, sin sospechar el gracioso engaño con que la mayorazga le facilitaba la vuelta al amoroso redil. Tal era el carácter candoroso y leal de aquel hombre, que en su mente no penetraba la malicia sino con gran trabajo, y para todas las ideas nobles y puras, aunque fueran mentirosas, estaban abiertas de par en par las puertas de su alma.

Después de mirar al suelo y al techo sucesivamente, echando para arriba y para abajo tremendos suspiros, Ibero se levantó y dijo: «Pues vamos a La Guardia... Podrá ese ángel de Dios tratarme con la piedad que dice su hermana... No lo dudo, pues ella lo declara... ¿Mas quién me asegura que Navarridas y mi tío no dirán al verme: "¿Cómo tiene cara este canalla sin vergüenza para venir acá?" En fin, ¿tú lo mandas? ¿Las niñas lo mandan? Pues ya estamos en camino... Pero no precipitemos la marcha, querido Fernando, y demos tiempo a que el bigote se me desarrolle en toda su totalidad, porque... Formalmente te lo digo... De mí obtendrás todo lo que quieras, menos que yo me presente en La Guardia con cara de cura, o de semicura...»

A esto objetó don Fernando que no podían dilatar el viaje, porque Gracia el suyo a Burgos detenía por esperarles, y no era propio de caballeros ocasionar desavío a mujer de tal calidad por razón tan frívola como el tamaño de unos bigotes. Y aun podría ser que hallándose Gracia transformada en sus gustos, viera con mejores ojos las caras rapadas que las peludas... No se dio por convencido Ibero, que en todo transigía menos en aquel punto delicado, y acordaron salir al día siguiente, reservándose acelerar o contener su andadura según el grado de lozanía que se fuera observando en el crecimiento del mostacho.

Al partir muy de mañana, en coche, por el Portillo, a tomar la carretera, dijo Ibero a su amigo: «Anoche, querido Fernando, no he podido dormir pensando lo que vas a saber. Se me metió en el magín la idea de que a mi adorada Gracia le ha pasado lo que a mí. ¿No entiendes, hombre? Pues que se ha caído en el pozo, como me caí yo, que la han enterrado, que es una pobre muerta, y que tú debiste emprender, antes de venir por mí, la grande obra de sacarla, o resucitarla, o despertarla, que de todas estas maneras puedo decirlo... Aún será tiempo, chico. Sácala, por los ajos de Corella... Se me figura que la Virgen del Pilar no habría de ofenderse... Todos nos alegraríamos; y que ladren de rabia las *mañeras* monjas de Burgos.

XXXV

Fluctuando entre risueñas ilusiones y angustiosos recelos, iba don Santiago por el camino real que, bordeando la derecha margen del Ebro, enlaza la metrópoli de Aragón con la Ribera de Navarra y con la feraz Rioja. En la *Venta de Pepe,* a dos leguas de Alagón, donde la partida hizo alto para el necesario repuesto de piensos y comidas, la locuacidad del señor coronel revelaba una grande expansión de su espíritu. Entre las peregrinas cosas que dijo a su compañero de caballería, la siguiente fue del orden más utilitario: «A ti y a mí se nos ha olvidado un detallito muy importante. Muy lejos ya de las austeridades de Papiol, paréceme que eso del voto de pobreza no reza conmigo. Dígolo, mi querido Fernando, porque ya no tengo idea de lo que es un duro, ni un real, ni un maravedí. Creo que debes completar tu obra de regeneración prestándome algún dinero, para que yo no vaya por estos caminos como un pelagatos de mucha facha y poca enjundia. Ten entendido que no pasaré más allá de Logroño sin hacerme toda la ropa de paisano que requiere mi posición social. Los trapitos de Papiol los dimos a un pobre; pero ahora resulto yo más pobre que San Francisco, y de nada me vale tener en Samaniego un lucido acopio de mis rentas. Yo lo destinaba, puedes suponerlo, al fomento de la *Instrucción Cristiana;* pero... Están verdes. Lo dividiré en dos partes: una para mí, otra para la Virgen del Pilar... Con que, ten entrañas caritativas, hombre, y compadécete de este humillado caballero.

Soltando la risa, reconoció Calpena su descuido en materia tan importante, y le dijo que no necesitaba pedir dinero, sino tomarlo del bolsón de Sabas, que era el intendente y cajero de la partida. Todos los bienes de ésta eran comunes, comunes los peligros y venturas, y si el *parné* se les acababa, practicarían el latrocinio, como galanes bandoleros. Viéndose con tan amplias licencias, poco tardó Santiago en hacer abundante provisión de metálico: cambió en la primera parada onzas en duros y éstos en plata menuda y cuartos, y era una mano rota para dar limosnas a cuantos pobres le salían en el camino. Venían en enjambres, en cuadrillas, en invasoras tribus. El Luceni y Gallur, en Pedrola y Mallén, fue grande el remedio de necesidades y el socorro de gandules pedigüeños. A cuantos clérigos veía, daba Ibero ración de plata para los feligreses pobres de sus parroquias, o para monjas que padeciesen hambre y escaseces, y más habría repartido a no andar Sabas tras él echando recortes a su espléndida caridad... Por cierto que al paso por Tudela, Alfaro y Aldea Nueva, notó Santiago que no parecía por ninguna parte la *mesnada de los Tacaños de Cintruénigo,* que, según lo dicho por don Fernando, les acechaba en aquellas encrucijadas para embestir con la bandera de Cristina al valiente escuadrón *ayacucho.* Las risas de Calpena confirmaron a Santiago en lo que ya sospechaba, esto es, que lo de los *Tacaños* era uno de tantos artificios ingeniosos para llevarle el genio y conducir más fácilmente su espíritu a la regeneración deseada. Insistió Ibero en que su amigo aclarara por completo sus planes, poniendo el asunto en los términos de la más severa verdad; mas no quiso el jefe de la partida *correr todo el velo* de golpe, y poquito a poco lo hacía, llegando al total descubrimiento en Logroño, donde se determinó que el descanso no sería muy breve.

Alojados en el mismo posadón donde estuvo don Fernando en los días de sus visitas a Espartero, aprovechaban el tiempo en abastecerse de todo, entre sastres, zapateros y costureras de ropa blanca. La segunda noche que allí pasaron, no pudiendo ya el *ángel negro* contener sus ansias de poseer la verdad, pidió a su amigo el favor de la franqueza. «Por nuestras últimas conversaciones en Alfaro y en Calahorra, he comprendido que desde que me cogiste en Molins de Rey has venido usando diferentes caretas que traías para este viaje. En Lérida y Zaragoza arrojaste las que más disfrazaban tu rostro; pero todavía te pones alguna que, aunque de las más claras, quisiera ver desechada también. Ya con tu compañía de tal modo se me va despejando el caletre, que las cosas que me presentaste como verdades se me antojan grandes desatinos. Déjate, pues, de ficciones, y tenme al corriente de todo, sea lo que fuere. He dado en creer que la noticia del arrebato místico de Gracia y de su monjío es un embuste más, y que aquella divina mujer, agraviada por mí en un momento de ofuscación, es tan santa como yo y como mi abuela. A Gracia no le ha tirado nunca la Iglesia. Si he de decirte la verdad, cuando me contabas lo de su extremada perfección yo no acababa de creerlo, y para *entre mí, muy para entre mí,* decía: «ésta no cuela, Fernandito...» ¿Me equivoco?

—¿Qué has de equivocarte, si estás hablando como la misma razón? —replicó Calpena—. Ni Gracia es santa, ni beata, ni nada de eso, sino una mujercita excelente, delicada, enfermiza, tierna, piadosa de amor, sin más debilidad que quererte como una simple, ni otro deseo que ver entrar por la puerta de su casa al bruto de Santiago Ibero para decirle...

—¿Qué?... ¡Aclárate pronto, por los benditos ajos de Corella!

—Que todo aquel agravio no es más que una broma, que el perdonar es la mayor gloria del corazón de la mujer, y que si tú eres caballero, ella será tu señora, y os casaréis como unos benditos tontos...

Acometido Santiago de una emoción que empezó manifestándose con los tonos más vivos de su altivez, se cuadró delante de su tirano libertador, y le dijo: «Mira, Fernando, que si me engañas de nuevo, no tienes perdón de Dios... No puedo, no, resignarme más tiempo a que juegues conmigo, primero con mi voluntad, después con mi corazón... Pero no; tú no puedes ser un farsante... Dime toda la verdad: entre Demetria y tú os traéis alguna gran intriga contra mí, digo, contra mí no, sino en provecho mío y de toda la familia... ¿Acierto?

—Te mostraré todas las cartas de Demetria —dijo don Fernando sacándolas de la maleta en que su tesoro guardaba—: lee y entérate... Verás los móviles de toda esta comedia que he tenido que representar para hacerte nuestro y restablecerte en tu primera condición; verás también el tristísimo estado de salud, de mortal desconsuelo, a que ha venido la pobre Gracia por tu culpa, y la obligación que te impuso Dios de devolverle la salud y la vida... Toma, hijo... Ahí lo tienes todo: ya para ti no hay secretos. Te dejo, para que a tus anchas leas, sientas y medites.»

Salió Calpena, dejando en sus manos el papelorio, y se fue a ultimar la compra de diferentes prendas de vestir para los dos caballeros, y principalmente para Santiago. Al regresar a la posada encontró a éste abrumado en un sillón ante la mesa, la cabeza en ambas manos sostenida. Las cartas estaban en dos montoncitos, uno de los cuales parecía intacto. «¿Has leído? —preguntó al coronel.

—Todo no —replicó éste, encarando hacia el amigo su demudada faz—; pero sí lo bastante para conocer lo que ignoraba... También te digo que no es muy nuevo para mí lo que dicen las cartas; yo lo sospechaba... En Papiol, más de cuatro noches soñé todo esto.

—Y leído el protocolo, ¿qué piensas, qué sientes?

—Que Gracia es señora tan alta, tan hermosa por su constancia y su perdón, que ahora me entra a mí el furor de ser digno de tal dama. De tu Demetria no puedo decirte sino que mujer no me parece. Te casas con el Padre eterno.

—Motivos tienes para estar contento, y te veo triste.

—Triste de puro alegre, y medroso de tanto bien. Ahora doy en pensar que llegaremos tarde... O que estoy soñando, que la felicidad para que sea cierta... No pueden trocarse tan fácilmente y por arte mágico los males en bienes... Dime tú: ¿no podríamos seguir nuestro viaje con el vuelo de las águilas? Salgamos ahora mismo; no perdamos una hora, ni un minuto... ¿Llegaremos tú y yo a La Guardia? ¿No se abrirá la tierra en el camino y nos tragará? ¿Veremos, tú a Demetria, yo a Gracia, los dos a las dos... vivas, gozosas de vernos, más gozosas aún de ser nuestras mujeres?»

XXXVI

Antes de salir de Logroño, fue asaltado don Fernando de ideas tétricas. Recapitulando en su memoria los incidentes de la captura de Ibero y el largo viaje, se decía: «Este *séptimo trabajo* que mi mujer me impuso ha resultado tan fácil, que debemos dudar de su desenlace lisonjero. No he tenido que afrontar peligros, ni que dar batallas, ni que vencer obstáculos serios de la Naturaleza y de los demás hombres. Si después de tantas felicidades, llegáramos al fin del *trabajo* viendo realizado todo lo que apetecíamos, se alteraría el orden natural de las cosas humanas. Me apoderé de Santiago con la más tonta y rudimentaria de las maniobras; nadie me persiguió; ningún impedimento me ocasionó molestias; fácilmente también vi al pobre enfermo del alma renacer a la vida y a la razón, declarándome sus errores y disponiéndose a enmendarlos. En fin, que el hombre fue mío, y pude modelarlo entre mis dedos y hacer de él lo que a los planes de Demetria y míos conviene. La protección del Cielo ha sido bien manifiesta desde que emprendí el *trabajo* hasta la presente hora. En lo que falta, es forzoso que algo adverso sobrevenga, pues no hay ejemplo de que las empresas humanas sean en su totalidad tan a gusto del que las acomete. En esta mi aventura, que no merece tal nombre, todo ha sido caminos llanos, todo claridad, y tienen que venir veredas tortuosas y sombras tristes... Es inevitable, de todo punto inevitable, pues así está escrito en los libros del Destino, y la religión también nos lo enseña... Me causa miedo el cúmulo de chiripas que han marcado uno tras otro los días de mi expedición. A remachar tanta ventura vienen las cartas aquí recibidas: informada Gracia de que su hombre ha resurgido y es el mismo de los buenos días de sus amores, de que le llevo conmigo y vamos tan contentos a casarnos, cada uno con la suya, se ha curado de todos sus males, y no tiene ya más enfermedad que la manía de contar las horas que faltan para nuestra llegada... No, no; tanta dicha es imposible. Vería yo más lógica en el destino de los cuatro si al aproximarnos a Samaniego (adonde Demetria nos manda ir), supiéramos que Gracia había caído con calenturas, o que había ocurrido un incendio en la casa de La Guardia... Salvándose todos, por supuesto. También sería lógico que mi cautivo, próximo al fin de nuestras ansias, se cayera del caballo y se descalabrara... Con estos contrapesos de las facilidades y dulzuras del viaje, podría yo esperar un éxito dudoso, agridulce; con tantas venturas y todo tan ordenadito, no puedo creer sino que algún golpe nos espera, y alguna desazón muy gorda nos prepara la Providencia, el Acaso, Dios, en fin; pues si no, habría que suponer alteradas, en provecho nuestro, las leyes de la vida, que ordenan la contraposición y enclavijado de males y bienes. Tiene que ocurrir algo malo: lo que será, no lo sé. Tal vez que al vadear el Ebro nos ahoguemos Santiago y yo... que a Gracia la muerda un perro rabioso... O que... vamos, que Demetria se dé un pinchazo en un ojo con las agujas de hacer media, y se me quede tuerta... O que a mí me salga un grano en la nariz que me ponga como un adefesio...»

Semejantes eran en pesimismo y sombrío recelo los pensamientos de Santiago, a quien la contemplación de tantas dichas inspiraba la angustiosa sospecha de terribles desastres. En la posada de Fuenmayor dormían los dos, en sendos camastros, distantes uno de otro como dos varas, cuando despertó Ibero con fuertes voces: «Fernando, Fernando, ¿duermes? Despierta, y dime si lo que veo es realidad o sueño... Me muero de congoja... Escucha: he soñado lo más horrible, lo más espantoso que puedes figurarte. ¡Se ha muerto Demetria!

—¿Cuándo?... ¿De qué muerte? —dijo Calpena saltando en el lecho y poniéndose de rodillas.

—Esta noche... De muerte repentina... un ataque al corazón... lo mismo, Fernando, lo mismo de que murió su mamá... lo he visto, lo he visto... No es la primera vez que un sueño me ha revelado sucesos reales... tristísimos, ¡ay!

—Pues yo —dijo el otro con voz cavernosa—, cuando me despertaste con tus gritos, soñaba que se había muerto Gracia.

—¡Las dos muertas! Eso no puede ser; sería demasiado... ¡Pero quién sabe!... Quizás la una muriese del dolor de ver expirar a la otra... Es lógico.

—Serenémonos —dijo Calpena—. Cierto que podrá ser. ¿Sabes lo que se me ocurre?

—Lo que a mí: levantarnos, pasar el Ebro. Al amanecer estaremos en La Guardia.

—Eso no: Demetria y Gracia nos mandan ir a Samaniego.

—¡Pero si se han muerto!...

—En este caso, si Dios ha llamado a sí a nuestras mujeres, vamos al Ebro, no para pasarlo, sino para ahogarnos en él... Lo que se me ha ocurrido es mandar un propio...

—Sí, que vaya un propio... Me levantaré; no puedo dormir. Que salga Sabas inmediatamente. Imposible vivir en esta inquietud. Queremos saber si viven y están buenas.

—Irá Urrea. A Sabas le necesitamos al lado nuestro. Si he de decirte la verdad, buen Santiago, aunque estoy persuadido de que no llegaremos al término de nuestro viaje sin que nos ocurra una desgracia, no pienso que ésta sea tan grande como el fallecimiento repentino de nuestras esposas.

—Dios te oiga. Y dime: en tu sueño, ¿de qué muerte moría mi adorada Gracia?

—De la mordedura de un perro rabioso.

—¡Por los ajos de Corella! —exclamó Ibero, sentado ya en el camastro, dándose un puñetazo en la rodilla—. Eso mismo pensaba yo ayer tarde, y a todo perro que veía le arreaba un fuerte latigazo... Pues tú dirás lo que quieras, pero yo no estoy tranquilo.

—Ea, tengamos juicio: el mal que ha de venir... porque, eso sí, tiene que venir... No puede ser tan extraordinario... Y puesto que el dormir es imposible, y no hay descanso para nosotros, salgamos a pasearnos por el pueblo en la deliciosa oscuridad... Pero no, ¡demonio!: hace un frío horroroso, y no tendría maldita gracia que cogiéramos una pulmonía.

—Lo que yo haré será aguardar un poco, y al toque de alba me salgo, me meto en la iglesia mayor... Algo tengo que hacer allí. Miremos al cielo, Fernando, en esta ocasión crítica. Si los sueños que hemos tenido no son verdad, pueden serlo, o tal vez se nos preparen sorpresas menos terroríficas... Déjame a mí. Seamos buenos cristianos.

Bajó Fernando a poner en planta a su gente, y antes de que apuntara el día dirigiose Santiago a la parroquia, palpando paredes, que no era posible de otro modo recorrer las empinadas, tenebrosas y retorcidas calles de Fuenmayor, hasta dar con la plaza. Sin su conocimiento de la topografía del pueblo, fácil habría sido que a la mitad del camino quedara el coronel perniquebrado y maltrecho; y fue lo peor que llegando por fin al término de su atrevido viaje, encontrara cerrada la puerta de la iglesia. Requiriendo su capote, arrimose al muro y esperó; a poco llegaron dos beatas pobres, de las que acuden a la primera misa, y se maravillaron de verle, y aun se persignaron creyendo que era el diablo en traje de cristiano militar. Dioles él limosna, que tomaron agradecidas, y en esto sintió voces que desde lo profundo de un callejón frontero le llamaban. Claramente oyó: «Santiago, Santiago, ¿dónde demonios estás?» Gran susto le causaron aquellas voces; mas luego conoció que era Calpena quien las daba, y viéndole aparecer en compañía de Urrea, avanzó a su encuentro.

—¿Qué haces aquí? —le dijo su amigo—. Déjate ahora de rezos; no importunes a las potencias celestiales, que sin duda están descuidadas... y por ese descuido nos van saliendo tan bien nuestros asuntos... No lo dudes: la máquina del bien y del mal anda descompuesta. Vente conmigo.

—¿Partimos ya? ¿No podré entrar un rato en la iglesia, oír una misa?

—Tiempo tenemos de oír misas... Ahora no, hijo; no pidamos nada... Me da el corazón que ni Dios ni la Virgen del Pilar se han fijado en nosotros... Podría ser que nuestras peticiones despertaran a esta o la otra potencia celestial que duerme, y que alguien de allá arriba cayera en la cuenta de que, trastornado el mecanismo de los acontecimientos felices y desgraciados, tú y yo nos aprovechamos de ese trastorno para robar la felicidad eterna... No pidamos... pueden oírnos... Notar el desconcierto, repararlo a escape... y, en este caso, figúrate la catástrofe que nos espera.

—¡Ay, ay, querido Fernando! Estás más loco que yo, que es cuanto hay que decir.

—Más loco que tú... Yo digo que estamos a la puerta del Paraíso, en un momento en que por descuido la han dejado abierta, y que debemos colarnos callandito, muy callandito, sin llamar, sin hacer el menor ruido... Chist...»

XXXVII

Trastornado, en efecto, parecía el buen *Hércules*. Su voz no era clara ni segura, ni sus ideas las de un hombre en perfecto equilibrio cerebral. «Vente conmigo —dijo a su compañero, cogiéndole por el brazo—, y sabrás lo que pasa. Sigue la broma del Destino, chico, y con tal furor desata los bienes sobre nosotros, que debemos apresurarnos a llegar al fin, antes que venga el estacazo. Démonos prisa... y nada de rezos por ahora. Tiempo habrá... Pues oye: acababas de salir para echarte a rodar en busca de la iglesia, cuando llegó a la posada un propio, mandado por nuestras damas...

—¡Jesús!... ¿Y no se han muerto?

—¡Qué se han de morir, si están las dos buenísimas, como dos manzanas, como dos soles, y hoy de mañanita salen para Samaniego, donde nos esperan!

—Fernando, Fernando, más loco que yo, no me traigas esos cuentos, que me vuelve otra vez el terrible espanto, el miedo al Destino. Imposible que de aquí a nuestro encuentro con las niñas deje de ocurrirnos algún accidente muy malo, pero muy malo.»

Llegaron a la posada, donde ya la marcha se disponía, y allí pudo Santiago escuchar de los labios del mensajero las felices nuevas. «¿Estás seguro de que gozan las señoritas de cabal salud? —dijo al mozo con acento de incredulidad—. ¿Alguna de las dos no se quejaba siquiera de dolor de cabeza, o de fatiga en la respiración? Porque con estos fríos andan unos resfriados terribles, que suelen parar en calenturas malignas.»

Desmintiendo el pesimismo de Ibero, los motivos de satisfacción se multiplicaban. El propio, juntamente con el recado verbal, había traído una carta de Demetria, que don Fernando dio a su amigo para que la leyese. Solo decía que la salud de toda la familia era excelente; que Gracia deliraba de puro contenta, y que las dos saldrían temprano para Samaniego. Concluía recomendando a los expedicionarios que por acelerar su viaje no vadearan el Ebro por Tronconegro, sino que se subieran a Briones y pasaran el puente, yendo en derechura de Ávalos. Este camino era el más seguro en tan rigurosa estación. Las últimas frases eran un tanto escamonas, como un eco de los presentimientos fatídicos de los dos andantes *ayacuchos*. Decía la dama: «Tanta felicidad me llena de inquietud, y la disposición venturosa de los sucesos, sin ningún percance, sin ninguna sombra, me hace temblar... ¿Nos permitirá Dios que veamos llegar sanos y salvos a nuestros caballeros? Y a nosotras, ¿no se nos caerá el cielo encima antes de verles?... No perdáis tiempo, amiguitos... Tened mucho cuidado. Veníos por Briones. Confío en Dios.»

No fue para Ibero muy tranquilizadora la esquela de la mayorazga, y aunque de pronto no dio a conocer sus nuevas inquietudes, cuando iban de camino hacia Cenicero, ya en pleno día, extremó los reparos y cavilaciones: «Hablando ingenuamente, después de la cartita veo menos claro que antes. ¿Por qué no trazó Gracia algunas líneas al pie de la escritura de su hermana? Francamente, el silencio de mi novia no tiene explicación. Doy en pensar que no ha concluido la farsa, que me traes aquí con un objeto que ignoro, que... vamos, lo diré tal como se me ocurre... Pienso que Gracia no existe, que Gracia es un mito.»

Soltó la risa don Fernando, y por sosegar al fatalista díjole que aliviado se sentía de aquel delirio de los presentimientos; que en el orden natural del cielo y de la tierra está la repetición y constancia de los bienes, como lo está la suerte contraria en casos mil; que así como es frecuente ver que sobre tal o cual hombre caen las desdichas con aterrador encadenamiento, del mismo modo acaece que llueven felicidades, sin que se vea el término de ellas. Negó con energía don Santiago el segundo punto, y con ejemplos reforzó sus negaciones. Esperaba con cristiana conformidad los infortunios que Dios le mandara, y se condolía de que su amigo le hubiera tan intempestivamente arrancado de la puerta de la iglesia, impidiéndole rezar un poquito, que buena falta hacía para dulcificar las iras celestiales. A esto replicó el buen *Hércules* que se reconocía culpable de la necedad de no dejarle entrar en la iglesia, y la explicaba por el temor de irritar a Dios pidiéndole gollerías. Fue como un pánico irresistible... Pero pronto se le despejó la cabeza, y ya se reía de los disparates que había pensado y dicho aquella mañana. No obstante su equilibrio, seguía lleno de ansiedad, y no respiraría mientras no viese claro y feliz el desenlace en los campos de Samaniego.

—Pues hay otra cosa, Fernando —dijo Ibero—, que a mí me trae con el alma en un hilo. No quería hablar de esto; pero mejor es que lo sepas. Nos manda la señora que no vayamos por el vado de Tronconegro, sino por el puente de Briones. Malo debe de estar el vado, es cierto, porque con las nieves últimas vendrá el señor Ebro con las narices hinchadas. ¿Pero tú no sabes que el puente de Briones amenaza ruina, y que el invierno pasado le echaron tapas y medias suelas en uno de los estribos, con lo que se quebrantó más, y ahora todos los que lo pasan van con el Credo en la boca?

Mira tú: tendría gracia que estuviese decretado por Dios el hundimiento del puente en el instante preciso de pasar nosotros... ¡Por los ajos de Corella, no me digas que es imposible!

—Hombre, imposible, como imposible, no. ¿Pero tan desgraciados habíamos de ser que...?

—Es lógico, querido Fernando, es lógico que tantas dichas no sean eternas. ¿Quién te dice que no se nos prepara un tremendo desquite del aluvión de felicidades que disfrutamos sin merecerlas? Yo no aseguro que se caiga el puente... Digo tan solo que el hundimiento sería natural y muy puesto en razón... Y otra cosa vengo pensando. Veo yo una idea sublime y espantosa en esa casualidad, digo, providencia, de que sea Demetria el instrumento designado por Dios para darnos el tremendo jicarazo, pues ella es quien nos lleva por arriba, que yo, francamente, guiándome de mis impulsos naturales, al paso por Briones preferiría el vado de Tronconegro, con todos sus peligros...

—Cállate, cállate, por Dios —dijo Calpena palideciendo—, que ya me contagias otra vez de tu pesimismo. Venzamos, querido Santiago, estas manías, que no son más que una flaqueza de nuestros cerebros fatigados. No pensemos en desgracias ni horrores, y adelante, confiados en Dios y en nuestras damas, que con sus divinos alientos nos hacen invulnerables.

Ni con estas envalentonadas expresiones, dichas con el doble objeto de animarse a sí propio y de animar al amigo, se tranquilizó Santiago. Por todo el camino hasta Briones fue taciturno y suspirante, viendo la reproducción de su lúgubre fatalismo en objetos diferentes que a su paso encontraba. Un árbol escueto se le representó como diablo burlón que, después de reírse de él cuando pasaba, le seguía buen trecho amenazándole con una vejiga; un gato acurrucado en el alféizar de una ventana con rejas, tenía la mismísima cara del rector de Papiol; un esquinazo de vieja casa en ruinas, con podridos aleros y ahumado escudo, era un monstruo que le amenazaba echando fuego de sus ojos. La bandada de palomas que del terrible esquinazo levantó el vuelo al paso de la partida, describió extrañas curvas, en las cuales vio el coronel letreros que decían cosas muy malas. En tanto don Fernando, sin quitar los ojos de un negro celaje que aparecía por el Norte, decía: «Es lo que nos faltaba: una nube, el diluvio, un fuerte golpe de nieve que nos detenga, una crecida repentina que arrastre el puente, o una descarga de rayos y centellas que nos abrase a nosotros o a nuestras benditas mujeres. Estamos divertidos, como hay Dios.»

Comieron o hicieron por comer en Briones, que ninguno de los dos tenía gana, y se lanzaron al paso del puente. Los vecinos aseguraban que no había cuidado, como no viniera una fuerte riada. Santiago se anticipó diciendo: «Si hemos de perecer, sea yo el primero que caiga, por haber dudado...» Y pasó, pasaron todos felicísimamente, y tras ellos y delante, mulos y personas pasaban también sin el menor recelo. Y como si la Naturaleza quisiera festejar la dichosa entrada de la caravana en el territorio alavés, fin y objeto de sus ansias amorosas, disipose la nube que había infundido tanto miedo a don Fernando, y un Sol espléndido iluminó los campos y los lejanos montes. El paisaje soltaba una juguetona risa, y los dos caballeros respondieron a ella con expansión dulce de sus oprimidos corazones.

«Santiago, ya no temo nada, ya estamos en casa —dijo Calpena a su amigo—; y por más que te devanes los sesos, no discurrirás una desgracia que en tan corto tiempo puede sucedernos.

—Todavía, todavía —murmuró *el ángel negro,* poniendo frenos al júbilo que en él se desbordaba—. Mientras más cerca estoy del fin, más trabajo me cuesta desechar la pícara idea de que Gracia es lo que llaman un mito.

—¡Tú sí que eres un mito!... —dijo Calpena rebosando de gozo—; el mito de la desconfianza. Adelante.

Pronto distinguieron las primeras casas de Ávalos. Paró de pronto el buen *Hércules* su caballo, y señalando a un punto lejano, gritó: «Santiaguillo, ¿no distingues allí dos manchas o dos cuerpos negros?

—¿Son ellas?

—No, que son ellos: dos reverendos curas.

—Ya, ya los veo... Son mi tío y don José Navarridas, que vienen a traernos alguna mala noticia.

—Ya se acercan, montados en sendas burras... ya nos han visto. Navarridas nos saluda; Baranda levanta en alto el paraguas cerrado, que abulta como una manga cruz.»

XXXVIII

Dos minutos tardaron en estar al habla, en saludarse con exclamaciones de alegría loca y en darse apretadísimos y palmeteantes abrazos. Según afirmaron los reverendos, a la media hora de andadura encontrarían a las niñas, que, paseando despacito, venían por la vega de Samaniego, y ya la impaciencia de los dos caballeros no pudo conceder a la cortesía más que breves segundos. «Dejen las borricas y métanse en el coche —dijo Calpena a los curas—, que nosotros nos adelantamos al trote...»

Así lo hicieron. «Y ahora, ¿dudas? —fue lo único que don Fernando dijo a su compañero.

—Hombre, espérate un poco. ¿Ves algo?

—Es pronto todavía. Como tenemos el Sol enfrente, su resplandor nos encandila. ¿Ves tú algo?

—¿Qué he de ver, ajos de Corella, si me estoy quedando ciego?

—¿Has mirado fijo al Sol?

—Sí... hombre... Me pareció ver en el Sol una cara que me decía que no desconfiara más...»

Paró Calpena, paró Santiago. El primero prorrumpió en gozosas exclamaciones... «Mira, mira, bruto, *ángel negro* maldito. ¿No ves allá dos puntos rojos? Son las sombrillas. Pica bastante el Sol... ¿No ves como dos gotas encarnadas en medio del gris de las tierras y de los viñedos sin hoja?

—Espérate un poco... No veo, no veo. Con esta tontería de mirar al Sol, no veo más que soles por todas partes: soles violados, soles verdes, soles amarillos... Corramos. ¡Hala... Al galope!

—Allí están... ¿las ves ahora?... Nos han visto: nos saludan con sus pañuelos...

—Ahora sí, ahora sí las veo; pero las veo violadas, verdes; estoy encandilado de mirar al *mañero* Sol... Sí: veo las sombrillas, los pañuelos... Fernando, grande amigo, no sé qué me pasa... Me caigo del caballo... Lleguemos hasta aquellos árboles, y allí nos apearemos.

Dicho y hecho: las niñas avanzaban, agitando pañuelos y sombrillas. «¿Dudas todavía?

—No dudo, no; pero siento un miedo horrible, una vergüenza que... Fernando, deja que me arrime a este arbolito...

—Bestia, no temas... Míralas qué guapas, míralas qué esbeltas, míralas qué gozosas, míralas llorando de emoción de ver a sus caballeros, la tuya por ti, la mía por mí... ¡Ánimo, Santiago, y a ellas!

—¡Oh!, déjame; ya voy... Siento ganas de arrodillarme.

—Nunca. ¿Lo ves, ves cómo todo es buena suerte, cómo estamos aquí, y aquí están ellas? Observa que de los cuerpos y de las cabezas de las niñas de Castro sale un resplandor celestial.

—Sí, sí: lo veo. Son mitos, digo, ángeles, ángeles efectivos, que mañana serán nuestras mujeres...

—Observa mejor: la gran luz, el fuerte resplandor que nos ciega, sale de Demetria.

—Sí, sí; es el Padre eterno. ¡Oh, qué alegría! Ya no temo nada. Soy más valiente que Dios, y al que lo ponga en duda le enseñaré quién es Santiago Ibero. ¡Fernando, a ellas, a nuestras divinas hembras, a nuestras esposas! Ya están aquí. Ellas lloran; nosotros, no. Abracémoslas, cada uno a la suya... y fuerte, fuerte. Yo beso a la mía.

—Y yo a la mía.

En todo lo restante no hubo más que plácemes, alegrías y gratitudes al Señor por tantos y tan bien ganados bienes, y llegó el día del doble casamiento, que fue principio de una era matrimonial gloriosa y fecunda. De esto se hablará en otra parte de estas historias, alternando con sucesos graves, como la caída del gran *Ayacucho*, y el cuento de unas bodas más afamadas y no tan venturosas.

Fin de Los Ayacuchos
Madrid, mayo-junio de 1900.

Libros a la carta

A la carta es un servicio especializado para

empresas,

librerías,

bibliotecas,

editoriales

y centros de enseñanza;

y permite confeccionar libros que, por su formato y concepción, sirven a los propósitos más específicos de estas instituciones.

Las empresas nos encargan ediciones personalizadas para marketing editorial o para regalos institucionales. Y los interesados solicitan, a título personal, ediciones antiguas, o no disponibles en el mercado; y las acompañan con notas y comentarios críticos.

Las ediciones tienen como apoyo un libro de estilo con todo tipo de referencias sobre los criterios de tratamiento tipográfico aplicados a nuestros libros que puede ser consultado en Linkgua-ediciones.com.

Linkgua edita por encargo diferentes versiones de una misma obra con distintos tratamientos ortotipográficos (actualizaciones de carácter divulgativo de un clásico, o versiones estrictamente fieles a la edición original de referencia).

Este servicio de ediciones a la carta le permitirá, si usted se dedica a la enseñanza, tener una forma de hacer pública su interpretación de un texto y, sobre una versión digitalizada «base», usted podrá introducir interpretaciones del texto fuente. Es un tópico que los profesores denuncien en clase los desmanes de una edición, o vayan comentando errores de interpretación de un texto y esta es una solución útil a esa necesidad del mundo académico.

Asimismo publicamos de manera sistemática, en un mismo catálogo, tesis doctorales y actas de congresos académicos, que son distribuidas a través de nuestra Web.

El servicio de «libros a la carta» funciona de dos formas.

1. Tenemos un fondo de libros digitalizados que usted puede personalizar en tiradas de al menos cinco ejemplares. Estas personalizaciones pueden ser de todo tipo: añadir notas de clase para uso de un grupo de estudiantes,

introducir logos corporativos para uso con fines de marketing empresarial, etc. etc.

2. Buscamos libros descatalogados de otras editoriales y los reeditamos en tiradas cortas a petición de un cliente.

www.ingramcontent.com/pod-product-compliance
Lightning Source LLC
Chambersburg PA
CBHW031453260626
47154CB00017B/2683